椿宿の辺りに

梨木香歩

朝日文庫

本書は二〇一九年五月、小社より刊行されたものです。

椿宿の辺りに ● 目次

椿宿の辺りに

冬の雨

冬の雨というのは、例えば半日やそこらの短い間なら、そして凍える思いで傘をさす日の霙《みぞれ》混じりのようなものでなければ、むしろ空気を清澄にし、世界の塵《ちり》を払うよいきっかけとなるものだ。だが、それも丸一日続くとなると、夕方になる頃には気が滅入ってくる。ただでさえ鬱傾向の身である。落ち込むのは早い。

帰宅しようとエレベーターで階を下りる。研究所の出口に向かって歩いていくと、急に視界が開け、と同時に辺りからの視線を感じ、たじろぐ。ロビーの壁面いっぱいに貼ってある、今季の新商品宣伝ポスターのモデルの視線である。すべて同一人物であるが、彼女の目つきがどうも不安定で落ち着かない。媚びているのでもなければつっけんどんでもない。何か訴えられているような気がしないでもないのだが、解読不能の暗号文でも突きつけられているようで、見つめられても、こちらに何を要求されているのか皆目わからない。その道のプロたちが選んだモデルなのだから、時代の最先端の顔なのには間違いがないのだろうけれども。そのような目つきにぐるりと取り囲まれると、どうにもいたたまれない。ここを通る必要があるときは、それでいつも、足早に通り過ぎることにしていた。しかしまあ、美人ではある。研究所といっても、ここは某化粧品メーカーの直属である。ゆえにそのような、研究機関にはおよそ似つかわしくない、華やいだ雰囲気があるのだ。

私自身は元々、農学部の畜産科の出身だ。それをいうと、みな一様に化粧品と畜産との捉え難い接点を無理にあぶり出そうと瞬きも忘れ、次の言葉を探して顔の動きを止める。無理もない。話せば長くなるから、私もすぐに話題を次に移す。尤も、「痛みや痒《かゆ》みの研究に従事していたのがそのまま敏感肌の研究に移っただけのことです」、とだけいえばいいようなものだが、なかにはそこから好奇心に火がついたように矢継ぎ早に質問してくるタイプの人びともいる。すると話題は次第にデリケートな話になってくる。

研究室で何をしていたか。

これを正直に伝えようとすると、要領の悪い私は多大なエネルギーをとられる羽目になる。何度繰り返してもそれは変わらなかった。

大学院時代、研究室の仲間が遺伝子操作で痛みに鈍感な家畜をつくろうとしているのを、最初は傍《はた》から見ていた。多少疑問を感じながらも、まあ、痛みを感じなければ食肉処理の際、する方もされる方も楽だろうとその疑問を短絡に片付け、あれこれ手伝ううちに結局私もそのチームのなかに入ったのだった。だが実験は成功しなかった。それだけではなく私たちの実験を知った、動物保護、宗教関係、様々な団体からの抗議圧力を受ける羽目に陥った。痛みを感じない生物をつくるということは、生物の自己防衛本能そのものを攪乱《かくらん》させることに等しく——痛みを恐れないとなれば、生物は躊躇《ためら》いなく傷を負い、負い続け、容易に死んでしまう——倫理上由々しき問題がある、神をも畏《おそ》れぬ所業である、というのである。外国の軍事関係者と思《おぼ》しき人物からの接触もあり——痛みを感じない兵士を量産しようとの魂胆か——もともと気の弱いところのあった指導教授はすっかりまいってチームは解散した。私自身はアカデミックポストも得られず、鬱々としているときに化粧品会社で敏感肌の研究をしている先輩から声をかけられ、現在の職場に就職することになった。痛み痒みはずっと研究対象であったので、先輩が私に声をかけてくれたのはあながち的外れの選択ではなかった。そもそも私自身が大変に痛みに弱い体質なのである。生物が痛みを感じるメカニズム、感じなくなるメカニズム、ということには他人事《ひとごと》でなく関心があった。が、入社早々、いきなりメークアップ部門に配属させられるとは、思いもしない展開であった……。と、いうようなことを、どうしたら質問者自身を自身の人生観をかけた深い葛藤に陥らせずに軽く話すか。話す方も聞く方も大変に疲れる話題なので、できたら避けたいのだった。

今季専属モデルの不安定な視線のつくりだす不安定な笑顔に送り出され、皮膚科学研究所を出、バス停の方角へ歩を進める。すでに暗い。次々に続く車のヘッドライトが雨を映し出す。今日はこれから叔父の家で従妹《いとこ》に会うことになっていた。彼女に会うのは私の父の葬式以来だ。それも気が重い話になりそうだった。ここから遠い家ではない。バス一本で着くほどだ。

そのバスがきた。気が重い。鉄球を百個ほどつけたように。乗客が次々に乗り始め、最後の一人も乗った。私は、やはり乗れない。ドアが閉まった。バスは再び動き出した。その遠ざかる後部を見送るうち、右腕に激しい痛みが走った。

痛みというアラームが体に鳴り響くと、自分という大地を構成する地層の奥深くにある何かが、今にも大きく揺らいで、大げさにいうと、存在の基盤、のようなものが崩れ落ちそうになる。「痛み」が昔馴染みの「不安」を強烈に覚醒させ、活性化するからだと思っている。まことに厄介なことだ。

道の端に寄り、足の間に鞄を挟み、携帯を左手で操り、かかりつけのペインクリニックに電話をする。そこは予約制で、今度の私の治療日はまだ先だったが、もうそろそろ今日の診療時間も終わる頃、患者も少しはすいてくる時間帯だと見当をつけたのだ。急な痛みなのだがなんとか飛び込みで治療してもらえないか、と伝える。顔見知りの受付嬢は、一応先生に聞いてみます、といってしばらく応答待ちテープの斬新な音楽が流れ——タイトルはわからない——再び受話器を取ると、大丈夫です、いらして下さい、と力強く返事した。ユリコ先生はそういってくれると、私には確信があった。ふっと、少し気持ちが軽くなる。

「存在の基盤が崩れ落ちそうな不安」は、昔からこうして、そのときどき偶然見つけた「支え」により、なんとかなだめられ、ここまで来たのだった。

論文を書くのにずっとパソコンに向かっていたのが、今回の痛みのきっかけといえばきっかけである。言葉に詰まると指の付け根に力を入れたまま、キーボードの前で、レディ、ゴーの掛け声にひたすら耳をすますアスリートのように指を浮かし、脳内からしかるべき言葉が浮かんでくるのを待っている、そういう状況が長く続くと次第に指の付け根から肘の辺りにかけて、いやな鈍い痛みが自覚されるようになった。やがて肘から上腕部へ、そして肩にかけて、痛みはどんどん勢力を伸ばしてきたのである。

ある夜、肩から腕にかけてが、まんじりともできぬほどに痛み、一睡もできぬありさまになった。とにかく触れるところがすべて痛いのである。その数日前から予兆はあった。電車のなかで、ふとした拍子に腕や肩が人に当たると、飛び上がるほど痛いのだ。この程度の込み具合でこうなのだから、すし詰めの満員電車に乗った日にはどうなることだろうと暗澹《あんたん》たる思いがした。そしてその夜、ベッドに横たわっているだけで、マットレスに触れている部分がたまらなく感じられ、横向きに寝ようとするのだが、横向きになったらなったで触れていなくても（触れているときほどではないにしろ）痛みは続くのであった。うとうとしかけてうっかり仰向けになりかけた途端、脂汗のにじむような激痛がおこり、うめき声を出しつつ、ふと閃《ひらめ》きのように地域の医者を特集したミニコミ紙があったのを思い出した。ベッドから起き上がり、這うように居間へ行き、ぎりぎり処分する前だったそのミニコミ紙を探し出した。そして駅裏にこのペインクリニックがあることを知ったのである。とにかく夜が明けたらできるだけ早くここへ駆け込もう、と決心したのだった。

電話も何もなしに、突然押し掛けたにもかかわらず、ユリコ先生は診察してくれた。

こちらの痛みに深く同情するその表情に、不安は大きく慰められた。ユリコ先生は華奢《きゃしゃ》で、五十前後と思われたが風情は少女だった。

私は自分の病は腱鞘炎《けんしょうえん》だと思っていたのだが、ユリコ先生は私が右腕をあげられない様を確認すると、気の毒そうに、

「肩関節周囲炎、ですね」

「はあ」

「いわゆる五十肩、四十肩です」

私はまだ三十代である。その旨をいうと、これも気の毒そうに、

「若くても発症することはあるのです。最近、多いです」

病名は何でも、とにかくこの痛みをなんとかしたい。

そのときは肩関節にヒアルロン酸と鎮痛剤、肩甲骨の辺りに神経ブロック注射を打ってもらった。七転八倒する苦しみは確かにそれで軽減したとはいえ、仰向けに眠れない状況は改善しなかった。次に行ったとき、少し軽減したというとユリコ先生はほんとうにうれしそうな笑顔になった。それから星状神経節ブロックをやってみてはどうかと思う、と提案された。

星状神経節ブロックのことは知っていた。首の付け根にある、交感神経の集結場所

のようなところへ局所麻酔を打ち、一時的に交感神経の働きをブロックすることで血流を良くし、様々な器官の回復を助けるというものだ。だが、場所が場所だけに、もし注射する位置が少しでもずれたら、と、今までは敬遠していた。だがユリコ先生になら、ゆだねられる気がした。

最初この注射を受けたときの、息詰まるような鈍痛は、決して忘れられるものではない。どことはしれぬ器官に思い切り空気を吹き込まれたような圧迫感。首からのそれが、肩甲骨裏まで達して、何か尋常でないことが起こっているのだと、またしても体中にアラームが鳴った。しかし、同時に右腕の、治療ベッドに接している部分の痛みが、嘘のようになくなっていったのである。

当座の痛みは劇的なほど引いた。しかし、完治というわけにはいかず、私はペインクリニック通いをしながら痛みの様子をみることになった。今日のように、予約外の時間に飛び込むことは、最初を除くと初めてのことである。

待合室はすでに疎《まば》ら、受付で挨拶すると、しばらくして名を呼ばれた。コートを脱ぎ、診察室のドアを開けると、はたしてユリコ先生は、椅子の上から身を乗り出すようにして、

「どうなさいました」

眉間には心配そうな縦皺《じわ》が入っている。親身なひとなのである。

「右腕に急に激痛が。用事があってバスに乗らなければならなかったのですが、とても込み合ったバスに乗れそうもなく、急遽こちらに電話してしまいました」

本当は順序が少し違う。痛いからバスに乗れなかったのではなく、バスに乗らなかった後で痛くなったのだ。だが、この際原因はどうでもいい。痛みが問題なのだ。

「じゃあ、とにかく治療台の方へ」

私は立ち上がり、治療室のドアを開ける。顔なじみの看護師たちが会釈して、

「右ですね、こちらへどうぞ」

と、空いているベッドを指す。他のベッドには、ブロック注射を終え、安静の段階に入った患者たちが横になっている。私も上着を脱ぎ、足下の籠の中に鞄やコートとともに、それを片付ける。ベッドに上がり、仰向けになって、ユリコ先生が注射しやすいよう、襟元を緩める。

看護師が消毒液に浸した綿球で喉を拭く。ひんやりとした感覚が走る。やがてマスクをしたユリコ先生が、繊細な指先で確実にその箇所を探り当て、注射針をさす。今はもう慣れた圧痛が起こり、それからしばらく、交感神経の支配から免れた右半分から夢うつつのまどろみがやってくる。ああ、今頃、従妹・海子《うみこ》は待っているだろうな、

と少々焦る。

そもそも、実家の店子《たなこ》、鮫島《さめじま》氏から手紙が来たことがことの始まりであった。実家といっても私自身は住んだことはなく、家族は曽祖父母の代から郷里を出ている。戦中、曽祖父母と祖父が一時疎開していたときに使ったくらいで、ずっと他人に貸し続けていた家だ。ただ家族うちでは「実家のほう」と郷里を呼び慣らわしてきたので、今でもその癖が抜けない。鮫島氏にとっては借家であるが、彼の一家もその祖父母の代から勘定すると、もうかれこれ五十年以上そこに住み続けていたわけだから、ほとんど持家と同じような愛着があるに違いない。鮫島氏はまだ若く(たぶん私と同じくらいの年齢だと漠然と思っていた。そしてそれはほぼ正しかった)、仕事の都合で引っ越しをしなければならなくなった。手紙の内容というのは、

「この家を最初に借りた自分の祖父母は既に亡くなり、父も先年亡くなった、今は母と妻の三人暮らし、母一人残すのもなんなので、転居先に一緒に連れて行こうと思う、思えば自分もここで生まれ育ち、母もここで所帯を持ってから他所へ出たこともなく、なんとも名残惜しいような気がするのだが、使わぬものに金を払い続けるほどの財力もない、この際賃貸契約を打ち切りたい」

ざっとまあ、このようなことだ。

家賃といっても都会に比べれば微々たるもの、今までこちらからはほとんど値上げといった値上げも要求せず、それというのもこの家がまた、築年代不詳の時代物で、そういう安い家賃のうちには修繕費向こう持ちという双方暗黙の了解があったのだった。いっそのことあちらに売ってしまえ、という考えが今までにも何度か浮かんでは、そのたび、あの家を売ってはいけない、という祖父の困ったような顔が目に浮かび、目に浮かぶともう、私はそれを考えるのもおっくうになってくるのだった。

だが、これでいよいよそのことに直面せねばならないときが来たのだった。ただでさえ今の私は腰痛持ち頭痛持ち四十肩に鬱病と、ごく控えめにいって、自分の体の維持だけにすべてのエネルギーを費やしているといってもいいのである。その上実験、論文、職場の人間関係でやむなく引き受ける仕事等、これ以上何一つ課題を足せない日常なのだ。

私は、名を佐田山彦《さたやまひこ》という。これは通称としている名で、本名は佐田山幸彦《やまさちひこ》だ。姓が佐田、名が山幸彦だ。山幸彦がいるからには当然海幸彦《うみさちひこ》もいる。私の誕生から遅れること二年、父の弟夫婦に生まれた子で、私より気の毒な事情であることに、その子は女だった。本名海幸比子《うみさちひこ》、通称海子と名乗っている。私たちそれぞれの父親であるところの兄弟が結託してこのような名を付けたのではなく、すべては祖父の画策だった。正月元旦の座敷で、二人並べて「山幸彦、海幸彦」と呼んでみたい、という、ただそれだけの理由だった。めでたい感じがするのだろうか。とはいえ当初はただ、「山幸彦」だけの思いつきだったようである。

生まれた子がその名に一生を支配される可能性、といったようなことは何も考えていなかったのだろう。祖父には兄弟がなかった。いや、本当は次男だったのだそうだが、長男はこの世に生まれる前に亡くなった。つまり祖父の母が流産したのだった。そんな大昔のことをなぜ私が詳しく知っているかというと、この「予め亡くなっていた兄」というのが、祖父の育った家庭の中ではまるで実在であるかのように大きな存在で、曽祖母の口癖が、「道彦《みちひこ》さえ生きていたら」であったということを、家族が集まる席で私は幾度となく聞かされた、その故である。流れた子には名がつけられていた。

祖父の人生も難儀なものであったに違いない。戸籍上長男であるのにもかかわらず、まるで次男のような扱い。今では考えられないことであるが、昔は長男と次男の待遇の差は、何かにつけ大きかった。相手が生きている身なら、いつか乗り越えることもできようが、理想の息子、神話そのものになってしまっている相手と、どうして対峙などできようか。

祖父がことさら弟の活躍する神話、伝説めいたものに固執したのはそのせいもあったのかもしれない。それなら自分が男子を授かったとき自分の子にその名を付ければよかったのだと、非常に強く思うのだが、それを責めるとそのときは考えつかなかったのだと申し訳なさそうにいった。私が生まれ、男子であると認めるとすぐさま山幸彦と命名し、ことあるごとに赤ん坊の私の名を呼んだ。それは予想された以上の爽快な気分と、それから不全感を伴うものだったらしく、是が非でもこれに続けて「海幸彦」と唱えたい、という願望を抑えきれなくなった祖父は、次の子の名は海幸彦、男女は問わない、と宣言した。本来海幸彦は兄、山幸彦は弟である。私に「山幸彦」という名まえが付いた時点で、順番が違う。しかしそのことには誰も疑問を持たなかったらしい。こんな思いつきはその回だけのことと思っていたのだろう。弟の山幸彦の方がその神話の主人公なのだから、兄弟の、というより、主人公の名を付けたくらいに思っていたのだろう。

順番より何より、そのような時代感覚をまったく無視した名まえを付けるということ、そのことの是非をまず問うべきような気がしたのだ、と後になって父は述懐した。

だがあまりのことだったので、とにかくぼうっとしてしまって、と。

ぼうっとしたまま、結局父は問わなかった。祖父の言い分を聞き入れた両親も両親、叔父夫婦も叔父夫婦だが、祖父はそれなりに業績のあった学者で、一門のみならず家族からも尊敬を得ていた。万事に鷹揚《おうよう》だったが孫の命名に口を出したのが唯一の自己主張、家族はあっけにとられてどう対応していいのかわからないままにことが進んでいった。それまで祖父が家族に無茶をいったことなどなかったので、そういう事態が起こったとき、誰がどう諫《いさ》める、なだめる、説得する、等の工作に関するハウツーが家族の中に育っていなかったのだ。

しかしまあ、火遠理命《ほおりのみこと》よりはよかっただろう、と、思春期を迎えた頃の私に父は慰め顔でいった。へたをすれば彦火火出見尊《ひこほほでみのみこと》だったのかもしれんぞ。次に脅すように付け加えたものだ。火遠理命は古事記、彦火火出見尊は日本書紀に出てくる、山幸彦に当たる人物の名まえである。そんなことになったら宮内庁が黙ってはおるまい。いや、宮内庁ではないかもしれないが、とにかく関係諸機関が。私が反論すると、お前はまだましだよ、海子のことを考えてごらん。

それは問題の掏《す》り替えである、と抗議する術《すべ》を当時の私は持っていなかったが、確かにそれを思うと一言もない。祖父は、次の男子を待っていてもそれはついに生まれず海幸彦の誕生することはない、と年寄りの直感でわかっていたのだろうか。従妹も私も生まれてからこのかた、結局ずっと一人っ子だったから、祖父の決断は慧眼といえば慧眼だったのだろうか。従妹には同情するが、それでも私は、神話の人物として山幸彦よりは海幸彦の方が遥かに好きだ。

　山幸、というのは山師を連想する。古事記の中の山幸彦というのは海幸彦の弟でありながら、気が小さく余計なことばかりしでかして問題をどんどんややこしくしていく大変困った「神の子」なのだ。

　海幸・山幸は、瓊々杵尊《ににぎのみこと》と木花之咲耶比売《このはなのさくやびめ》との間に生まれた。海幸は生まれながら漁のための釣り道具を持ち、山幸は狩りのための弓矢を持っていた。あるとき山幸はどうしても兄の真似をして海で釣りをしてみたくなった。それで、しぶる兄、海幸を説き伏せ、互いの道具と持ち場を交換した。しかし専門を替えればそれぞれ導き手のいないただの初心者に過ぎず、うまくいくわけがない。やはり互いの持ち場に帰るべき、と海幸は山幸を諭《さと》し、道具を返す。けれど山幸は慣れぬ漁の間に海幸の釣針をなくしてしまっていた。代わりに自分の剣をつぶして何百もの釣針を差し出すが、海幸は承知しない。この道一筋でやってきた漁師であるから、針にはこだわりがあったのだろう。

もともと父親の瓊々杵尊も狭量で猜疑心の強い神であった。妻が妊娠を告げると、喜ぶどころか妻の不貞を疑い、ほかの神の子ではないかとぐちぐち皮肉をいった。怒った妻は腹立ち紛れに産屋《うぶや》に火をつけた。どうだ、炎の中にもかかわらず生まれたからには天の神である貴方の子に間違いなかろう、というのである。瓊々杵尊よりはよほど潔いが、これはまたとんでもなく激しい性格の持ち主ではないか。

この夫婦の子であるからして、この兄弟にも穏健で寛容な性格など望むべくもなかった。どうあっても許してくれない兄に困り果て、涙ぐみながら海辺を歩いていた山幸は、塩椎神《しおつちのかみ》に出会う。塩椎神の手引きで（このとき塩椎神は亀の姿であらわれることが多い）海の底の綿津見神《わたつみのかみ》の宮へ行き、その娘、豊玉姫《とよたまひめ》と結婚。が、望郷の念断じ難く、綿津見神の配慮で赤鯛の口の中に刺さっていた海幸の釣針を見つけ出し、陸へと帰る。

さて、ここからが問題なのだ。

長い間借りっ放しにしてすみませんでした、と、素直に謝って釣針を海幸へ返せばいいものを、綿津見神に知恵をつけられていた山幸は、釣針を後ろ手に持ち、密かに呪いの言葉を唱えながら返すのだ。鬱になれ、心荒《すさ》め、貧しくなれ、愚かしくなれ、等々。綿津見神も綿津見神である。知恵のつけ方が嫌らしい。綿津見神は水を司《つかさど》っているので、その後海幸の田には水が行かぬようにする。ますますもって嫌らしい。

気の毒な海幸は当然ながらだんだん貧しくなっていく。当然ながら心も荒れて自暴自棄になり、そうなってはこれもまことに当然ながら、山幸のところへ攻めていこうとする。それを待っていた山幸は、綿津見神からもらった潮盈珠《しおみちのたま》で海水を呼び寄せ、海幸を溺れさせる。海幸が苦しがって助けを乞うと、潮乾珠《しおふるたま》で海水を引かせ、救ってやる。また溺れさせる。死にそうになると助けてやる。それを何度も繰り返す。なぶっているのである。戦い方としては——戦うも何も、海幸は何も悪いことはしていないのに——極めて陰険だし悪質だ。はっきりいって苛《いじ》めである。

海幸はすっかり心身ともに参ってしまって、弟に従うことを表明する。虐待の現場で働いている心理と同じである。こういうことは神代の昔から進化しないものなのか。

山幸はなぜあれほど海幸を追いつめたのか。

海幸は、嫌だといっているのに無理やり弓矢を持たされ、しかも大切な釣針をなくされる。他を以ってして代え難い釣針だったのである。怒るのは当たり前だ。むしろ怒るべきだ、誇りある漁師であれば。私が海幸の方に肩入れしたくなる気持ちもわかっていただけると思う。

一方、妊娠した豊玉姫は夫の山幸を追って陸に上がり、産屋を建て出産に備えようとするが、産屋の屋根もまだ葺《ふ》き終えないうちに陣痛が始まる。産屋に入る前、豊玉姫は、「出産のような死ぬか生きるかという状況になると、私どもは凄まじい姿となります。それだけは見ないで下さい。決して覗かないで」と、念を押した、押したにもかかわらず、この山幸はその禁を犯してしまうのである。なんでそこまで妻がいっているのにその好奇心を抑えられないのか。

そこで彼が覗き見たのは、産みの苦しみに七転八倒する竜の姿だった。あまりの恐ろしさに走って逃げる山幸。いいところはどこにもない。豊玉姫も、いい加減愛想が尽きたのであろう、産んだばかりの子どもをおいて綿津見の国に帰ってしまう。

子どもっぽく、堪《こら》え性がなく、陰険で、策略を巡らすことが好きで、約束も守れず、肝っ玉も小さい。

私は自分がそんな人間ではないとわかってはいるが、幼い頃たまに会う従妹を「うめ、うめ」と呼んでからかうぐらいはした（「うめ」は「うみ」の子どもなりの転訛《てんか》ヴァージョンのつもりであったのだろう）。ほれ、山幸が海幸を苛めている、いやあれは屈折したかわいがり方なのだ、などと周りの大人はしたり顔で分析していた。それを聞くと、もう構うのもばかばかしくなって、彼女とはあまり遊ばなかった。それこそ兄妹のように親しく育てられればよかったのだろうが、生憎《あいにく》私たちの父親同士はそれほど気の合う兄弟ではなく、頻繁な行き来というものはなかった。従妹も私を慕わなかった。祖父が亡くなってからは、正月に集まるというようなこともなくなっていた。

鮫島氏から手紙をもらって、私がなぜこのように、自分の名まえについての感慨をしみじみ反芻するに至ったかというと、それは今まで、ずいぶん長い間、知らなかった鮫島氏の下の名まえがその手紙の末尾、そして封筒の裏に記されてあるのを目にしたからなのだった。

鮫島宙彦

これはもしや、ソラヒコ、と読むのだろうか。

なぜ自分は今まで鮫島氏の名まえを知らなかったのだろう。私の父親が亡くなったのが二年前で、実家の賃貸契約はそのとき私に引き継がれたのだが、私はろくに書類を見ることもしなかった。いや、目に入ってはいたのだろうが、まったく注意を払わなかった。私は大急ぎで、書類棚をひっくり返し、ようやく賃貸借契約書なるものを発見した。

借り主はずっと彼の父親の名になっており、彼の父親が亡くなってから更新されたものは彼の母親の名になっている。気がつかなかったのは、まあ、当然といえば当然か。そう思いつつ、何気なく書類をめくって仰天した。そこには同居人の欄があり、長男として、

鮫島宙幸彦

と書いてあったのだ。

そらさちひこ、か。

これは、どう捉えたらいいのだろう。

鮫島氏の両親が私たちの名付けの話を聞いて、それなら自分たちのところも、と考えたのだろうか。それはありえない。私は自分の名まえを名乗っても、同情されこそすれ、うらやましがられたことなど一度もない。いや、数回くらい、いい名まえですね、とか、風流なお名まえですね、などといってもらえたこともあるが、そんなことは所詮他人ごとだからいえたこと、到底、ならば自分の子にも、と希う程彼ら彼女ら

がこの名を是としていたとは思えない。

考えられることはただ一つ。この名付けには私の祖父が関与している。直接にか間接にかはわからないが。陸、海、空、揃いぶみではないか。だが、だとしてもなぜ、祖父はこの気の毒な店子の夫婦にそんな強権をふるうことができたのか。

……もしかして、私と鮫島氏とは血縁なのか？

この謎を解決するためには、宙幸彦に連絡を取らねばならない。いやその前に、海子に連絡してこの件に関して何か知っているかどうか確かめねばならない。

私が久しぶりに従妹・海子に電話したのはそういうわけだったのである。

「佐田さーん、だいじょうぶですか？　どこも、詰まった感じ、ありませんか」

看護師の安川さんが声をかける。

「だいじょうぶです」

私は上体を起こそうとする。

「あ、無理なさらないで、ゆっくり、ゆっくりね」

まだ麻酔が効いていて、体がふらつく。

「おかげさまでだいぶ楽になりました。ありがとうございました」

「そう、それはよかった」

私より年上の看護師、安川さんは、繊細なユリコ先生とはまったく違ったおおらかな温かさを持っている。そういうこともすべて、私がここに通い続ける原動力になっているのだろう。初診のとき、ユリコ先生が私のカルテを見ながらいった言葉は忘れられない。当然のことながら、カルテには本名が記してある。

「ヤマサチ……ヒコさん？」「ええ。本名はそうですが、通称は山彦で通しています」

「山彦……ヤマビコ？　木霊《こだま》ですね。すてきなお名まえ」

私も彼女をすてきだと思ったのはいうまでもない。


クリニックからの帰途、まだふらふらとする意識の中——普段はけっこうそれを楽しんでいるのだが——海子に連絡を、と再び思った。だが、そう思ったら、束の間、忘れていた腕の痛みがぶり返し、私は思わず苦痛に顔を歪め、目を閉じた。今、治療を受けたばかりだというのに、この激痛はどうだろう。そしてそれに伴って、またあの「不安」が蘇ってくる。この、「存在の基盤が崩れ落ちそうな不安」は、ユリコ先生の「存在」によってせっかく緩和されてきたというのに、痛みがこういう出方をしてきたということは、もはやユリコ先生の存在も、期待できなくなってきたということであろうか。

どうかすると泣き叫びそうになるくらいの、この不安さえなくなれば、痛みなどなんとか耐え忍ぶことができそうな気がする。いや、不安を耐え忍ぶ方法として痛みが生まれてくるのか――痛みと不安の関係は、もしかするともっと複雑なものなのかもしれない。だが私には悠長にそういう関係について検証していられる暇などないのだ。

冬の雨はまだやまない。夜になっても間断なく降り続けるその冷たさ。しんしんと世界を侵していく。とにかく四十肩だ。これをなんとかしなければならない。まだ三十代だというのに、四十肩とは。確かに昔から年寄りくさい子といわれ、祖父には、山幸彦は私の父、豊彦《とよひこ》によく似ているといわれた。祖父がその父を覚えている頃のその父、つまり私にとっての曽祖父は、祖父にとっても相当な年齢であっただろう。祖父は曽祖父がずいぶん年をとってからの子であったというから。子どもの頃からそういわれ続けたので自然と私自身、すでに老いたような気分になったのかもしれない。

家に帰り着くと、電話が鳴っていた。コートも脱がずに受話器を取ると、やはり海子だった。

「私、ずっと待ってたんだけど」

「ああ、ごめん。実は今、体調が悪くて」

「風邪でもひいたの？」

「そういうわけじゃないのだが」

「じゃあ、なに」

「ちょっと、鬱っぽくて」

「……」

「それに四十肩なんです」

「……まだ四十じゃないでしょう。私より二つ上なだけなんだから」

「四十じゃなくても、四十肩なんです」

「来れないなら来れないって、電話くれたらよかったのに」

「そうだね。ごめん、なんせ……」

「鬱なのね」

「そう。気力がないんです」

「で、今日来ようと思った用事はなんだったの」

「ほら、実家を借りていたひとがいたでしょう」

実家、といえば、郷里の家だということは、彼女にもわかっていた。

「ああ、そういえば」

「そのひとが、家を出るっていってきた」

「へえ」

海子のトーンがどんどんダウンしていくのがわかった。明らかに興味がないのだ。

「で、手紙をもらったんですが」

「へえ」

「そこで、初めて、彼の名まえが宙彦だってわかった」

「ソラ……ヒコ」

それがどうした、といわんばかりだったが、海子は久しぶりのせいか、辛抱強かった。

「改めて賃貸借契約書を見てみたら、彼の本名は宙幸彦だった」

「……へえ」

今度の「へえ」は、少しゆっくりで、しかも低かった。

「そう。海幸彦、山幸彦と、もう一人、ソラサチヒコがいたんだ」

「単に流行《はや》ってたんじゃない？」

「流行るとは思えませんね、こんな名まえ」

それは君だって、いやむしろ女でありながらこんな名まえを付けられた君の方がよく知っているだろう、といいかけたが堪えた。

「それに、ソラヒコ氏の生年月日を見たら、僕の一年後、君の生まれる一年前に生まれたことになっているんです。君のいう通り、単に影響を受けたってことなら、海幸彦、にしませんか」

「お祖父《じい》ちゃんが、大々的に宣言してたでしょう、次の子どもは海幸彦だって。それで遠慮したんではない？」

「鮫島家とお祖父ちゃんはそんなに仲がよかった？　ほとんど行き来はなかったように思っていたけど」

「……山幸の」

これは、昔、まだ祖父が生きていた頃、上機嫌になったとき、私たちに呼びかけていた言葉だった。これ、海幸の。山幸の。

「うん？」

「誰が鬱なの。鬱ってそんなもんじゃない。そんなことに好奇心を持っていられるっていうのは鬱じゃない。安心しなさいね」

「鬱ですよ、基本的には。ときどき躁っぽくなるっていうのは、あるけど、でも、そんなことより、何か知ってる？　店子の鮫島一家と、うちの関係」

「知らない。母はもう寝てるし。けど、海幸山幸の神話には、確か、二人の間にもう一人兄弟がいたと思う」

そうなのだ。私もそれが気になっているのだ。さすがに海子もこの神話に関してはよく覚えているらしい。

「そう、全然いる気配のない兄弟」

「そう」

海子はそこでしばらく黙った。それから思い出したように、

「山幸の」

「はい」

と、私は思わず高い声で返事をした。

「四十肩なら、いい鍼《はり》の先生を知ってるから、そこへ行ったらいいよ」

「ありがとう。でも今、ペインクリニックに行ってますから」

「全然違うアプローチだから、バッティングしないよ、だいじょうぶ」

「そう？」

「実は私も今、そこに通ってる」

「どこか悪いの？」

「まあ、いろいろ。会ったときに話すけど」

祖父が亡くなったとき、彼の住んでいた家は海子の父親が相続し、私の父は郷里の実家を相続した。海子の父は入院中で、海子は今、母親と二人きりでその祖父の家に住んでいる。

……鍼治療か。

腕の痛みが、その言葉に反応したかのようにまたぶり返してきた。地の底を這ってくるような、「存在の基盤が崩れ落ちる不安」と、手に手をとって。

従妹・海子、痛みを語る

朝起きると同時に、上腕部に熱っぽく倦《う》んだような疼痛を感じる。寝ていても気づかないだけで、生体は四六時中この痛みの信号をキャッチしているのだろう。意識が戻るとそのことに気づく。気づけば、その圧倒的な力に生活を支配される一日が始まる。ふっと、伸びをしようとして肩に力が入り、それまでの疼痛とは違う激痛が起こる。疼痛はいうなれば生活の通奏低音で、激痛はところどころに差し挟まれる銅鑼《どら》の音である。それが突然の大音響で体内に響き渡ると、衝撃のあまりなす術もなくすべての思考と行動は停止を余儀なくされる。声も出せず、居ても立ってもいられぬその痛みに顔だけしかめて耐え忍ぶ。微動だにできぬ状態が数分続く。以前はこの銅鑼が、睡眠中も遠慮会釈なく鳴り響いたものだ。それを思えば、不安はともかく、痛みとしては少しは楽になった方なのかもしれない。

普段は母と二人暮らしだが、一週間ほど前から、彼女は自分の実家へ介護の手伝いに行っていた。その「出向」が決まったとき、一応病気持ちの私を気遣ってみせながらも、母の気分は晴れやかになっているのがわかった。気鬱と激痛に、どんよりと顔をしかめてばかりの三十過ぎの息子と二人きりでいるよりは、介護の手伝いとはいえ気心も知れ、バラエティにも富んだ顔ぶれに囲まれている方が確かによほど楽しかろうと思う。

鮫島宙彦氏から手紙が来たのはその後で、もちろんもう自分の実家にいた母にも電話で彼の一家について訊いたのだが、それが一向に要領を得ない会話で、確実に伝わってきたのは母には鮫島一家への関心がほとんどないということと、先方でいかに母が頼りにされているか（と母自身が思っているらしい）ということだけだった。こっちはだいじょうぶだからそれならもうしばらくそっちにいたら、という私の言質《げんち》をとると、母は上機嫌で電話を切った。

とにかく、起きて顔を洗わねばならぬ。

しかし地球が私の周りだけひどく念入りに重力をかけたように体が重かった。激痛が幾分和らいでからも、私はそのままの姿勢でしばらく動けなかった。

動く気がしない。

じっとしたまま、数を数える。三十数えたら、立ち上がろうと思う。一、二……二十八、二十九、三十、よし。……三十一、三十二……。だめだ。今度は三十五だ。

動ける気がしない。

そんなことを延々とやって、なんとか腰を上げ、洗面所に行き、洗顔にかかる。髭を剃り、クリームを塗り、それからファンデーションを二種類、顔の右半分と左半分に塗り延ばす。

この二種類のファンデーションを塗り始めて、そろそろ一ヶ月になる。使い心地、発色の具合、持続性、トラブルの有無などをモニターするわけだ。昼間つけている間は当たり前として、毎晩ファンデーションを落とし、素の顔に戻っても、ここ最近顔の色が左半分と右半分、明らかに違ってきている、気がする。まさか色素が沈着し始めたのか。いやそんな成分は使っていないはずだ。メーク落としに問題があるのか。それとも何か、私自身に由来するものか。私の顔の、左側と右側で、造りのほかに、何かが違う……そういうことなのだろうか。馬鹿なことだ、と一笑にふすつもりが、どこか落ち着かない。

いっておくが私の鬱の原因は、このことにあるのではない。母は当初、真っ先にこのファンデーション試験が私の鬱病の原因ではないかと疑ったが、私自身はこれがそれほどのストレスになっているとは思えなかった。他人の目など、いかほどのものでもない。それにファンデーションというものはそもそも肌もどきなのであるから、通りすがりの人びとにいちいち不審な目を向けられるわけでもない。たまに昇り降り対面式の長いエスカレーターで瞬きもせずじっと見つめられることはあるが（男女問わず）、別に法を犯しているわけでもないのだから堂々としていればいいのである。だがそこで自暴自棄になって見つめ返し、にっこりと挑戦的に微笑んではならない（と、学んだ）。

この日は休日だったが、海子と会う予定があった。懸案のファンデーションの、大まかなデータの目星はついていたが、詰めの細かな数字はやはり女性の肌で取りたかった。が、すでに私が頼める女性部員は何かしら試験中のものを塗っており、ここは一つ、海子に頼んでみようと閃いた。前回の罪滅ぼしに、私が昼食をおごることになっていた。今度こそ、ちゃんと会わねばならない、鮫島宙彦氏の一件もあることだし。

海子の指定で駅のそばのイタリア料理のレストラン、休日のこととて込み合うのを避けて、十一時半、開店早々の時間に約束していたが、その時間を十五分遅れて海子がやってきた。小さな店なので、入ってきたらすぐにそれと知れる。海子は私を認めると、口角を少し上げて、笑顔の代わりとした。そして、

「久しぶり」

遅れたことには何の言及もなくそういって目の前の席に座った。

「電話かけようかと思ってたところでした。忘れたんじゃないかって」

私は控えめに遅刻をほのめかした。

「忘れてない、ほら、来たでしょ。もう注文はすませたの？」

「いや……」

そこへウェイターがやってきて、それぞれにメニューを渡す。

海子はざっと目を通し、

「このコースにする」

と、昼にしては充実しているコースを見つけ出し、さっさとウェイターに注文した。

私はあわてて、スパゲティを単品で頼んだ。

「山幸の」

ウェイターが去ると、海子はしみじみと私を見つめた。

「はい」

「……顔がピカソの『泣く女』のようだよ」

気味悪そうに、それでも若干遠慮気味にそういった。

「ああ、これ」

面接中、即座に回答できる質問に当たったときのような軽い安堵を覚えながら私は説明した。

「右半分と左半分、違う成分のファンデーションを塗っているものだから、色味もちょっと違ってて」

海子の表情が動きを止めた。明快に答えたつもりの私は、海子の反応に戸惑う。沈黙の数十秒の後、海子は、

「……ファンデーション、塗るんだ」

と、打って変わって落ち着いた、優しさすら伴った声で私に問いかけた。

「うん。慣れないうちはめんどうだったけど、慣れたらそれほどでもなくなりました。習慣にしてしまえばね」

「……習慣、なんだ」

海子はぎこちない微笑みを浮かべて頷《うなず》いた。さすがにその微笑みによそよそしさを感じた私は、

「仕事ですよ」

と、付け加えた。海子は大きくため息をついた。

「なんだ。大変だね、仕事」

「でも、まだ肌色補正のファンデーションだからね。ポイントメーク班、アイシャドウとかチークとかを専門にしてる人たちは、もっと大変ですよ。特にアイシャドウ、まぶたの皮膚って薄いからよれやすくって、他の部位で代わりがきかないから、実際まぶたに塗るしかない。奇抜な発色のテストだったりしたら、それは気の毒です」

私はさりげなくファンデーション・テストのことに言及しようと思ったのだったが、海子はまったく興味を失くしたらしく、そんなことより、と、

「鮫島宙彦さんのことだけど」

前回の電話で、海子から彼の情報を得ることに実はさして期待はしていなかった私は、おお、と少し前のめりになった。

「入院中の父に訊いたら、どうも、祖父さんと、向こうのお祖母《ばあ》さんが従兄妹同士だというような話を聞いたことがある、というの」

これは初耳である。

「へえ」

「曽祖父《ひい》さんと、向こうの曽祖父さんが、兄弟だったとか。でも、私たちレベルではほとんどもう、他人よね、そんなに遠くなると」

「確かに、祖父さんは最後まで手放さなかったほど重要に思っていた家だから、貸すとしても誰か縁のある人に貸しただろうね」

それは納得できる話である。これはやはり、鮫島氏に一度会わなければならない。私たちが遠い親戚であるということを知っていたのかどうかも含めて。海子は、

「『重要に思ってた』、っていうのは、言い得て妙ね。愛着があったとか、大切にしていた、というのとはちょっと違う。むしろ畏れてたっていうか。懐かしそうに話すとか、思い出話するなんてこともほとんどなかったし。だから当然、鮫島さんたちのことが話題に上ることもなかった」

そこでウェイターが海子に前菜を運んできた。その間に、私は鞄から鮫島氏の手紙を取り出そうとし、使えない右手をカバーするため左手を回そうとして無意識に右肩を引いた。とたんに激痛が走り、思わず息を止め、うつむきになって耐えた。ウェイターが皿を置いて去った後、

「どうした、山幸」

海子が声をかけた。私は返事ができない。ただ、

「……肩が……」

とだけ声を振り絞った。

「痛いんだね」

海子は訳知り顔に頷くと、

「じゃ、お先に失礼」

といって、すごい勢いでサーモンの何やらを食べ始めた。それから、痛いのは大変だよね、とさして同情しているような声でもなくいった後、ナイフとフォークの手を止め、

「最初は膝の痛みだったの」

視線を私のグラスに固定すると突如話し始めた。

「それ自体は子どもの頃からときどきあったんで、子ども心に、これはどっかが悪いんだ、それで信号が出てるんだ、って直感してた。そんな痛みだったの。遠くからの信号を、ようやくそこでキャッチしてる、っていうような。なんか、いつか払わなければならないツケのように感じていたのね。それで二十年以上やってきた。けれど、二年くらい前から階段とか昇るとき、激痛が走って。けれどそれを、騙し騙しなんとか日々ものして……。エレベーターやエスカレーター、タクシーを多用するとかして

ね。けれど、今度は、股関節にきたの。右の股関節が、気絶しそうなほど痛んだ。息するでしょ」

海子は急にグラスから目を上げ、私を見てそういった。息は、するだろう、それは。私はあいまいに頷いた。海子は頷き返し、

「人はどんなにじっとして動かないでいても、息はする。息するときに体を動かすって、ピンとこないだろうけど、息するときも体は動いているんだって、思い知った。動いてるっていったってね、せいぜいこの辺だけ……」

口周りから肺の辺りを指した。

「動いているように思うでしょ」

まあ、そう思うので、再びあいまいに頷いた。海子は、

「でも違うんだ。体中の筋が微妙に動いているのよ。股関節周辺の筋にも、その動きが微妙に伝わってくるの。それが、たまらなく痛い。心臓が動く、その拍動が体に響いて痛い。もう、やめてくれ、もう、息もしたくない、心臓も動かしたくない、そういう気持ちになるの」

「大変だったんだね」

私は心から同情したが、我ながら親身に聞こえたようには思えない。そんな同情な

どまるで耳に入らぬように海子は続けた。

「あまりの痛みに、そのときいっしょにいた同僚が近くの病院に連れてってくれた。そこでレントゲンを撮られて、これは、股関節の部分に石灰の粉がたまっており、その粉が神経を刺激して痛いんです、ですから、注射でその粉を散らします。それで痛みの原因は取り除かれますから、楽になるはず、そういわれ、まずはとりあえずの痛み止めの注射、それから名まえは忘れたけど何かの液を注射して、その石灰の粉ってのを『散らす』処置をしてもらったわけ」

「一回で終わったの？　それ」

「ううん、何回か。明日もまた来て下さい、っていわれて。それで、次の日行って、また二日後、それからまた二日後、計三回、かな。私は痛み止め打ってもらったら、翌々日は会社に行こうってくらいに思ってたの。そしたら、一週間は安静にしておいて下さい、っていわれた」

「安静にしてたの？」

「四日くらいしたら、痛みは薄れてくるでしょうが、そこで普通に歩いたりしたら、また再発しますよ、って脅されて。もう、ほんとにあの痛みはごめんだったので、それでいわれた通りおとなしく一週間会社を休んだ」

「その頃はまだ、叔父さんは家に居た？」

海子の父、私の叔父は、現在入院している。

「まだ元気だった。父の方が元気で、私が松葉杖とか使うのを、はらはらしながら見てた。私自身、そのときは、年来の膝の痛みと股関節のことは全然別個の問題だと思ってたのね。けど、どっかで引っかかるものがあった」

「ちゃんと医者にもいった？」

「いった、いった。膝も痛い、痛い、って」

「そしたらなんて？」

「ああ、って」

「それだけ？」

「それだけ。大学病院でも総合病院でもなかったし、町の整形外科だったからね。とりあえず、急を要する方が先決、っていうか、この痛みをなんとかしましょうってことでやってくれてたから」

「なるほど。膝の方も、右？」

「ううん、膝は両方。昔から。それに、最近では肘周りも痛くなることがあったんで、いい出せばきりがなかったし……」

「それで、その、股関節の方は今はいいんですか？」

「股関節はね。でも、膝は相変わらず痛い。で、それから自分でもいろいろ調べて、S医大の『膠原《こうげん》病リウマチ痛風センター』ってとこに行ったわけ」

「……膠原病」

私はその深刻な響きの病名を繰り返した。

「膠原病って、自己免疫疾患の類いの総称でもあるの。すごい難病もあるけど、さほど命に関わるわけでもないものもある。私が、どうもこの辺じゃないかってあたりをつけた理由の一つは」

そこでウェイターが、なにか緑色のソースのかかったずんぐり短いパスタの料理を海子に、私にはアサリのボンゴレを運んできた。おいしそう、と海子は一口食べると、

「昔、子どもの頃、原因不明の高熱が一年間ほど、頻発するということがあったのね」

「へえ」

私もスパゲティをフォークに巻き付けながら間《あい》の手を入れた。

「四十度の高熱が十日も続いて、どんな抗生物質も効かなくて、そのとき主治医から膠原病じゃないかといわれた。でもその直後、熱が引いて、それからはそんなことは、少なくともそんな高熱が十日も続くなんてことはなかったんだけど。大人になってか

らは、職場の健康診断で、リウマチ因子、まあ、様子を見てみましょう、というレベルだけど、陽性は陽性だった。リウマチも、自己免疫疾患なのよね。その辺りが、私の『ツケ』の在処《ありか》に近いんじゃないか、って直感したわけ。今もそう思ってるけど。で、そのセンターでいろいろ調べてもらった結果、ついた診断がリウマチ性多発筋痛症」

それがどれほどの「難病」なのかわからず、私は、ただ、ふうむ、としかいえなかった。

外部から侵入した「自分に仇《あだ》なすもの」を攻撃するはずの免疫システムが、その攻撃目標を他ならぬ「自分」に再設定してしまう。もっと正確にいえば、「チーム・自分」の一部に。「自分」というチームを構成している組織の一員であるはずの免疫システムが、同じ組織の一員を攻撃してしまうということだが、免疫システムにしてみれば、自他の境界をリセットしただけの話なのかもしれない。

「でも、それで、百パーセントこれって決まったわけではないの。予測にしかすぎなくて、この治療法が効いたら、これだろうってことしかいえないの。特定の菌が出たら、この病気、ってわけではないからね」

「今も痛いんですか」

「この病気はね、有効な治療薬っていうのがないの。症状をなだめる対症療法しか。

私の場合、ステロイドを服用して、それで症状が治まったら、これだ、ってことなの」

「治まったんですか」

「これが」

海子はぐいっと前に迫り出すように目を見開いて、

「面白いくらいに、治まった。嘘みたいに」

「よかった。じゃあ、その、リウマチ性なんとかっていう病気だったたってことですね」

「膠原病の、主要疾患の一つが、たとえば全身性エリテマトーデス、これは難病として有名よね。リウマチ性多発筋痛症は、膠原病の類縁疾患の一つ。思い起こせば股関節がおかしくなった前後から、あちこちの筋肉がしょっちゅう痛かった。膝が痛いのはもう、日常のことだったので、とりたててそれを関連づけて考えるってことはなかったんだけど、膝の痛みも、まったくなくなった」

「そりゃよかった」

「けど、時を同じくして父が腹痛で入院した。なんだか、変な言い方だけど、痛みが、私から父に移動していったっていう、感覚があるの」

私の四十肩も、父の死後の発症である。痛みが家族の中を移動する、ということについては、私も思うことがないではなかった。ボンゴレを口にしながら、そういうこ

とに思いを馳せていると、

「けど、今度はステロイドと縁を切るのがたいへん。私の顔を見て」

そういわれて改めて海子の顔全体を集中して見た。

「どう思う?」

「どうって……」

年相応に、年輪を重ねていると拝察する、などと正直にいったらどんな逆襲に遭うかわからない。

「一般論だけど、加齢に伴って人の皮膚の角層は厚くなり、乾燥し、皺ができやすくなります。肌理《きめ》も荒れる」

そこまでいって、いうべきではなかった、と思う。口をつぐむと、気まずい沈黙が流れた。ややあって、

「……で?」

海子は無表情に私を促した。私は開き直り、

「角層っていうのは、死んだ細胞の集まりなんだって、知ってた?」

「……知ってた、ような気もする。それで?」

それで、といわれても私にはこの先の会話の方向性についてさしたるビジョンがあっ

たわけでもなかった。しかたがないのでとりあえず角層について説明することにする。

「皮膚っていうのは、一番奥に皮下組織、真皮、表皮、ってあって、角層はその表皮の表面を覆っています。表皮には、ケラチノサイトと呼ばれる細胞がびっしり重なり合ってて、これは表皮の一番深いところで細胞分裂を起こし、次第に表皮の上部に移動していく。移動するにしたがって、だんだん形が変わって平べったくなります。まあ、細胞レベルの『加齢』ですね。ついには死んでしまって、角層を形成する。角層は、この死んだケラチノサイトとケラチノサイトが出した脂質で、バリア機能を保持しています」

海子は、もう、「……で？」ともいわずに重たげなまぶたをして私を眺めていた。私は、

「すごいと思わない？　僕らを直接外界から守っているものが、無数の死んだ細胞なんだってこと」

と続けた。常日頃私が感じ入っていることである。これを面白くないといわれたら私には次のカードがない。この結論に、だが海子はようやく反応した。

「すごい、かもしれない。けど、私がいいたかったのは、ステロイドの副作用で、一時ムーンフェイスになった私の顔が、まがりなりにも元に戻りつつあるということ。

久しぶりに会った山幸が、私の顔を見て丸いと思ったか思わなかったか知りたかったのよ。もし、少し太ったと思ったんだったら、ちょっと前までもっとすごかったんだって、得々とステロイドとの戦いを語れる。もし、前と変わらないよ、っていったら、そうじゃないのよ、実はね、ってステロイドとの戦いをさらに詳細に語れる。どっちに転んでも、ここで私がいかにステロイドと戦ったか、レポートの続きができる。レポートしたかったわけ。我斯《か》く戦えり。それを語ることが唯一の闘病者の慰めなのよ。でも、山幸の答えはそのどっちでもなかった」

ああ、と私は呆然としながら、事態を呑み込んだ。

「それならそうと、いってくれたらよかったのに。顔が丸いとは思いませんでしたよ。やせたとも思わなかったけど。そういう第一印象のことね。ごめん、仕事柄、つい」

「何も謝るようなことじゃないけど。まあ、その戦いの一環で、この間いってた鍼治療に通うようになったっていうこと」

「ああ、四十肩にいいっていってた」

「そう。行く?」

突然決断を迫られ、一瞬口ごもる。

「……行ってもいい、けど」

「まあ、死んだ細胞に守られてるっていうのも面白いけど。何それ、ケラチノドン、だっけ？」

「ケラチノサイト」

私は海子の故意の間違いの挑発性を無視して、丁寧に訂正した。こういう大人の対応に接しているうちに、従妹・海子もいつか成長してくれるだろうと願っている。私はさらに海子の啓蒙に努める。

「さっき免疫のこと、いってたけど、ケラチノサイトも免疫システムに関与しているんです」

「へえ」

「そういうの、研究したくって、今、研究部門に異動願いを出してるんだけど」

「ああ、今は……」

「メークアップ部門」

「それで……」

といって、海子は私の顔を見つめた。

「気の毒に」

「そんなに同情されることではありません。やっと採用してもらった職場だもの」

「でも鬱なんでしょ」

「鬱ですけど。でも、この生き難さの原因は、職種にあるのではなく、もともと僕の気質にあるものと思ってます」

正確にいうと、もともとの気質に職場含むもろもろの条件が複雑に絡み合った結果である。

「ほんと、小さい頃から変わってないね、山幸。しゃべり方まで」

海子はちょっとなつかしそうにした。今だ、と直感して、私はおもむろに試作のファンデーションを取り出した。

「これ、新作なんだけど、つけてみませんか?」

海子はさすがに警戒の表情になり、

「新作? 試作中じゃないの?」

思わず「正解です」といいそうになったが、堪えて、

「このAって書いてある方を顔の右に、Bの方を左に、できたら一日二回、使って欲しいんです」

海子は、

「呆れた。まるで『注文の多い料理店』だ。で、この実験で何がわかるわけ?」

「……いや、実験っていうのはやはり人聞きが悪い。軌道修正中の新作の試用とでも心得て下さい。うちの会社が一般人相手に、そんなことしてるって噂が立ったら会社に申し訳が立たない。そもそも、そういう倫理的なことには本当に厳しいとこなんだから。外でそういうこと、いわないで下さいね」

「相変わらず小さいな、山幸。で、この新作のコンセプトは?」

「え、と細かいことはこの同意書に……」

私は「相変わらず小さい」といわれたことに少なからぬ動揺を感じていた。が、平静を装い、鞄から書類を取り出そうとした。

「……同意書! ますますもって怪しい」

「内容を読んで納得してくれたら、署名と判子を押して下さい。そうしたら、少ないけど謝礼が出ます。研究施設に出向いて——もちろん、交通費も出る——いろいろ協力してくれたらだけど」

「協力! 何をいったい」

「皮膚の水分量の測定とか、もろもろ。一時間もかからないよ」

「怪しいなあ。けど、怪しいことには興味がある、やるよ」

海子はぶっきらぼうにいった。昔から男気のようなものがあるやつだった。私は、多分海子がそういうだろうという漠然とした目算が自分にあったことに、このとき気づいた。

海子との会合から一ヶ月程経った朝のことである。痛みで目が覚めた。痛みで目が覚めるのにはもう慣れているが、それは今までの痛みとは違った。ピリピリと痺れるような絶えざる痛みの波が、左腕の前にも後ろにも拡がっていた。

不安はあったがそのまま出社する。が、どうにも痺れが治まらない。このままではパソコンさえまともに扱えない。耐えかねて、とうとうペインクリニックに電話する。受付嬢が取り次ぎ、ユリコ先生からすぐに来院するようにいわれる。

会社からタクシーでクリニックへ向かった。車中で、肘を上げていれば痺れがましになるのに気づき、左肩を左の五指で摑《つか》む案配で肘を上げ続ける。そのまま右手だけでなんとかタクシーに料金を払う。受付嬢は、入ってきた私の姿を見て、一瞬顔の表情を止めるが、すぐに冷静に、

「腕、下げられないんですか」

「これが楽なんです」

受付嬢は頷き、私は待合室の空いている椅子の一つに座った。今日はそれほどの込

み具合ではない。飛び込みの急患、という扱いで、すぐに私の名まえが呼ばれる。診察室のドアを開けると、ユリコ先生は心配そうな顔で、

「ああ、下げられないんですね」

しばらく私の様子をチェックしていたが、

「これは、MRIを撮った方が良さそうですね」

が、このクリニックにはその設備がない。それから紹介された近くの総合病院までタクシーで行き、そこで撮ってきたMRIの画像から診断された病名は、頸椎《けいつい》ヘルニアだった。神経ブロック注射をし、湿布薬をもらって家に帰ったが、症状は一向に緩和されない。

鬱に頭痛、腰痛、四十肩に頸椎ヘルニア、百花繚乱状態である。

廊下の隅に木製の花台がある。その上の花瓶に差してある植物が、見るも無惨に枯れている。母が実家に介護の手伝いに行ってから、ずっとそのままだったのだ。元は何の植物かももう定かではない。臭気すら発し始めている。このまま見なかった振りを続けることはもうできまい。

曽祖父は植物園に勤務していたというが、私には植物への愛着はさほどない。いわ

れれば庭木に水をやる程度である。いわれていない花瓶の水を換えるまではない。ましてや痛みに七転八倒している昨今においてをや。花台の横に電話台がある。いくらなんでももうこの花瓶を洗ってしまわなければ、と左腕の痺れが左指の痺れに移ろうとしているのを右の指で押し止めるように腕を押さえながら見ていたら、その電話台の電話が鳴り始めた。右手で取ると、

「もしもし、山幸?」

海子であった。

「ああ。そうです」

「元気?」

「元気ではない」

「四十肩がひどいの?」

「四十肩もひどい」

「ほかにもあるの?」

「まあね。そういうことです」

私はさすがにそのとき頸椎ヘルニアのことまで説明する気力はなかった。それで海子に喋らせようと、

「君は、元気なの、その後」

「非常に、元気ではない」

「その『非常に』は、『元気』にかかるんですか、それとも『ない』に？」

「ない、に」

「何があったんですか」

「話せば長くなるから、電話口ではちょっと。それより明日のことだけど」

明日は、新作ファンデーションの被験者・海子が会社に来て、検査を受ける日だった。

「病院寄ってから行くから、一時間程あとにしてもらいたいんだけど、可能？」

「人と会う予定が入っているわけではないので、それはだいじょうぶですが。また悪くなったの？」

「長くなるから、明日」

そういって海子は電話を切った。私は右手で左手を摑みながらその場にしゃがみ込んだ。海子が電話を切ったのが衝撃だったのではない。右手で受話器を持っている間中、左手の痺れが耐えられないほど痛み始めたのだ。

しばらくそうやって苦痛に耐えていると、なんとか立ち上がれる程には痛みは遠のき、そろりそろりと体に急激な変化を与えぬよう、立ち上がった。そして右手で花瓶を抱え、洗面所に運び、一旦ドロドロになった後、乾いて固形物と化した元植物を取り出し、ビニール袋へ入れた。花瓶の内部を思いきり洗いたく思ったが、何しろもう余計な動きは一切できぬ身なので、臭気を発する花瓶に水を注ぎ、ざっと洗って洗面台の下にしまった。

翌日、確かに当初の予定の時刻、午前十時をちょうど正確に一時間回ったところで海子は研究室に現れた。二回目である。一回目のときは、海子が被験者になることを承諾した次の日、ファンデーション塗布前のデータを取るために来てもらったのだった。

が、この日現れた海子に、私は違和感を持った。

「どうしたんですか」

ジャケットを上から羽織ってはいたが、上半身の奇妙に着膨れた感じは隠しようがなかった。

「どうもこうも」

海子はすっかり疲れた様子で、

「この話をすると長くなるけど、いいの？」

海子の話は一度始まると、なかなか止まらない。私は慌てて、

「じゃ、とりあえず洗顔してもらいましょうか」

皮膚の水分量の検査は、洗顔の後、二十二度の室温と、五十パーセント以下の湿度に設定された「人工気候室」で一時間待機してもらい、肌を落ち着かせた後、始めることになっている。室温が二十三度以上の部屋だと汗が出て正確な値が測れない。

「洗顔っていっても、私、完璧にできないかもしれないけど」

海子はそういって、ブラウスの四、五番目のボタン辺りから、左指の先をちょろちょろと出した。その辺り、ボタンは外されていた。海子の左腕はブラウスの袖を通らず胴体にくっついていたのである。私はぎょっとしたが、ここでその異様な風体の説明を求めたら、時間はいくらあっても足りなくなる。そこへ、いっしょに測定を手伝ってくれることになっていた女性研究員、市山さんが現れた。ふだんは寡黙だが、要所要所で的確なサポートをしてくれるので私は信頼している。三十代前半、独身。中肉中背。長い髪を後ろできりりと一つにまとめている。海子に向かい、自己紹介した後、

「どうなさいましたか」

気遣わしげに訊いてきた。今の海子を一目見た人間なら、誰もが抱く疑問だろう。

私は海子になされたその質問に、自分で、

「話が長くなりそうだから、とりあえず洗顔から済ませることになったんです」

「洗顔って……」

市山さんは戸惑ったようだった。

「失礼ながら、拝見したところ、日常生活にも不便をきたしておられるのではないかと案じられるご様子です。この上ファンデーション試験をお願いするのは……。少なくとも今回は、ちょっと……」

そうか、なるほどそれが常識的な判断というものだ、と、私は救われたように市山女史に頷いた。そして海子に、

「そういうことですね、やはり」

と、最初からそう思っていたかのようにゆっくりと頷いてみせた。海子は、

「ああ」

拍子抜けしたように呟くと、

「せっかく急いで来たんですが……」

敬語だったから、これは市山女史に向けての言葉だったのだろう。市山女史は、同情の気持ちを込め、

「そうですよね。でも、ここでご無理をしていただくのは申し訳ないです。私も、怪我をした経験があるので……」

そして私の方を向き、

「佐田さん、カフェテリアが開いている時間ですから、見学がてら、そちらにご案内して、ちょっとコーヒーでも。休憩時間には早いけれど、今の方が空いているだろうし」

これは私の休憩時間を前倒ししろということだな、と受け取ったが、私の身内である海子への、女史の気遣いはありがたかった。立ち上がり、

「そうですね、では、ちょっと下へ行きましょうか」

新しくできたカフェテリアは、一般の客も利用ができるというので、最近雑誌でも取りあげられた。ガラス張りで、郊外の利点を生かして作られた庭の緑が気持ちいい。移動する間、私はいつの間にかまた、左腕を上げるポーズになっていた。カフェテリアに入り、庭に面した席に着くまではなんとか下げていたものの、ウェイトレスが来て、注文をとっていくとすぐにまた、左腕に痺れるような痛みが始まり、耐えられず再び九十度に肘を上げた。海子は小さな声で呟いた。

「これはまた、どうした山幸」

それから、それだけでは自分の質問が不十分だと感じたのか、

「手」

と短く補足した。そしてまた、

「左の」

と追加した。そんなことはいわれなくてもわかっている。このポーズが異様なことくらいは。

「こうしていると楽なんです。気になる？」

「気になる、といったら、下げられるの、それ。さっきまで、やってなかったじゃない」

下げれば非常な痛みが私を襲う。

「いや。さっきと今の間に、変化が起きたんです。けれど日常的に起きる変化なので、その都度対処するしかない。で、今、対処しているわけです。気になるんですか」

私の口調になにか切羽詰まったものを感じたのか、

「別に」

海子は視線をそらした。そして、

「私のこれね、左肩骨折したの」

「それはまた、どうして」

海子は一度大きく息を吸うと、

「二週間前のこと。職場近くのビルの中のレストランで食事をした後、階段を下りようとしたのね。そしたらその階段がおしゃれな階段で、照明が、こう、下から出ていて、段差がよくわからない状態だったの。ああ、よくわからないなあ、と思ってたら、一段目を踏み外した。その階段は、七、八段続いた後、踊り場があって、それからまた段が続くんだけれど、その、七、八段に、こう、前のめりに落ちた。バッグを右に抱えたまま。痛くて立ち上がれなくて、最初は、あ、私、頭を打った、って思ったのね。私、頭をやられたって。こんなに、立ち上がれないくらい頭を打ってだいじょうぶかな、って思ったのね。実際、おでこに痣《あざ》もできたし。で、なんとか立ち上がって、下まで下りたら、頭じゃなくて、左の肩が異常に痛いって気づいたの。そしてしゃがみ込んじゃったの。ちょっとでも動かしたくないくらい。そしてどんどんどんどん痛くなってきた」

「救急車呼ぼうとは思わなかったんですか」

海子は首を振った。

「なぜだか最初、自分の体がどうなってんのかよくわからなくて、打撲かな、なんて思ってた。なんとかかんとか立ち上がって、駅に向かって歩いた。週末でもあるし、人通りも多くて、何しろすごく痛いから、人にぶつかるんじゃないかとひやひやしながら。勢いよく歩いたら響くから、そろりそろりと。でもますます痛くなって、一応電車には乗って、降りるときになっても、立ち上がるのが痛くて立ち上がれないの。でも必死で立ち上がって、ホームに降りたら、今度は歯の根が合わないっていうか、震えが来ちゃった。痛くて、歯の根が合わない」

「そりゃ……」

「止めようとしてもどうやっても止まらない。これはだめだ、と思って、ホームから市の救急案内に電話して、事情を話したら、救急外来がある病院を二つ紹介してくれた。その一つが行ったことのある病院だったので、そこに行ったの。ちょうど整形外科の当直医がいるというし。で、十一時近くだったかな、駅からタクシーで行って、すぐにレントゲン撮って診てもらったら、すぐ、あ、これは折れてますねって。そこで服を脱がなくちゃならなかったりとかあったんだけど、それがほんとに痛くてつらくって。そこで当座の痛み止めをもらって。で、これは見るも明らかな骨折である、と。ただし、割と単純に折れてます、複雑じゃない、と。だから手術は必要じゃないでしょう。ギプスで固めたりしながら、骨の再生を待たなきゃならないんだけど、通わなくちゃいけない。ここの病院は大きいから、待合で待つのも大変でしょう、お宅の近くの整形外科で、治療を受けられたらどうですか、っていわれた。で、電車で一駅先なんだけど、近くの病院に翌日行って、もう一回点滴打って、これは一ヶ月は完全に固定しましょう。それで、吊った上から……こう……肩ってのは、ギプスがよくないんだって。なんでだか。微妙な動きをするから、かな。よくわかんないんだけど、とにかくギプスしないほうがいいんだって。腕ならこう、固めればいいわけでしょ。でも、肩はだめだって。なんでだろ。腋の下があるからかな。でもとにかく動かないようにしなくちゃだめで、三角巾で吊った上から、こう、ベルト様のコルセットみたいなのを胴部分にぐるりと巻き付けて固定した。僕がいうまでは、風呂もやめといて下さい、っていわれたけど、でも、風呂なんて。ちょっと動かすのも悲鳴上げるような状況で、風呂入るなんてとてもできないから、そのときは何とも思わなかった。横になったりとか、いろんなすべての動作が、ここに響いて、固めてあっても響いて、それがとてもつらかった。寝てても痛かった。寝てても、これ、外せないから、こういうふうに、一定の姿勢で寝ないといけない。ずっと付けっぱなし。さすがにこの辺が爛《ただ》れてきちゃった」

海子は腋の下を指した。

「それはわかりますが……。立ち入ったことを聞きますが、それ、ブラウスの袖も通せないんですか」

「そう、ブラウスの袖はぶらぶらのまま、ジャケットの袖に突っ込んである。けど、左手も先っぽのとこなら動くから、使えるものならちょっとでも使いたい。だから……」

海子はさっきのようにブラウスのボタンの間から、ちょろちょろと左手を出してみせた。私もつられて、左肩を摑む格好になっていた左手の指をちょろちょろと動かしてみた。途端に指先まで痺れが通った。顔をしかめ、

「……とうとう」

「どうした?」

海子が怪訝そうに私の九十度に上がった左腕を見た。

「左腕に痺れるような痛みがあって……。検査したら、頸椎ヘルニアなんだそうです。かろうじて、指先は免れていたのに、たった今、痺れが指先まで通った。完遂したっていうか……」

「おめでとう、っていうべきかどうか」

「ぴったりの言葉じゃないでしょうね」

即座に、強く、返した。我ながら憮然《ぶぜん》とした表情だったと思う。

「それはそうだろうけど、完遂、なんていうから」

海子はしばらく言葉を探すように視線を下に向けていたが、

「山幸、これ、おかしいよ。なんで私たちだけ、こう、次から次へと痛みが襲ってくるの？」

なぜ、私たちにだけ、次から次へと痛みが襲ってくるのか。

「うーむ」

私もこの質問について考えを巡らせてみた。

「こういう、非常な痛みを伴う病気や事故に、まったく縁のない人びともいるでしょうが、強力な縁のある人も、少なからずいるのです。たまたま、僕はそうであり、君もそうだった。たった一人しかいないいとこ同士そうだった、というのは確率としては低いだろうけれど、ゼロじゃない」

「いいよ、もう。そんなこと聞きたいんじゃない」

海子は右手を振って、私の発言をけんもほろろに打ち捨てた。ちょうどそこへ、注文したコーヒーと、サンドイッチを持ってウェイトレスがやってきた。サンドイッチなら、海子も食べやすかろうと思って勧めたのだ。私はカツサンドを頼んでいた。しばらく二人とも無言でコーヒーを飲み、サンドイッチを食べた。それからひと心地ついたのか、海子は唐突に、

「それより宙幸彦と、連絡がついたの？」

宙幸彦のことを考えると、気もそぞろになる。あれこれやってみたが連絡がつかない。とにかく会社を休めるときまで待とうと、今は強いて思い出さぬようにしていた。

「いや。まだだけど。そのうち時間が取れたら『実家』に行ってみるつもりです」

「今は空き家になってるんだっけ」

「そう。現地の管理人はいるはずだけど……。どうだったかな、その辺」

そういえば、管理をどこかに頼もうとして、そのままだったことに気づいた。が、そのことは口にしなかった。

「行ったことある？」

「ない。君は？」

海子にも私にも、先祖の家である。私の知らない彼女の家族内のイベントで、彼女が「実家」に行ったことがあったとしてもおかしくはなかった。

「ないのよ、それが。考えてみればそれもおかしな話よね」

「まあ、確かに」

私たちは二人とも黙り込んで、どちらからともなくサンドイッチに戻り、それぞれの思索にふけった。それから海子はふと顔を上げ、

「ところでその頸椎ヘルニア、手術するの？」

「いや、今のところ医者はそのことには触れないし、僕もそのつもりはないけど」

頸椎の手術には非常な危険が伴う、という漠然とした恐怖もあった。

「でも、痛いんでしょ」

「痛い」

「病院ではどういう治療してるの」

「顎の牽引と、神経ブロック注射。でも、今回はあまり効いていない」

「じゃあ、行ってみる？　例の鍼」

「ああ」

確か前回、海子が勧めていた鍼治療であろう。それも悪くない、と思った。ユリコ先生のところも、これ以上通っても、私の精神的な慰めにはなりこそすれ、肝心の痛みの緩和ということでは、効果は期待できなくなってきたようだった。例の根源的な不安も、ひどくなる一方であったし。

「わかりました。行ってみます」

「今日でも?」

「今日?」

「早い方がいい」

海子は自分一人で頷いていた。

祖母・早百合の来客

帰宅すると、母からファクスが届いていた。私は留守番電話を設定していないので、母は日中私に連絡しようと思い立つと、たいていファクスで用件を書いて送るのだった。私が帰宅するまで待って電話をかければいいようなものだが、思い立ったときにやらないとすぐに忘れるから、というのが母の言い分だった。昔から三歩歩いたらすべてがリセットしてしまうようなひとだった。ファクスには「長いこと留守をしている間に、衣替えの季節に至ってしまった。衣替えのことはあなたにはわかりかねるだろうから、私が帰宅しなければならないと思う。帰宅しなければならないと思うが、如何」と記してあった。何がいいたいのか。繰り返し「帰宅しなければならないが如何?」と問われた場合、返事を求められているのだ、と思わざるを得ない。返事としては「そう、帰宅しなければならないね」か、「いや、帰宅しなくてもいいよ」のどちらかだろう。「帰るな」というのも番外としてはあるだろうが、今回はそれを採択するまでの事態ではない。適切な返事と思われる前二者にさらにそれぞれへの分析的ニュアンスを加えていい直すなら、「そう、僕には衣替えのことはわかりかねるから、母さんは帰宅しなければならないね」、と、「いや、いってくれれば僕にだって衣替えのことはなんとかできると思うから、母さんは帰宅しなくてもいいよ」となる……何ということはない、私の衣替え対処能力の有る無しについて自己申告を迫っているのである。ならば最初から、「あなた、衣替えできる?」とシンプルに一言訊いてくれればすむものを。

母親の弄するこの種のレトリックに、昔から幾度絶句させられてきたことか。それが私の人格形成に、どれほど多大な影響を与えてきたことか。ため息をつきつつ、送られてきたファクス用紙の裏に、「好きなように」と書いて送り返す。しばらくするとファクス機がカタカタと音を立て「そんな人を突き放すような言い方はないでしょう。それだから嫁の来手がないのですよ」。余計なお世話である。未だ独身の私の行く末について、実家の親戚連中が要らぬ意見や世話焼きをしているのだろう。だいたい、もう私が帰宅したことはわかっているのだから、電話でいえばすむ話なのである。ファクス、ファクスと続いたので、頭の切り替えが利かず、そのまま当然のようにファクスを送り返してきたのだろう。私は受話器を取り、母の実家に電話した。すると実家のファクス兼電話機の前で固唾《かたず》を呑んで返信を待っていたに違いない母親が、すぐに受話器を取った。

「もしもし」

「もしもし」

「あら、山幸彦。ファクスを待っていたのに」

「なぜファクスを送る必要がありますか。僕が帰っているのはわかっているのに」

「私が最初ファクスを送ったのは、あなたが留守だから必然性あってのこと。あなたがファクスで返事を返してきたことが、そもそも不必要だったのではない？」

その通りなので返事に詰まった。人をいい負かそうとするときだけ、へんに論理的になるタイプなのである。論点を変えようと、

「まだまだ寒いのに、衣替えなんか早いでしょう」

「同じ寒さでも、冬まっただ中のときと、目の前に春が迫っているときとでは、服の色合いを変えねばならぬものよ。着物は特にね。若草色、萌葱《もえぎ》色、桜色、春を待つ心を表すために」

最後の部分は歌うようにいった。確かにそれは、商品開発部の連中もしょっちゅう

いっていることだ。

「それなら、僕にはまったくわからない。帰ってきて自分でやってもらわねば」

「で、しょう」

この、で、しょう、の一言には、ほらみなさい、私がいっているのはそういうことよ、あなたに能力がないから結局私が出向かねばならないのよ、という、攻撃と非難と勝ち誇った思いが詰まっていた。こんなことで勝ち誇られてもどう返していいものかわからない。ぎゃふん、とでもいうのを期待しているのか。真剣に考えていると、

「ところで四十肩はどうなの」

母から「四十肩」といわれると、不思議に反撥したくなる。

「三十肩です。健在です」

「それはよかった、じゃない、よくないじゃないの」

「僕に怒らないで下さい」

「健在なんて言い方するから、つい」

「なりたくてなったんじゃない。しかも頸椎ヘルニアまで」

「あら、それはたいへんね」

親子といえども痛みを共有できるわけではない。所詮他人ごとである。それはわかっ

ている。この三十数年、そのことは思い知らされてきた。が、息子が頸椎ヘルニアになって、あらたいへんね、という返しがあるだろうか。しかしここで感情的になっても何の益もない。

「そう、毎日たいへんなんです。手が下がらない」

「手が下がらない？」

「ええ。だから、料理とか家事諸々、帰ってきてくれると助かるんですが」

「わかったわ。衣替えのついでもあるし。でも手が下がらないって……」

私は衣替えのついでか、と思いつつも、

「上に上げているのが一番楽なんです。肩の上の方に。下に下げようとすると痛くて……」

「まあ、でも楽な姿勢があるっていうことは救いね。ここに来てくれている訪問看護師さんが通っている家の患者さんなんか、もう、寝かせても、座らせても、どっちに向けても必ずどこか痛くなるんですって」

「……確かにそういう場合と比べれば」

「ものごとはなんでもいいふうに考えなければね」

急に親めいた口調になり、

「じゃあ、明日にでもちょっと帰って様子を見てみましょう」

ああ、と私は天を仰ごうとして、途端にまた激痛に襲われた。帰ってきてくれれば楽、とは確かにいったものの、実際に帰ってくるとなるとまた、いろいろな覚悟を迫られる母親なのであった。

母の実家はここから電車で二時間程の距離である。翌日帰宅すると家中の窓が開いていた。

腕は、必要に応じて瞬間的に下ろすことは可能であるが、長いこと下ろした状態にしておくと相変わらず痛みが生じる。こんなに開け放たれた窓を、いちいち閉めにいく程の余裕は今の私にはない。明かりのついた台所の方で人の気配がした。私はそちらに向かいながら、

「寒いじゃないですか」

流し台に向かっていた母は、振り向きざま、

「あら、お帰りなさい。久しぶり」

「お久しぶりです」

母は水道を止め、タオルで手を拭きながら、こちらに向かい、

「……あのね、いつも、いおう、訊こう、と思っているうちに数十年が過ぎてしまったわけだけれど」

「はい」

「なぜ親に敬語を使うの。みずくさいじゃないの」

なぜ今になってそれを、と戸惑いつつ、

「目上の人間に敬語を使うのは当たり前だと教えられてきましたが」

「それはそうだけど」

「また、親に敬語を使うのは、戦前からの美風を守るということであっても、責められることではないと思っていましたが」

「それもそうだけど」

「人間関係に適切な距離を保つ、という意味で、敬語が非常に有効であることを、ずいぶん幼い頃に発見し、学習し、習得してきたんです」

「あ、そうなの」

母は拍子抜けする程あっさりと引くと（これ以上追及すると、自分に火の粉の降りかかるめんどうな事態になるであろう、という気配だけは瞬間的に察知し、動物的本能で素早く回避するタイプなのである）、

「それにしても、よくここまで埃をためておけたわね。帰って来早々、埃っぽさに我慢できずに、この寒いなか、ハタキもって家中ぱんぱんたたいて回らなきゃならなくなったわ」

「電気掃除機かければすむことじゃないですか」

「なぜあなたはかけなかったの」

「忙しかったんです」

母は改めて、というように私をじろじろと見て初めて気づいたかのごとく、

「……そういえば、手、上がっているわね」

「痛いんです。ひどく痛むんです。それに寒い。開けた窓、閉めてくれませんか」

母は返事の代わりに黙って窓を閉めに動き出した。私が二階へ行き、着替え、再び降りてくると、台所で食事作りの続きに入っていた。道々材料を買ってきたのか鍋の中で何かが煮えている。私は台所のテーブルで新聞を読む。相変わらず手は上げたまままだ。母はまな板の上の茹で上がった青菜と向き合っていたが、振り返り、私を見、

「じっとしてても痛いの?」

「痛いです」

「病院行ってるの」

「行ってます」

「頸椎ヘルニアって……。今までわからなかったの？　急になったわけではないでしょう」

「ものがつかみにくいとか、力が入れにくいとかはありましたが、それは三十肩のせいだと思ってました。だから発見が遅かったんです。気づけば急性期。ところでお祖母ちゃんはどうですか」

「もう、ちょっと覚悟したほうがいいみたい……っていってから、ずいぶん経つのよね。そうだ、あなた、会社休んでいっしょに行かない？」

簡単にいってくれるものだ。

母方の祖母は、祖父が他界したあと、母の独身の妹と二人で暮らしていた。祖父がいた頃も、その後も変わらず、子どもの私の目から見て判で押したような規則的で、至極静かな毎日を送っていた。たまに泊まりに行っても、朝食・昼食・夕食は、いつも必ず同じ時間に出た。風呂も、同じ時間に沸いていた。祖母はいつも同じテレビ番組を見、いつも近所の同じ店に買い物に行っていた。祖母の家では永遠にそういう生活が続いていくのだろうと思っていた。そういう場所があることは、自分にとって、ずいぶんほっとすることであったのだと、そういう場所がなくなった今、しみじみとわかった。

最初は何の病気でだったか、寝ついてからは、近所に住む母の弟夫妻やヘルパー、友人有志の定期的訪問等、誰かれとなくしょっちゅう出入りがあり、むしろ寝つく前より家はにぎわっているようであった。しかしその生活もかれこれ十年にもなり、祖母の齢《よわい》も九十をいくつか過ぎ、寝つく頃から覚束なかった現実認識はとうに陽炎《かげろう》の如くなり、日中のほとんどをうつらうつらして過ごしている状態らしい。

確かに私の体の状況も、今まで通り日常生活を送るには、ほとんど限界に来ている。祖母に会うのもこれが最後かもしれないし——母によると、今度こそ危ない、という——彼女の家でしばらくゆっくりするというのもいいかもしれない、と思った。海子のいっていた鍼灸師《しんきゅうし》というのは、ちょうど祖母の家のある町の近くで開業していたので、治療に通うこともできるだろう。私は療養がてら、たまっていた有給休暇をとり、祖母の家に行ってみることにした。結局母の考えの通りになったのである。

さすがに母親であるから、私の困難な状況を見かねて、食事くらいはなんとかしてやりたい、いっそのこと実家に呼び寄せれば、自分の母親と息子の両方いっしょに見られて通う手間が省ける、とも考えたのかもしれない。そう思いたいが油断すると足払いをくうはめになる。が、寝たきりの祖母にはなんの罪もない。むしろ幼いときは世話になったものだ。叔母も同様である。

母親は留守の間滞らせていた諸事雑用に追われ、結局次の週末に私と同じ電車に乗り、会社へ届けを出した私と二人、実家へ帰った。実家は駅からタクシーで十五分ほどのところにある。祖母が元気な頃は小さいながらも菜園と花壇の両方を兼ねた生きした一角であった前庭は、今は見る影もなく雑草が生い茂っていた。

久しぶりに会った叔母は、前回会ったときの印象よりさすがに老けていたが、母より遥かに私に同情的だった。

「まあ、山彦ちゃん」

もともと小柄だった叔母はますます小さくなったかのように見えた。それほど感情的な質《たち》ではないのだが、一瞬胸の前で両手を振り絞るようにして、

「その手」

私は相変わらず地図上の記号のように（発電所だとか寺院だとか、そういうもの）手を高く上げていた。

「かわいそうに、痛いのね」

叔母は涙ぐまんばかりだった。海子にしろ母親にしろ、私の周囲の血縁で、これほど私を深く思いやってくれた人間がいただろうか。思わずしんみりすると、横合いから母親が、

「さっさと荷物を部屋に運んでちょうだい。私の分は客間でいいわ」

この満身創痍《そうい》の私を使おうというのである。

「ああ、山彦ちゃんはそれよりお祖母さんのところへ行ってあげて。今、訪問看護師の石突《いしづき》さんがいるけれど。荷物は私が運ぶから」

叔母は荷物と私の間に立ちはだかり、祖母の部屋の方を指した。

「おばちゃん」

私はいまだに叔母を子どもの頃のようにそう呼んでいた。母にできなかった分、甘えたい気分があるのかもしれない。

「ありがとう。これからお世話になります。できることがあったら何でもいって下さい」

私がそういうや否や、

「はい、じゃあ、これおばあちゃんのとこへ運んで」

と、叔母が口を開くより早く、母は自宅から持ち出した新しいタオル一式を荷物か

ら取り出して私に渡した。私は黙ってそれを受け取り、祖母の部屋へ向かった。後ろで、「もう、姉さんったら」と叔母が母をたしなめる声がしていた。もっと強くいってやってほしいものである。なぜこの叔母が縁遠く、母のような女性が早く片付いたのか。斯くの如く世の中は不条理に満ちている。

祖母は叔母よりもさらに小さく萎れてベッドのなかにいた。傍らで年配の女性が点滴の調整をしていた。彼女が、訪問看護師の石突さんであろうと思われた。祖母は目を閉じていたので、声をかけるのも躊躇われたが、石突さんは横から大きな声で、

「早百合《さゆり》さん、山彦さんが見えられましたよ」

祖母はうっすらと目を開き、私の方を見て、微かにうなずいた。どうやら認めたらしい。

「おばあちゃん」

私がそういうと、祖母は、

「ああ、来ましたか」

と、思ったよりはっきりした声でいった。

「体はどうなの」

母や叔母が私の窮状を話したのだろうか。心配をかけてはいけないと思い、

「だいじょうぶです。よくなりつつあります」

祖母は今度はしっかりと目を開け、私を見、いやいやをするように首を横に振って、

「……そんなふうには、おっしゃってなかったわ……」

え？　と、私は石突さんの方を見た。石突さんはちょっと小首を傾げて、

「誰がですか」

と、祖母に訊いた。

「さっきまで、佐田のおじいさんが来ていたのよ」

「え？」

今度は、石突さんが私の方を見た。

「佐田とは私の名字。つまり、私の父方の祖父のことをいっています。が、とうに亡くなっています」

私は小さな声で、石突さんに耳打ちした。

「あなたのこと、心配してらしたわ」

私は背筋が寒くなる。が、

「なんて？」

「家の、後始末がどうの、と」

家？　後始末？　死んでからそこまで口を出すのだろうか。訳がわからず、石突さんを見る。石突さんはうなずき、

「早百合さん、おじいさんはもう、帰られましたか」

「ええ。でもまたいらっしゃると思うわ……」

そういって、祖母は再び目を閉じた。ちょっと、といって、石突さんは私を部屋の外へ出し、

「あと、一週間くらいです」

「え？」

「お別れのときが、です」

「え？」

「せん妄状態とみました」

「そんな」

「そばについていて差し上げて下さい。私はお嬢さん方にお話ししてきます」

お嬢さん方、という言い方に引っかかったが今はそんなときではない。なぜああもはっきりといい切れるのか。私は石突さんをどの程度信頼していいものか、手持ちの

情報が何もなかったので、混乱した。とりあえず祖母のもとへ戻ってみたが、彼女はまた目を閉じていた。椅子に腰掛けて祖母を見つめる。もう微動だにしない。目の前にいるのに、どこか手の届かない場所にいるようだ。

叔母が入ってきた。

「なんか、おかしかったんですって？」

「おかしかったというか……」

叔母は祖母を憚《はばか》るように、こっちこっちと私を部屋の外へ呼び寄せた。

「石突さんは、看取りの経験が豊富なのよ。だから、これが起こってくるとあとどの位、という見通しが立つのね」

叔母は淡々といった。

「それで、僕の佐田の祖父が来た、っていうのがせん妄状態だというのですね」

「だって、信じられるの？」

叔母はちょっと意外、という顔をして私を見た。

「いや、信じているわけではありませんが……」

そこへ母もやってきた。

「おかしかったらしいわね」

「おかしかったというか……」

「おじいさんが来たっていったんですって？　それ、お迎え現象じゃない」

「いや、お迎えに来たわけじゃないと思いますよ」

「じゃ、なんか用事があったっていうの？」

祖母に言付けたのだから、一応、用事があったといえなくもない。

「まあ……」

「何の用事？　気になるわ」

「僕を心配してたって」

「へえ」

と、母は私をちらと見た。

「まあ、お迎えだったら、佐田のおじいさんより、自分の夫でしょうねえ」

「いや、とんでもない人も来るらしいわよ。さっき、石突さんから聞いたんだけど、子どもの通っていた学校の用務員さんだとか、よく行っていたスーパーの肉売り場の人だとか」

「生きてるの、死んでるの、その人たち」

「そりゃ先に死んでるからこそ、お迎えができるわけでしょう」

「そうよねえ」

私は、先ほど石突さんが「お嬢さん方」と呼んだ意味がわかるような気がしていた。

「ところでその、石突さんは？」

「ああ、もう帰られたわ」

あとでもう少しちゃんと話ができると思っていたのでちょっと拍子抜けした。

「けれど、もう危ないっていうのなら、病院に連絡した方がいいんじゃないですか」

母と叔母は顔を見合わせ、

「病院へ連れて行って無理な延命措置をとってもらうつもりはないわ」

「うちで最期を迎えさせるつもりですよ、私たちは」

そうよねえ、ねえ、とうなずきあう。すでに姉妹の間で、またたぶん祖母も交えた三人の間で合意できていることなのだろう。だが、やはりできうる限り諦めず、最善の処置をとってもらうことを願うのが、親族としてあるべき姿なのではないか。私は祖母との別れを簡単には受け入れ難かった。

その夜は近所に住む叔父夫婦も来、石突さんが、祖母の「お別れの日」まで残された日々はあと一週間、と見切った話が伝えられた。叔父はさすがに沈痛な面持ちになり、涙ぐんだ。石突さんがそういったからといって、それがどこまで信用できるのか、と一応は抗《あらが》ってみていたが、彼女がそういった以上はどのみちそうなるのだろうと諦め始めているのが、傍から見ていてもよくわかった。義理の叔母は多少神妙にはしていたものの、どこかに、大げさにいえば自由を告げられた囚人のような解放感が隠しようもなく滲んでいた。ちょっとした言葉のはしばしや、立ち上がるときの動作に、それを聞く前とは違う「切れのよさ」のようなものが見えるのだ。彼女もいろいろと拘束されていたのかもしれない。母がここを留守にして家へ帰っていた、この一週間程は、特に。

それから祖母の喀痰《かったん》吸引や点滴のケアのローテーションが再確認され——私は除外された。体の状況を慮《おもんぱか》られて、というより、自身も痛みに耐えている覚束ない手つきで吸引カテーテルなど扱われるのを怖れたのだろう——、話題は私の体に移った。叔父は自分が四十肩になったときの苦労話をひととおり話した。叔父の結論は、「何をやっても、時期が来ないと治らない」ということであった。その時期、というのが、右肩、左肩、それぞれ約一年。これは私が経験者から聞いた情報と合致することなので、別段驚きはしなかった。だが、叔父が「最近聞いた話」として、ちょっと変わった治療をする鍼灸院のことを持ち出したときはさすがに驚いた。オーダーメイド、というか、患者によってまったく治療方法を変えるというのであるが、私が驚いたのはその治療法ではなく、「仮縫《かりぬい》鍼灸院」というその鍼灸院の名まえだった。その風変わりな名まえは、まさに海子がいっていた鍼灸院の名と同じだったのである。こんな名まえが、二つとあろうとは思えない。

「そこでよくなった、っていうんだよ。仮縫いでね。針がね。効くのかな、やはり」

「治療法が仮縫い、というわけではないのでしょう。佐田の方の従妹も、勧めてくれています。今回、実はそこへ通うつもりでいるんです」

「仮縫にかい」

「ええ」

「ほんとに効くのかしら」

母は怪しんでいる。

「確かに、従妹・海子は未だに痛みから解放されていませんが、彼女が勧めるからには、なんらかの効用があるのだと思われます」

「まったく、山彦、君のしゃべり方は変わらないなあ」

叔父が呆れたような声を出した。母が素早く、

「じゃあ、今夜は私が当番ね」

と、話をそらした。また私が、「人間関係に適切な距離を保つために敬語を使うようになった」という話を持ち出すのではないか、と怖れたのだろう。なぜ私の幼少の頃、その必然性があったのかということになれば、話は自然に母の子育てに移る。それは、母には避けたい事柄なのだろう。

石突さんは翌日も顔を見せた。今まで隔日だったのだが、この一週間は毎日来るつもりだという。なんだか祖母の死がイベントのように扱われている気がして、私は不愉快だった。

「ほんとうに祖母の死が間違いのないものと予想されるくらい、危機的な状況だというのなら、病院へ運んだらどうなんでしょう」

私がいうと、石突さんは袋から薬剤を出しながら、

「病院へ運ぶと、どうしても延命のための治療が行われますよ」

それはそうだろう。病院というのはおしなべてそういうものであろう。もちろん、患者を苦しめるだけの、過剰な延命措置は私だって望まないが。

「それのどこがいけないんです」

「ここだと、こうやって、早百合さんができるだけ苦しまないため、気持ちよく過ご

せるための処置だけですむ。意識が戻ったときは、話し相手にもなってあげられる。残り一週間を、どれだけ充実した時間にできるか、心をくだいてあげられる。けれど……」

と、石突さんは、いったんため息をつき、それから、

「病院に入院させたら、病院は自分たちが持っている、あらゆる手段を講じようとせざるを得ません。それが延命に必要と判断されたら、輸血、利尿剤、昇圧剤、人工呼吸器装着、心臓マッサージ……。それは、どうしたって死に向かっている体を、無理やりこの世につなぎ止めようとする行為なのだから、体ぜんたい、むくんできて、手足の関節も曲がらなくなる、かもしれない。ケースによっては皮膚は壊死《えし》して黒ずみ、毛穴からは栄養分を含んだリンパ漏《ろう》がたらたらと出てくる、かもしれない。患者さんの苦痛は長引き、意識は重度の認知症のようになる、こともある……」

石突さんは、淡々とそう述べた。私は絶句してなんと返していいかわからない。

「それでも、病院での治療を望みますか。ここなら」

と、窓の外の庭を指差し、

「鳥の声も聞こえるし、日常の生活の音も耳に入る。朝になったら家族の飲むみそ汁の匂いも漂ってくる。家族や友人が手も握ってくれるし、さすってもくれる……」

私はため息をついた。父の死はあっという間で、こんな葛藤を抱える暇もなかった。

生体には寿命というものがあって、やがては老衰し、死んでいくのだということに初めて直面したのは、子どもの頃飼っていた犬の最期によってであった。あれほど散歩が好きだった犬が、外に出るのを渋るようになり、好奇心で輝いていた目はうつろになり、横になったまま起きようとしなくなった。明らかに異常事態が起きていると思い、渋る犬を無理やり病院に連れて行ったりしたが、獣医の対応ははかばかしいものではなかった。腫瘍ができているから手術するとか、どこそこの器官に異常所見があるからこういう処置をするとか、そういう明晰さがない、と子ども心にも思った。

「もう年だからね」

そういう言葉が、それまでも両親の口から出ていたが、獣医もまたそれに似たことをいい、私にはそのことがまったくわからなかった。もう年だからどうしたというのだ。

犬はそのまま、すうっと、それこそ命の灯が消えるように死んでいった。

子どもの頃刻み込まれた、そういう疑問が、ふっと脳裏をかすめた。

「どうあっても、祖母がこれ以上回復する見込みはないということなのであれば。そして、末期、病院で受ける医療がおっしゃるようなものであるとすれば」

中廊下の突き当たりの窓から、長い日が差し込んで来ている。窓を四等分する桟が、影になっても律儀に窓を四等分している。その桟のところにスリッパの足を添わせながら、私はぼそぼそと、悪いと思っていないのに言い訳をしなければならないはめになった中学生のように、勢いのないことばを羅列し続けた。

「自宅でできるだけの介護を続ける、ということが祖母にとっていちばん望ましいことなのは間違いないのでしょう」

石突さんはにっこりと微笑み、それから急に真面目な顔になって、私の肩から腕に視線を向け、

「それはそうと、山彦さん、あなたのその腕。いろいろお悪いとは聞いていましたが」

気づけば私はまた、腕を上げていたのだった。

「ええ。すみません、お見苦しくて。これが楽なんです」

「痛いんですか」

「ええ。痛いんです」

痛くもないのにこんな格好などするものか。

「四十肩?」

「ええ。三十肩ですが」

私はもう、はっきりと「三十肩」で通し続ける覚悟を、このとき、した。

「病院には行かれているんですよね」

「ええ。でもなかなか」

石突さんは、そりゃそうに決まっているというように、表情も変えず、

「そう。温めるのと冷やすのと、どっちが楽?」

それは、考えたことがなかった。改めて考える。風呂に入って、別段楽になったと感じたことはないので、温めてどうこうということはないだろう。

「冷やすということはしたことがありませんが、温めたから楽ということもないと思います」

「そう。西洋医学的に、打つ手がないのだったら、これからは体に訊きながら、楽になる方法を探っていくのが、いいかもしれませんね」

「はあ」

そのとき、ブザーが鳴った。

「はいはい」

石突さんは、じゃ、この話はまた、といって祖母の部屋のドアを開けた。私もあとについて入った。

祖母は目を覚ましていた。微かに、肩で息をしている。

「……あなたは？」

眩しそうに私を見た。

「山彦です」

「……私の孫と同じだわ」

「その孫の、山彦です」

「昨日、見えられたんですよ」

石突さんが点滴の交換をしながらさりげなく言葉を添える。

「……山彦ちゃんなの……」

祖母は、私に視線を合わさないまま、戸惑ったように瞳を動かした。

「しばらくぶりだったから。大きくなったでしょう」

「……ああ、やっぱり山彦ちゃんなのね……さっき、佐田のおじいさんがいらしてたのよ」

思わず石突さんと目を合わせる。

「またですか。ひとりで?」

「……誰か、小さな子を連れていたわ。あなたかと思ってたけど。こんなに大きいんじゃ、別の子ね」

「そう思われます。何かいってましたか」

「……稲荷《いなり》に油揚げを、って。どこのお稲荷さんですの、って訊いたんだけど」

「向こうはなんて」

「……ツバキシュク、って」

「椿宿」

考え込む。聞いたことがあるような気がする。だが思い出せない。

「どこかお心当たりが?」

石突さんが目の奥を光らせて訊く。好奇心のおう盛なひとなのだろうか。

「あるような気がするのですが、思い出せない」

ドアの向こうから、母が私を呼ぶ声がするので、返事をし、祖母の部屋をあとにした。

「何か用ですか」

居間では母と叔母が古いアドレス帳やらノートやら手紙類やらを持ち出して、何やら書類を作っている。

「あなた、喪服の準備をしてきた?」

「そんなもの、するわけがないじゃないですか」

私は思わず語気を荒くしていった。

「あらそう。私も向こうを出るときそのこと、いおうかどうしようか迷ったんだけれど、なんか縁起も悪いしね。でもいえばよかったわね」

「今、お祖母ちゃんと大切な話をしていたんです。用がそれだけなら、失礼します」

私は踵《きびす》を返して祖母の部屋へ戻った。背中で、「あら、怒ったのかしら」という母のとぼけた声がしていた。なぜもっと緊張感がないのか。

「もうよかったんですか」

石突さんは鉛筆削り器のような小さな器械で氷をかいていた。私は母から何を訊かれたか、祖母の前でいいたくなかったので、彼女の手元に目をやり、

「氷。この寒いのに。冷たいでしょう」

「この部屋は暖かいし、かき氷の方が、水を呑むより水分を摂取しやすいんですよ。呑むってけっこう大変で。かき氷だと、さあ、食べるぞって、体が準備するから」

祖母の目尻の皺が、そのとき深くなった。かき氷を、喜ばしいものと認識したのだ

ろう。

「早百合さん、何味にしましょうか」

「……練乳」

祖母は小さかったが力のある声で即座に答えた。こうしていると、一週間後に亡くなるとは到底思えない。私はつい、

「なぜあんななんでしょう、うちの母は」

愚痴るつもりもなかったことをこぼした。

「……あなたの母」

祖母が繰り返したので、慌てて、

「いや、なんでもないんです」

「この方は、山彦さん。山彦さんの母、ということは、野百合《のゆり》さん。早百合さんの娘さんですね」

石突さんがゆっくり確認しながら、練乳をかける。

「……わかってますよ……野百合が私の娘であることくらい」

祖母はにっこりと微笑んで、

「……あなたもたいへんね」

ふうっと、ためいきをついた。私は、ためいきがこんなに温かいものにもなりうると初めて知ったように思った。

　石突さんは、

「野百合というお名まえは、聖書からとられたと聞いていますが」

「……そうよ……次の娘は百合香と付けようかと思ったんだけれど……百合の香りはきついから……」

　次の娘、つまり叔母の名まえは百合根《ゆりね》だった。きつくても、百合香の方がよかった、姉さんの名まえは花屋、私の名まえは八百屋、と、叔母は若い頃さんざん愚痴ったそうである。いいじゃないの、私、百合根は好きだわ。百合根を嫌う人はあまりいないわよ。でも百合の香りは苦手っていう人はたくさんいるわ。私の母はそう慰め、この話題が出るたび、野百合なんて、いかにもたくましそうで、繊細さが全然感じられないわ、と付け足すが、そのことに同情した人間は私の知る限り誰もいない。

　祖母はいつの間にか目を閉じていた。もう半分眠りの国へ行っているのだろう。そう思っていたら、再びぱちっと目を開け、

「まただわ……そんなに山彦ちゃんにいいたいことがあるのなら、直接いったらいいのに……何も死にかけの私を使わなくても……」

佐田のじいさんが来たのだろう。思わず噴き出しそうになったが、ここで噴き出していいのか、不謹慎ではないのか、うっと詰まっていたら、先に石突さんが大声で笑った。

「早百合さん、頼りにされてるんですよ」

「で、なんて」

「……氷」

話し続けるには喉を潤す必要があるのだろう。祖母の要求に応えようと、私は小型冷蔵庫を開け、冷凍室から氷を取り出した。そして石突さんが使っていた氷削り器にそれを入れ、上げている左手の肘のところで器械を押さえ、右手でハンドルを回した。鉛筆が削れるようにひゅるひゅると鉋屑《かんなくず》のような氷の薄いものが出て来た。やってみると面白いものであった。

「うまいじゃないですか。腕、だいじょうぶですか」

「ええ。今のところは。これをやったところで痛みがこれ以上ひどくなるということはないようです」

「……練乳」

祖母は目を閉じたままで必要な指示を出した。練乳をかけ、祖母の口元に運んだ。

石突さんが隣で、

「そう、ほんの少しずつ。練乳の部分は、香り付け程度に……あ、お上手」

「……ありがと……もうそれでけっこう……」

石突さんは祖母の口元をガーゼで拭いつつ、

「で」

と、祖母を促した。

「……で?」

祖母は童女のように繰り返した。

「佐田のおじいさまはなんと」

「……ああ……忘れちゃったわ……」

それからまた、すうっと、眠りに入ってしまった。私は石突さんと顔を見合わせてためいきをついた。

「幸せにお暮らしです」

石突さんは満足そうに呟いた。

部屋を出、応接間の前においてある電話台まで行き、受話器を取る。仮縫鍼灸院の

詳しい場所を再確認するため、海子に電話をしようとしたのである。そこへ、

「山彦」

母が居間から呼んだ。

「はい」

受話器を置いて、居間へ向かう。

「おばあちゃんは何かいった？」

「別に何も」

「だって、さっき、大切な話をしてるっていったじゃない」

母は古びたアームチェアに腰掛けて、眼鏡をかけ、住所録に手をかけ、ノートに何か書き写している最中だったようだ。大方、葬式のときの連絡網でも作っているのだろう。

「娘の名まえが野百合と百合根だった話ですよ」

「まあ。いよいよ自分の名付けが不適切だったって後悔し始めたのかしら」

自分の息子の名付けはどうなっていたのか。そのことをいえばきっと、だってあなたのおじいさまが決めたのよ、私にはどうしようもなかったわ、というように決まっている。息子の一生がかかっている、身を挺してでも、というほどの思いはなかったのか。

あら、それほど悪い名まえ？　そりゃちょっと変わっているかもしれないけれど、それならそれでもいいんじゃないかと思ったのよ。おいおい、一生付いて回るんだぞ、どうしてくれるんだ、親の責任だ。

激しいやり取りだが架空であり、頭の中だけで繰り広げられていることで、外側はただ地図記号のように腕を上げ、呆然と突っ立っているに過ぎない。母は私をちらりと見上げ、

「もうすぐお昼だわ。今、百合根がうどんをつくっているから、石突さんに召し上がってもらうようにいって来て。もう、すぐにできると思うから」

「わかりました」

私は引っ込んで、祖母の部屋のドアを開け、寝ている祖母を起こさぬよう、小声でそのことを石突さんに伝える。石突さんは無言のまま微笑んで会釈、了解した、という合図を送る。ドアを閉める。

さて、私は何をしようとしていたのだったか。

そうだ、海子に電話だ。

再び受話器を取る。

「もしもし」

「もしもし。山彦ですけど」

「はい」

電話口に出て来た海子の声は暗かった。

「実は今、母の実家に来ていて……」

私は顚末《てんまつ》を説明した。文字通り余命幾許《いくばく》もない祖母のこと、偶然叔父の話に仮縫鍼灸院が出たこと、等々。

「会社も休みを取ったことだし、行ってみようかと思っているんです。その、君が紹介してくれた鍼灸院」

「おばあさんの具合はどうなの。目を離していていいの？」

「よくわからないんです。予断を許さないってことはそうなんでしょうが、今急にどうこうということもないような気がするし……。訪問看護師の人は、あと一週間っていっているから、それが正しいとすれば、まだ一週間は大丈夫ってことだし……」

「それで、しばらくそっちにいるわけね」

海子の声がいつまでたっても晴れない。もともと彼女の「晴れやかな声」など聞いた覚えもなかったのだが、

「こっちはね……父がいよいよだめなようなの」

「え。いつからそんなことになっているんですか」

「本人が急にそういい出すんだもの。だめだ、いよいよお迎えが来た、っていうのよ」

「え？　じゃあ、そっちも？」

「え。そっちにも？」

一瞬沈黙が流れ、それから、

「こっちには、佐田の祖父さんが来たようですが」

「こっちは、大黒《だいこく》みたい」

「大黒？　なんでそんなものが迎えに？」

「大黒じゃなかったかな……。福助？　黒い福助って、大黒のことでしょう」

「違うんじゃないですか」

といいながら、私も自信がない。

「知らない。黒い福助が迎えに来た、って、それだけ」

ううむ、と考え込む。謎掛けのようである。

「お祖父さんはなんて？」

「お稲荷さんに、油揚げをあげろって」

「なにそれ」

ううむ、と向こうも考え込む。

「椿宿にあるお稲荷さんってことらしいんですけど。椿宿って、知ってますか」

「椿、宿。それ、たしか……実家のある土地の、昔の地名じゃない？」

なぜかわからないが、その言葉は受話器を通し衝撃を伴って私の耳に達した。

「今は何とか市何とか町何番地、なんて普通の住所表記になっているけど、私の子どもの頃は椿宿っていってたと思う。子ども心に変わった名まえだなあ、って思ったのを覚えてるもの」

いわれてみれば、確かにそうであった。私が聞き覚えがあると思ったのも、そのせいだったのだ。

「じゃあ、今では使われていない地名なんですね」

「そんなこと知らない。山幸の方こそ、賃貸借契約書があるんだから、ちゃんと載ってるでしょう」

「いや、それには椿宿なんて名まえは書いてなかった。もっとプレーンな、さっき君がいったのと同じような、何の変哲もない住所でした」

「なんだか、住所からほんとうの名まえが抜かれると、腑《ふ》抜けになったような気がするわね」

「なにがですか。土地がですか、人がですか」

「なんだかわからないけど」

海子はしばらく黙っていたが、

「長男の名が道彦で、次男が藪彦《やぶひこ》。いくらなんでもそれはないのではない？」

「藪から棒に」

佐田の祖父さんの名は、藪彦といった。今まで、祖父さんの名が問題になったことがなかったのでうっかりしていたが、たしかに道彦と藪彦では、名付け時の親の心境の差は歴然としている。

「曽祖父さんは、植物園の園丁兼植物学者だったから、藪というものにはそれなりの尊敬があったのではないでしょうか。密度濃い生命の集合体、とかなんとか」

「にしてもねえ。藪彦祖父さんが稲荷に油揚げをあげるように頼んだ、ってことは、椿宿の、つまり実家の敷地に稲荷があるってことね、少なくとも」

「断定はできませんよ。祖母のまったくの妄想かもしれないんだから」

「あったらどうする？」

「何が？」

「稲荷よ。今、向こうの家は空き家になってるのよね」

「宙彦氏が引っ越してから空き家です。なんとかしなくちゃいけないとは思ってるんですが」

「稲荷がそこにあったとして、宙彦氏の一家はずっと、祀《まつ》り続けていた？」

「さあ」

「祀り続けていたとして、彼らがいなくなったら誰も祀ってくれなくなってるってこと？」

「さあ。だからといって、それがどうしたっていいたいですね。年端もいかない子どもじゃあるまいし、または足腰立たない年寄りじゃあるまいし、いいかげん自立してもらいたいもんですね」

「稲荷にいってるの？」

「ほかの誰に？」

海子はほうっとため息をつき、それから勢いをつけ、

「山幸、あなた、やっぱり鍼に行ってきて。それから話そう。早い方がいい。いつ行ける？」

その性急な口調に気圧《けお》されつつ、思わず、

「今日でも」

今はまだ午前中なので、午後なら今日中に行くことは可能である。

「ちょっと電話してみるわ。じゃ、一旦切るね」

切って五分ほどして電話が鳴り、いうまでもなくそれは海子からで、仮縫鍼灸院は今日の午後暇にしている、ちょうどよかったすぐに向かうべし、と私に指令を授けた。

海子の説明によると、そこは活気こそないが、それほど寂れているわけでもない海沿いの町、ということであった。最寄り駅からバスに乗り、十五分ほどで着く。軒が低く、黒っぽい木造の家々が、緩やかにカーブする道なりに沿って並んでいた。家々の窓には格子がついており、室内はさぞ暗いのだろうと思われた。営業しているのかしていないのか、古い看板を掲げる電器屋や、司法書士の事務所などもあった。人影は見えない。海もまだ見えないが、確かに吹き来る風には潮の匂いがある。空にはトビも舞っている。どこで鳴いているのか、カモメの声もしていた。海子からの指示を書いたメモに従い、バスの進行方向に数メートル歩いて左の路地に入る。アスファルトというよりつぎはぎのセメント道で、向こうからくる通行人とすれ違うことはできるが、車が入り込むことはむずかしいだろうと思われた。突き当たりを右へ入ると、道はもう、人とすれ違うのも難しいような狭さになり、それにもかかわらず、並んだ家々の玄関脇にはサボテンの植木鉢などが置いてあるのだった。

そういう路地の頭上近くに、仮縫鍼灸院の看板はあった。曇り硝子《ガラス》の入った引き戸があり、ささくれた木の柱を上から下まで探しても呼び鈴らしきものはなかったので、引き戸をそっと開け、恐る恐る声をかける。

「あのう、電話した、佐田ですけれど……。佐田海子の紹介で……」

しぃんとしている。空気に、人が動くときの乱れが生じない。誰もいないのだろうか。

「あのう」

もう一度声をかけようとしたら、

「佐田さんか」

いきなり後ろで声がして、思わずその場を飛び退くほど驚いた。飛び退いた途端に肩を引いてしまい、激痛が走った。声も出せずに座り込む。

「おお、すまなかった、驚かせてしまって」

仮縫氏はそういいつつ、ゆっくりと私の両脇に手を添え、立たせながら、

「動けるかね。右足を出して。そうそう。そして左足。よし、だいじょうぶだな」

誘導されつつ、玄関の三和土《たたき》のところへ入り、上がりかまちに腰を下ろした。この

頃にはだいぶ、先ほどの激痛に関しては落ち着いていた。

「すみません」

「いや、謝るのは私の方だ」

改めてよく見れば、人品骨柄卑しからぬ、白髪白鬚《はくはつはくしゅ》の仙人のような風貌。こういうときは私のこれまでの経験からいっても、見聞き《みき》読みなどしたものからしても、まさかこの人が、というような、当初抱いていたイメージとはかけ離れた風貌の人物が現れてくるものだが、今回は、謎の鍼灸師という予想に、あまりにもぴったりの人物で、それはそれでかえってうさん臭さが湧いてくるのが不思議だ。

「ではゆっくり立ち上がって、奥へどうぞ」

いわれたように靴を脱ぎ、ゆっくり立ち上がる。仮縫氏の視線を感じる。ぎこちなく一歩を踏み出す。さらに視線を感じる。きっとこういう体の動きを見ているのだろうな、と思うので、意識してしまい、普段とは違う動きをするのではないかと怖れる。普段通りにしないと、彼の正確な診立てに繋がらない、とさらに焦る。

上がったところは三畳ほどの部屋で、座布団がいくつか並べてあるところを見ると、ここが待合室、というところだろうか。襖《ふすま》の向こうは（今回は襖は開けられていたが常はどうなのかはわからぬ）、それより広い絨毯敷の部屋で、寝台が置いてある。患者はそこで治療を受けるのだろう。

「そこに腰をかけて下さい」

部屋の隅に、対面式に椅子が並べてあった。その一つに座ると、仮縫氏も向かい側に座る。

「今回は急なことで、すみませんでした」

頭を下げると、仮縫氏は、

「どうしてそうすぐに謝るのかね」

「え？」

「初めてお会いしてから——ほんの数分前のことだが——もう二回もすみませんとおっしゃっている」

いわれてみれば確かにそうだ。だが、これは話の自然な成り行きで、べつに卑屈になっているわけでも大仰に恐れ入っているわけでもない。しかしまたそれは事実であるので、認めざるを得ない。

「確かにそれはそうですね」

「あまりことを荒立てたくない性分ですか」

まあ、いわれてみればそうだ。

「そうだと思います」

「しかし、治療というからには、ことを荒立てずにすむものではない」

思いもかけない言葉に、私はどう反応していいものか、有り体にいえば、「目を白黒」させた。実際目が白黒したわけではない。そんなことになればまずそっちの治療が大優先されるだろう。だが、目を白黒させた、この言葉が実にぴったりとあてはまるほど、私は面食らったのだった。仮縫氏は続けた。

「もちろん、荒立てずにすませられればそれに越したことはないのです。いくつかの、負荷の重なり合うツボを探し当て、そこに刺激を加え、それですべてが治まるような、それに越したことはない。だが世代を重ねて深まってきたややこしさを、本気でなんとかしようと思えば――ときほぐすということは、まず不可能にしても――ある程度はことを荒立てないわけにはいかない。その覚悟はおありかな」

私はまだ返答ができない。そんな覚悟などない。そんなことを承知しなければ、ここでの治療は始まらないというのか。

「治療をしない、という選択肢もあります、もちろん」

それは嘘だ。痛みがここまできて、治療をしない、という人間などいるものか。いたとしたら、望んで拷問を受ける求道者か私の理解できない種類の快楽追求者だ。

「治療はしていただかなければなりません。そのために来たのですから。もちろん、どういう理由でこの痛みが——それぞれ三十肩、頸椎ヘルニア、腰痛、頭痛ですが、生じているか、それがわかり、せめて痛みだけでも取り除いて下さったら、それでいいのです。先祖とのことなど、何の痛痒《つうよう》も感じていないのですから、そのこととは切り離して、痛みだけに焦点を当てて下さったほうが、わかりやすくて助かります」

「痛みがどこから来るのか、ということですな」

そういうことを、講義してもらいたいのではなかった。

「いえ、そうではなく、この痛みを、なんとかしていただきたいのです」

「ほんとうに痛いのはどこか」

何を禅問答のようなことを。痛いのは肩であり腕であり、腰であり頭だ。

「痛いところは、さきほど申し述べた箇所です」

「そこは痛みの顕《あら》われた場所ですな」

患者がどんなに切迫した事態に追い込まれているのか、追い込まれてここまで来たのか、わかっているのかと腹立たしく思い、

「痛む場所を問題にされるのだと思っていましたが。では、それらすべての痛みの原因となる場所の特定、ということですか」

「原因はひとつだけではありません。複数の意識されない痛みが絡み合い、どうにも無視のできぬ規模になり、仕方なく『そこ』に、本人にも自覚できる痛みとして顕われるものです。取り除くことはできない。完全に取り除くことが最善とも思われない。本人そのものと切っても切れない関係にある場合もある。しかしなんとか治まるように手助けしましょう、ここはそういう鍼灸院です」

ようするに、治らない、ということを宣言しているのか。私は暗澹たる気分になった。

「私の従妹は、ここでそのような治療を？」

「海幸比子嬢ですかな。ええ。勇敢な方ですな、いや、じつに」

憮然とする。彼女に比べると私が小心者だといいたいかのごとくである。仮縫氏が海子の本名を口にしたので、私は、神話の山幸彦、陰険で小心者の山幸彦のイメージが、いよいよ自分に被さってきたのを感じた。

椿宿への道・一

「あなたの場合は、亀子《かめし》に見てもらって治療計画を練ろうと思うのです」

仮縫氏は重々しくそう宣言した。

「イカメシ？」

まさかとは思ったが、仮縫氏の発音だと、どうしてもそのようにしか聞こえなかったので、一応確かめてみたのだった。

「いえ、亀子です。奥におります」

イカメシでなく、カメシ、とは。それは亀氏？　等々ますます不審に思いながら、奥に続く襖を開けていく仮縫氏の後を追おうとすると、

「いや、ここでしばらく待っていて下さい。準備もありますから」

準備とは、何の準備だろう。彼のいった「見てもらう」、と、亀、それに準備、と

いうことばが頭の中で絡まり合い、結びついたその結果として亀甲占いの祭壇が（見たことはないが）脳裏に浮かんだ。その想像は当たらずとも遠からずだったようで、では奥へ、どうぞ、と通されたその部屋には、仮縫氏そっくりの、首が肩にめり込んだような、しかしどうも女性らしい人物が座布団の上に正座して、私を待っていた。しかし祭壇はなかった。亀シは私を認めると鷹揚《おうよう》に頷き、

「お座り下さい」

と、目の前の座布団を指した。仮縫氏は私の後ろに座った。

「お楽になさって下さい。肩の痛み、その他諸々の痛みですね」

「そうです」

「しばらくお待ち下さい」

そういって、亀シは瞑想に入ったようだった。

私はこういうことには無縁の生活をしているはずである。しかし、祖母が「佐田のおじいさんがきた」云々といい出したせいか、ほんの少しくらいなら、そういう話に耳を傾けた方が、よりよい祖母理解のためにもいいような気がしてきていた。それで、ここは大人しく、相手の出方を探ることにしたのだった。

「手助けをしたい、と名乗り出ておられる神があります」

亀シは、慎重に、ゆっくりと、ことばを発した。

「手助け？」

「ご快癒に向けてのです」

それは願ってもないことである。しかし神といっても日本には八百万《やおよろず》の神々がいるはず。なかには質の悪いのもいるだろう。そういうものに絡まれては大変だ――むろん、こういうことを真剣に信じているわけではない。わけではないが、しかし、

「で、どういう神ですか」

ついこう受けてしまうところが、私の、自分自身について抱えている悩みの種の一つでもあるのだが、この場合仕方がないともいえよう、祖母のこともあるし。

「それが、なんというか、ひどくつつましい神なのです。神としてはとても珍しい部類といえましょう。ご自分のことを、ごく、小さな、稲荷なのです、とおっしゃっています」

「小さな稲荷？」

どういうことだろう。

「ええ。あまりに放っておかれると、自分が稲荷であることも忘れて消えていってしまいそうな気がする、できればたまにでいいから参ってもらえればありがたい、そう

すれば、何かご進言できることもあるやと思う、と」

なるほど、謙虚な神である。そして、正直である。見たわけではないのだが、この「神」の物腰は、非常に私自身に近しいものを感じさせた。できればこの神のために一肌も二肌も脱ぎたい気になってきたほどだ。

「参りましょう、明日にでも」

「今の方は、一応、神なので、順番を優先させましたが、まだ、お話しになりたいとおっしゃる方がいらっしゃいます」

この世界にも、順番の優先、というものがあるのか、と感じ入りつつ、

「どうぞ」

「こちらの方は、ご自分のことを、あなたの、祖父だとおっしゃっています」

やっぱり。

亀シは目を閉じ、うつむき加減で頷いていたが、やがておもむろに顔を上げ、

「稲荷を祀るに際しては油揚げくらいはやはり、供えておいた方がいい、と」

油揚げ油揚げと、どこまでも拘《こだわ》る祖父さんである。他にもっと大切なことがあるだろうに。

「用意して臨みます、と伝えて下さい」

亀シはまたうつむいて何やら頷いていたが、急に気合いを入れるとまっすぐ私の目を見つめ、

「大変申し上げにくいようなことなのですが、その際は、私、亀も同行するように、とお祖父様はおっしゃっておられます」

「……はあ」

祖父はきっと、私のことを信用していないのだ。直感のようにまっすぐと、そういう思いが瞬時に湧いた。この亀シの話が、どれほど信用できるのかという常識的な疑いと吟味のフィルターにかけるところをまったく飛ばして、その思いが確信のように湧いた。こういう名まえを付けた、祖父に対して、まるで昔から自分のなかにあった怖れのように。

「けれど、それは、ご迷惑では……」

「いえ。私はかまいません」

「早い方がいい」

と、後ろから仮縫氏が口を挟んだ。亀シはまた目を瞑《つむ》り、

「いつも移動を続け、なかなかつかまらないツボがあります、椿宿、です、と、稲荷がおっしゃられています」

椿宿。

こんなところで再びその名を聞こうとは。彼女は知らないはずである。

それまでいいかげんだった私の亀シ評価は、ここで変化せざるをえなくなった。

しかし、ツボ、とは、経絡のツボだろうか、この文脈だと、やはり。まさか壺、ではあるまい。しかし「彷徨《さまよ》える経絡」というよりはまだ、「彷徨える壺」というほうがイメージがしやすいのではないか。経絡というものには形がない。ないはずだ。

「ふむ」

仮縫氏は考え込み、

「とにかく、治療台の上に、どうぞ」

と、立ち上がりつつ、私を促した。亀シはにこにこと頷いている。これで亀シの「見たて」が終わったということなのだろうか。受けた衝撃を表に出さないように努めていたが、先の亀シの「椿宿発言」で、私は実は相当に動揺していたのだった。一礼して亀シの前を辞し、隣室の治療台の前に立つと、

「脱いだ方がいいのですか」

「それはその方が」

いわれて一応上半身裸になり治療台の上に横になった。まな板の上の鯉《こい》、というこ

とばが浮かぶ。

「亀子さんね。たしか仮縫先生のふたごの妹さんよ」

帰宅して、電話で海子に顚末を報告していると、突然私のことばを遮り、海子は亀シについて滔々と述べ始めた。

「昔から霊感のある人なんですって。兄妹で患者の治療に当たってる、って話があるわ。私には彼女は処方されなかった。どうも、仮縫氏は私の病の原因は、私個人にではなく、もっと根の深いところにあると思ったようね。それでだわ。親戚に同じような痛みで困っていらっしゃる方がいるでしょう、としきりに聞いていたもの」

「それで君は僕に仮縫氏を勧めたわけですね。自分の体のこともかかっていたわけだ」

多少皮肉めいていたかもしれない。が、このくらいで応えるような従妹・海子ではない。

「もちろんよ。それが何か」

電話の向こうで、きっ、と、顔を上げた彼女の顔が見えるようだった。

「いえ、別に」

「それでその、彷徨えるツボ・椿宿は見つかったの？　治療はちゃんとしてもらったんでしょ」

「ええ。鍼ではなく、灸でしたが。けれど仮縫氏はそのことについて何もいっていませんでした。痛みに関係するだろう一連の経絡は当たってみられたようでしたが。ただ、佐田家のみならず、母の方の祖母まで巻き込むことになった、という経緯については、一度亀シの意見を聞いてみたいところです」

「で、今はどう？」

「なにがですか。祖母の容態ですか、僕の病状ですか」

「どっちも」

「祖母の容態は悪いなりに安定しています。僕も同様です。けれど、何か、体がざわついている。活性化している、という感じでしょうか。灸をすえられるというのは、妙な感じですね。緊張し、熱くもあるけど、ほどけていくような感じもある」

「それがわかるだけでもすごいわよ。私は鍼だったけど、最初はそれがわからなかった。けれど、あそこに行くと、今まで野放図だった痛みが、正しい道順で痛い、っていう感じになってくるの。消えるわけじゃないんだけどさ」

「なるほど」

それは実感としてわかる。

「亀シのところにも、再び藪彦じいさんが現れたようです」

「なんて」

「稲荷を祀るときには油揚げ、と」

「また？　そちらのおばあさまのところへもそういって出たのでしょう」

「僕のことを信用していないのでしょう。昔から彼は、君の方をかわいがっていましたからね」

「あなたが陰険で嫌な子だったからでしょう」

これには驚いた。少なくとも意識上では、私にその自覚はなかった。だがそう仮定すればいろいろ腑に落ちるところもある、と、認めざるを得ない。

「僕には自分が陰険な子どもだったという自覚はありませんが」

「そこが質の悪い陰険さの真骨頂なのよ」

わけがわからない。こういう女性的な論理の飛躍は私の最も苦手とするところのものだった。

あまりこれをいって海子に手柄顔をされるのも嫌なので、控えめに表現していたのだが、実は痛みはかなりましになってきていた。激痛にうめく時間が、若干短縮されているようだ。このまま、仮縫兄妹の「治療法」にのってみようという積極的な気分が、私のなかに起こってきていた。

「とにかく、明日、実家へ行ってみることにしました。飛行機のチケットも予約しましたし」

「これはまた急展開ね。行き方がわかるの」

「住所がわかっているので、地図を見れば。近くまで、行けるところは公共交通機関で行って、最後はタクシーかな」

「向こうに着いたら何があったか連絡して。一泊ぐらいするんでしょ」

「一泊はしなければならないと思います。けれど、祖母がこういう状況なので、それ以上はできるだけ避けたい」

「亀子さんもいるしね」

「彼女がどう動くのか、見当もつきません」

「山幸」

「はい」

「健闘を祈る」

「ありがとう」

私の健闘が、彼女の健康に直結しているわけだから、それは必死で祈ってもらわなくてはならない。電話を切ると、私は祖母の部屋を覗いた。石突さんはまだいた。

「お帰りなさい。どうでした、鍼」

「それが……。どういうわけか、私の父方の先祖の家に墓参りに行くことになったのです」

　墓参り、というのは咄嗟に出たことばだったが、今回の「里帰り」を説明するに、万人受けするいい理由だと我ながら感心した。

「それは、それは」

　石突さんは少し戸惑ったようだった。漠然と予想していた応えとはあまりに違う、どうもなにか奥があるに違いないけれど、それを問い質《ただ》していいものかどうか、迷っている、という表情だった。祖母は薄目を開け、

「山彦ちゃんは、亀に、引かれて、行く、のでしょ」

「誰がそんなことを」

「佐田の」

「ああ」

「笑って、らしたわ。くっくっくって」

　笑われて、憮然とする。死んでいながらよくもそんな余裕があるものである。

「稲荷のことはいっていませんでしたか」

「……」

もう、お休みですから、と石突さんが横から声をかけた。すでに祖母は目を閉じていた。どこか臈長《ろうた》けたような白さ、この世ならぬ静けさが、皮膚の周りに出てきたような気がする。ちょっとむくみが出てきたんじゃない、と、部屋を覗いた母が、それなりに気遣わしげにいった。

椿宿へは、さて私は今まで一度も行ったことがない。父も、私の知る限り、行ったことはなかった。陸路であれば特急電車に半日ほども乗車した上、海を渡らねばならない。今ならともかく、祖父の時代には一日では到底行き着けないところであったに違いない。父にもその印象が強かったのであろう。足も遠くなるというものである。

「なんでまた、こんなときに、あんなところに」

私が明日、椿宿へ行こうと思う旨、宣言すると母は絶句した。

「理由としては、まず、そのほかならぬおばあちゃんの口から、稲荷、椿宿ということばが出た、ということがあります。そしておばあちゃんとは何の関係もないと思われる今日の鍼灸師のところでも同じことをいわれた。これは偶然にしてはできすぎている。何らかの力が働いていると見なすべきかもしれません。断言はできないのでそのことについては保留しますが。さらにまた、私自身が椿宿の実家の相続人でありながら現地に一度も足を運んでいないということ、その実家が空き家になっていて、現状を確認する必要が出てきていたということ、たまたま比較的長期の有給休暇がとれて、行くなら今、という状況下にあるということ、等々の条件が揃った、ということなのです」

母はしばらく黙っていたが、

「釈然としないわ。けれど、なぜだかいい返せない」

と、悔しそうに呟いた。叔母は、

「まあ、佐田のおうちのご事情もおありになるでしょうから」

よくわからないながらも、よほどのことなのだろう、と叔母らしい鷹揚さで頷き、私を送り出してくれたのだった。

初めて行く「実家」なのだから、本来なら鉄道と船を使ってそれなりの手間隙《てまひま》をかけ、辿り着きたいところだったが、文字通り死の床にある祖母の傍らを脱け出して行くわけだから、そうそう悠長なこともしていられなかった。最寄りの空港への便は、午前中、正午頃、夕方に出る三便しかなく、朝の便を選ぶしかなかったのだが（実際、急なことだったので、他の二便にすでに空きはなかった）、そうすると、祖母の家を朝の五時前に出なければならない計算になったのだった。

いうまでもないことだが、冬の朝は寒い。

まだ夜の続きのように暗い道を、秘密結社の集会所めいた駅に辿り着き、始発の電車に乗り込む。乗客は少ないだろうと思っていたが、遠距離の通勤客、私のように旅行鞄を携えた者、眠い目をこすりこすりようやく立っているような子ども連れの親子、等々で、大盛況とはいえないまでも、閑散としているわけではなかった。

電車に揺られているうちに、いつしか外も次第に明るくなり、降りた霜で、一面、白くなった野や畑が車窓から見え始めた。終点の駅まで着くと、そこからは空港リムジンバスで空港を目指す。ここまでくると、もうすっかり都会の町並みである。学校へ遅れそうになって慌てている高校生の自転車や足早にバス停へ急ぐ通勤客を眼下に眺めながら、腰高なリムジンバスは高速道路へと入る。車内は明るい午前中の光に満たされ、皆早い時刻に家を出てきたのだろう、うばわれた本来の眠りを取り戻そうとするかのように、束の間をまどろんでいた。

空港に着き、出発フロアで掲示板を見上げ、目的の飛行機の搭乗ゲートを探してい

ると、

「佐田さん」

後ろから声をかけられた。振り向くと、仮縫氏と亀シが、まるで一対の狛犬のように笑顔で立っていた。そう、彼女とここで待ち合わせをしていたのだった。むろん忘れていたわけではなかったが、何しろ初めての場所へ行くというのでそちらの緊張と昂揚が、彼女と道行きをともにするという事実を心の隅に押しやっていたのだった。

仮縫氏は、

「私もここまで付き添いできました。このあと、治療がありますのですぐに帰らなければなりませんが」

仮縫氏の私生活も謎である。

「自分の家の故郷とはいえ、何しろ初めてなものですから、行けるかどうか甚だ心もとないのですが」

「なになに」

亀シはにこにこしている。なになに、とはどういうことだろう。戸惑ったような顔をしている（に違いない）私を尻目に仮縫氏はそわそわと、

「急がれた方がいい。では、私はここで」

「わざわざどうも」

一人足早に去って行った。亀シは、

「では」

と、私を促した。

「では」

二人して荷物・身体チェックの関所へ向かい、何とかそこをくぐり抜け、目的搭乗ゲート方向へ急ぐ。なんとそこは、グラウンドフロアーにあった。エレベーターで階下に下りると、まるでバス停である。実際、ガラス壁の向こうにはバスが待機して、飛行機が駐機しているところまで乗客を送る手はずになっていた。そして乗客はバスを降り、タラップを登って飛行機の座席にまで辿り着く。

辺境なのだ。

すでに飛行機のある場所が、空港の辺境なのだ。

覚悟も決まるというものである。

荷物を上の棚に入れようとしたら、激痛が走った。棚の上にものを置くなど、最近の私は一切諦めていた所作であったのだが、灸のせいか、なんとなく可能なような気がしていたのだろう。しかし事態はそう甘くはなかった。

「そうであられた」

亀シは横から私の荷物をひったくるようにとると、実に素早い動きで履物を脱ぎ、座席に片足をおいて私のと自分のと、二人分の荷物を押し込んだ。亀シは背の低い方で、しかも和服を着ていたのだが、思ったより行動力があるのだった。亀シとの道行きもそれほど悪いものではないかもしれないと思い始めた。


椿宿について、我が家で話題になったことはほとんどなかった。その名まえすら、忘れ去られていたほどであったのだから。

飛行機が到着したならば、その地方の中枢となる町まで空港バスで向かう。そこの駅からさらに椿宿最寄りの駅まで行く。これが一番リーズナブルで時間的にも早いはずであった。

その空港の建物は、実に単純な箱形をしていて、機能もシンプルにできており、到着した私たちは右往左往することなくすぐに空港バスに乗ることができた。機内では飛行機の騒音もあって、会話することはなかったのだが、こうやってバスに揺られていると、会話なしでは気まずいものがある。車窓から、普段私の住む辺りには見られないヤシの類いの木が見えた。

「さすがにすぐそこを黒潮の流れる町ですね。あんな木が街路樹になっているとは」

当たり障りのない、自然な流れで会話のボールを投げかけたつもりであった。しかしそう声をかけた相手の亀シは、うつらうつらとしていた。居眠りをしているのだろうと察した私は、それ以上声をかけることをしなかった。

が、ややあって、

「今日の泊まりはどうなっております？」

はっきりとした口調で亀シは訊いた。見るとぱっちりと目が開いていた。

「近くのビジネスホテルを押さえてありますが……シングル二つ」

あとの情報はいわずもがなだったろうが、一応付け加えた。

「せっかくきたのだから、泊まっていけ、といっている人がいます。かなり強い口調です。それで、あのお稲荷にお伺いを立ててみました。すると、自分としてはそのことを強いてお勧めするものではありません、けれど、どうしても、ということになったら、貸し布団を手配しておかれるのがよいと思います、かなり冷えますから、冷えは、体に障ります、と、遠慮深げにおっしゃっていました」

何と返してよいのか、一瞬絶句してしまった。私の当たり障りのない「会話のボール」など、まるで無視して、亀シは瞑想に入っていたのだった。

「……黒潮が流れていても、冷えるんでしょうかねえ」

我ながら、めりはりのない応答だとは思ったが、とりあえずそう返した。ほかにもっと、訊くべきこと、質すべきことがあるような気がしたが、なんといっていいのか、皆目見当がつかないのだった。第一、私にはこの亀シのことばを、当然の如く受け入れて、稲荷や、そのわけのわからない「強硬なもの」と積極的に関わることが、まだ憚られていたのである。それは、確かに、この「状況」を「一応」受け入れることは、祖母の事情や私の痛み――まあ、海子の方は正直にいってそれほど心配はしていない、ついでに彼女の痛みもなんとかしてやれればそれに越したことはない、という程度である――に、何らかの突破口を開く、一つの可能性をもつことである、と承知した、それで仮縫氏のところへも行き、亀シの同行も拒否しなかったのだ。が、それは、いってみれば、まだまだ消極的な関与、である。私のなかでは、この「消極的な関与」と「積極的な関与」の間には、大きな隔たりがあった。海子のような単純でがさつな人間にはまるで理解できないことであろうが、それは世界をどう読み取りどう観察するか、という視点を持ち続けるという、私自身のアイデンティティのかかった重大事なのである。

人生の、無様でみっともない「当事者」になるなど、私には、到底受け入れられることではなかった。それは、いい、悪いではない。私は善悪で生きているのではない。物心つくかつかないかの頃から、私に漠然とあった志向であった。

そういう私の姿を、思えば海子は本能的に嗅ぎつけて、「陰険」などという印象を持っていたのであろう、語彙《ごい》の少ないやつだから。

しかしあろうことか、その私の人生に「痛み」が関わってくるとは、思えばなんという皮肉であろう。「痛み」は人を否応なく当事者にする。ここにきて悲喜劇的様相すら帯びてきた。なんという混迷。

「冷えるのでしょう、冬ですから。特に、夜は」

亀シのことばに、

「では、駅に着いたらインフォメーションセンターで、布団レンタル業者を探してもらいましょう」

内面の慨嘆とはまったく結びつかない、至極事務的な応えを、私は返したのだった。

バスは市街地へ入った。

バスは途中、大きな橋を渡った。橋が長いのは、やたらと河原が広かったせいで、川自体は細々とした流れであった。昔はこの河原全体に満々と水が満ちて流れる大河であったのだろう。私はふと、行く先をもう一度確かめようと、ポケットに入れておいた地図を出して広げた。

「ここから、電車に乗るつもりでしたが、地図を見ると、もしかしたら、まっすぐタクシーで行ったほうがいいかもしれません」

亀シに行く先を指してみせた。椿宿《つばきしゅく》へは最寄りの投網《とあみ》駅からどうせタクシーに乗らねばならない。それがここからまっすぐ向かうのとそれほど変わるようには思えなかった。「タクシー代はかかるでしょうが、時間もないことだし」

「わかりました」

亀シは頷《うなず》く。それからしばらく静かにしていたが、突然立ち上がり、

「降りましょう」

車内に次のバス停の名まえがアナウンスされたときだった。

「え」

降りる予定の茎路《くくじ》中央駅はまだ先のはずであった。しかし、亀シはさっさと荷物を棚から下ろし、停車したバスの降車口へ進んだ。慌てて私はあとへ続く。荷物を持っていかれてはそうするよりほかにあるまい。

結局そのまま下車し、交通量の多い幹線道路の片隅に私と亀シを残し、バスは去って行った。

「ご不浄」

亀シは辺りを見渡しながら呟いた。

「ご不浄にいかねばなりません」

それは、急がなければなるまい。私は、おお、と呟きながら辺りを見回し、喫茶店やコンビニエンス・ストアなどを探した。しかし入るには大回りしなければならないだろう靴の大型量販店とその大型駐車場があるばかりで、辺りに適当なものは見当たらなかった。

「こちらですな」

亀シはまるでよく知った町であるかのように両手に荷物を持ったまま、すたすたと歩き始めた。付いていくしかなかった。

亀シの荷物を持たねばならないか、という考えがふっと頭をよぎったときだ。突然、またもや凄まじい激痛が腕を襲った。油断していた。私は再び腕を上げた状態に戻った。滑稽だが不思議なことに、私が上げた手の方向に、亀シは進んでいくのだった。いや、私が彼女のあとを付いて行っているのだから、それは自然であったかもしれないが、私の気分では、まるで私の意志とは別な生きものとなった「腕」が、ほとんど亀シと一体化したように感じたのだった。

十五分は歩いただろうか。その間、スーパーの類いもあるにはあったが、亀シは見向きもしなかった。無愛想な乾いた風が冷たく頬をかすめる。

表通りは一応片側二車線の立派な道路であったが、一筋入れば区画整理のされていない、かといって古い町並みともいえない、どっち付かずの住宅地の中を、道は曲がりくねって走っている。取り残された畑地が目立った。ふと見ると、がらくた置き場のようになっている空き地に、キジの雌が、ぽつねんと立ち尽くしていた。まさか、と思ってよく見ようと目を凝らしたが、亀シを見失いそうになったので、キジの確認は諦めて走った。思慮のない開発で、動植物がどれほど迷惑しているか……というような感慨がふっと湧いて、しかしそれどころではなく、私は走った。

亀シは再び四車線道路に出た。ガソリンスタンドもある、本屋もある、どこでも飛び込めば、トイレくらいすぐに貸してくれるだろう。それなのに亀シはその道路を渡り、再び枝道に入った。どこまで行くつもりか。こんなにトイレにうるさい人間は初めてだ。これからの道行きを思い、大変なことになったと内心蒼ざめていると、

「ここですな」

大通りから枝道に入ってすぐの、ある喫茶店の前で、亀シはぴたっと止まった。見ると看板に「椋《むく》の木」と書かれた喫茶店である。もうなんだってかまわない、とにかく中に入って休みたかった。

「入りましょう」

息を切らせながらそういったときには、すでに亀シはドアに手をかけていた。

石油ストーブの燃焼するにおいがどこか懐かしい。

暖かな店内には、アラジン型の石油ストーブの上に置かれたやかんから出る蒸気で、適度な湿り気があった。他に客はなかった。入った瞬間、嘘のように痛みが引いた。

恐る恐る腕を下ろす。痛まない。半信半疑だ。

　カウンターの中には三十代と思われる女性が、客商売にしては初々しい、戸惑ったような笑みを浮かべ、いらっしゃいませ、と声をかけた。こういう場所なので、入ってくるのは常連客がほとんどなのかもしれない。

「お手洗い、お借りします」

　亀シは何の躊躇《ためら》いもなくそう宣言し、私に荷物を預けた。その気迫に押されたらしい女性は、あ、お手洗いならそこの奥の……と、いいながらカウンターを出て来て、亀シを案内した。その間、私はカウンターの前の四人掛けテーブル席に着いた。大きなため息が出た。

　女性は案内から帰ってくると、小盆に水とお手拭きを載せ、私のテーブルに置いた。そのとき、私はふと、女性が「おめでた」であるのではないかと思った。顔や体の他の部位に比して、お腹だけがふっくらとしていたからである。しかしこういうことを判別するのは得手ではない。それにそんなことは私の関与するところのものではない。女性はどこからか手品のようにメニューを取り出し、差し出した。それに頷きつつ、

「茎路市、初めてなんです。飛行機でやってきたばかりで。ほんとうは駅まで行くはずだったのですが」

うっかり口走り、心のなかで舌打ちした。トイレ目当てでやってきたのだといわんばかりではないか。しかし女性は嫌な顔もせず、ただ不思議そうに、

「それは……。けれど……」

空港バスの路線からも外れているこんな場所に、なぜ、と問いたいのだろう。それを訊かれると答えようもない。私だって知りたい。女性はそれ以上追及しないことにしたようで、

「どちらに行くはずでいらしたのですか」

おおそうだ、地元の人間に訊いたら、もっとリーズナブルな移動経路を教えてもらえるかもしれぬ、と、私は、勇んで行く先の土地の名をいった。

「椿宿です」

「え」

女性は心底驚いた顔をした。

「椿宿って……。でも、そこ、何もありませんよ」

何もなくても行かねばならないのです、といおうとすると、奥で、パタン、とドアが閉まる音がして、亀シが、ゆったりとした足取りで戻って来た。

「いやはや」

亀シは軽く会釈して女性の前を通り、私の向かいに座った。

「昼食をとってしまいましょうかな、ついでに」

それもそうだ、と頷き、

「じゃ、私はカレーと、コーヒー。コーヒーは、食後で」

メニューも見ずにそういったのは、店の構え、その内部、見たところコーヒーや紅茶の専門店というよりは軽食屋であろう、軽食屋であろうからにはカレーくらいあるだろう、と推測した故である。あの、と女性がいいかけると、メニューを詳細にチェックしていた亀シが、

「カレーはありませんな」

と、呟いた。

「ない？」

「ないんです」

女性は小さな声で、

「ミックスサンドとかでしたら」

と続けた。

「じゃあ、ミックスサンドで」

「私は、カツサンドとアップルパイとミックスジュースを」

おう、と一瞬亀シを見つめてしまった。健啖家《けんたんか》なのであった。すましている。女性は注文書に書き取り、

「しばらくお待ち下さい」

とカウンターの向こうに引っ込んだ。

「ああ、そうだ」

思い出したように冷蔵庫の横から顔を出し、

「私たちも椿宿の出身なんです。それで、気になって」

「そうだったんですか」

私は亀シに先ほどまでの会話の流れを簡単に説明した。

「ほう」

亀シは深く頷いた。

「だから、何もないですよ、と申し上げたんですが。考えてみたら、観光で行くところではないし、お知り合いがいらっしゃるのだったら失礼だったかな、って、今」

「知り合いというか、うちの、もともとがあそこの出身らしくて」

らしくて、というのも自分で口にしながら妙な言い方だと気になったが、そのとき

の自分との距離感からいえば、そういうイメージだったのだ。

「まあ。それならご親戚が？」

「いえ。もう誰もいません」

いってから、思いもかけないことに、猛烈な寂寥感《せきりょうかん》に襲われた。

「ではお墓参りでも」

「まあ、そんなところです」

私が心中の寂寥感をいなしながら彼女とそういう会話を交わしている間、亀シはしきりにきょろきょろと辺りを見回していた。それが不躾《ぶしつけ》なほど度を超しているような気がして、

「何か気になることでも」

と訊いてみた。すると亀シはきょろきょろを止め、いきなりカウンター越しに、

「奥さん、お名まえは」

と声をかけた。奥さんかどうかもわからないのに、声をかける女性が明らかに若くなければ奥さんと呼ぶ、仮にも自分も女性でありながら、この呼びかけの無神経さに私は亀シの教養の度合いを疑った。だが、亀シにしてみれば確信があってのことだったのだろう。それはあとになってからわかったことだが。

「鮫島《さめじま》といいます」

おや、それはどこかで聞いたことがある、と一瞬虚をつかれ、椿宿という地名も出たことであるし、もしや、と、

「私は佐田《さた》といいます。鮫島宙幸彦《そらさちひこ》さんとは遠縁に当たるのですが……」

思わず早口で名乗った。鮫島夫人は文字通り、目を丸くした。

「じゃあ、大家さんの……」

「じゃあ、やっぱり」

「ちょっと待って下さい。義母を呼んできます」

鮫島夫人はつくりかけたミックスサンドをおいたまま、奥へ入っていった。私と亀シはお互いの顔を見合わせることになった。思わず、

「なんですかこれは」

私の声は悲鳴のようだった。

「まさかこれも稲荷《いなり》がいったことなのですか」

ほっほっほっと、亀シは低く響く、不気味な笑い声を出した。まさかそこまでは、という意味のようである。

「兄が海子《うみこ》さんから、宙幸彦さんのことは聞いてましてね、それで、昨夜《ゆうべ》、電話番号

案内で調べてもらったんですわ。当てずっぽうで、茎路市の鮫島宙幸彦さんの番号を、って。茎路市は県庁所在地ですから。そしたら、いらっしゃいます、喫茶店の名もいっしょにありますが、これでいいんですか、と聞かれるんで、はあ、て話を合わせてたら、いつのまにか住所までわかってしまった次第。地図で一応は確認したものの、バス停降りたら、あとはほとんど勘ですわ。強いていうたら、その辺りは稲荷の導きやも知れません」

電話番号案内、とは。

私の知人で電話帳に名まえを載せている人間はほとんどいない。余計なトラブルに巻き込まれるのが落ちだからである。まさかそんな単純な方法で宙幸彦氏の所在がわかるとは思いもしなかった。

「そんなことまで」

「行くからには亀子《かめし》、全力を尽くす所存で臨んでおりますから」

亀シは真顔になった。電話番号案内くらいで。

それはそれでいい。けれど、それならなぜ、私にそのことを教えてくれないのだ。空港で落ち合ってから今まで、いくらでも話す機会はあったろうに。私だって、わけもわからずひきずりまわされるより、目的がわかっていた方がどれだけ心穏やかでいられたかわからない。

「一言、おっしゃっていただきたかったですね」

私としては精一杯の抗議の気持ちを込めたつもりだ。根が戦闘的にできていないのである。

「こういうことは、一人の胸の内にためていた方が、何かと都合良くできておるのです」

亀シは悪びれもせずいった。理屈も何もない返答であったが、説得力があった。そこへ奥から、鮫島夫人と高齢のご婦人がやってきた。

「義母です」

細身で小柄な、まるで木の梢の細い枝のような老婦人だった。

「鮫島宙彦《そらひこ》の母、鮫島竜子《たつこ》です」

はっきりとした口跡でそう名乗った。

「初めまして。佐田山彦《やまひこ》です。で、こちらが……」

「仮縫《かりぬい》亀子と申します。このたびは、ご縁をいただきまして、こちらのお墓参りにごいっしょさせていただくことになりまして」

亀シはあらかじめ用意していたような口上を述べた。

「それはそれは、遠いところから。あなたはもう、自己紹介はすませたの？」

竜子さんは鮫島夫人を促す。

「宙彦の妻の泰子《たいこ》です」

泰子さんは慌ててぴょこんと頭を下げた。

「ねえ、長くお家もお借りしていたのに、ご挨拶もせずにずっとそのままきてしまって。まあ、どうぞ、お座り下さい」

竜子さんに促され、私は亀シと対面で座っていたのを移動して、亀シの横に座った。そして私のいたところに竜子さんが座り、泰子さんがカウンターに戻る。

何から訊けばいいのだろう。思いもかけない展開で、私は混乱した。訊かなければならないことを訊くのだ。自分にいい聞かせると、

「この辺にレンタル布団屋ってありますか」

ついそう口走ってしまった。訊いてから、これがまず最初の質問か、と自分を罵倒したい気分になった。そんなことはどうでもいいだろう。いや、どうでもよくない、いずれは訊かないといけないことだ、しかしそれは今でなくてもいい。そしてそれを訊くのは彼女たちでなくてもいい。彼女たちでなければ答えられないことを訊くのだ。しかしすでに発した質問は彼女たちの耳に届いていた。

「……レンタル……布団屋」

竜子さんはカウンターの向こうの泰子さんの顔を見た。泰子さんは首を振った。

「さあ、私たち、知りません。でも、布団が必要なら、うちのをお貸ししますよ」

私がそれに応えるより早く亀シがあとを引き受け、

「お心遣いありがとうございます。いきなり妙なことを訊くとお思いでしょうが、実は、今夜あのお家に泊まるのなら、布団をなんとかした方がいい、と、私の夢枕にお稲荷さんが立ちまして。それで、山彦さんは気にかけていて下さるのでございます」

亀シの言葉に竜子さんは感じるところがあったようで、

「お稲荷さん？」

「ええ、謙虚な、つつましいお稲荷さんでございます。あのお家に、いましたか」

おお、そう続けるのか。私は固唾《かたず》を呑んで竜子さんの返事を待った。竜子さんはきょとんとした顔つきで、

「なぜそれをご存じ？」

背筋が一瞬、寒くなった。亀シのいうことを今まで本気で信用していなかった、わけでもない。いや半信半疑、せいぜい、「信じられるとしたらの話」という仮定で聞いていた。しかしこれとても非常に低い確率だろうが偶然といえぬわけでもない。稲

荷を家内に祀《まつ》ってある家だってあるだろう。何事も早計に判断すべきではない。

竜子さんは私たちの返事を待たずに続けた。

「ずっと大切にしてきたお稲荷さんだったのですよ。私の母は、あそこで生まれたのです。祖父は毎朝あのお稲荷の前で手を合わせていたんだそうです。私は母の、年をとってからの子どもだったので、祖父には会ったことはありませんでしたけど。戦争中、私はほんの子どもでしたけど、藪彦《やぶひこ》さんの一家があの家に疎開して来たのをよく覚えています。藪彦さんと、うちの母とは従姉弟同士に当たったので――私の祖父が、あなたの曽祖父《ひいじい》さまの弟にあたるのです――私は母に連れられて何度か遊びに行ったことがあります。藪彦さんも、あのお稲荷さまを大事にしていらっしゃった。それで、私の家族があの家を借りることになってからも、自然にあのお稲荷を敬って来たのですよ。情が移って、さすがにあそこを出るときは連れて来ようかと思ったけど、お稲荷といえども土地に根付いた神さまを、そうおいそれと移動させることは憚《はばか》られましてね……。で、あのお稲荷さまがなんと」

「参るものがいないと寂しい。自分が何ものかわからなくなる、と」

この亀シのことばを聞いて、竜子さんの目から涙が溢れ出た。カウンターの向こうで、なんと泰子さんも泣いていた。

「連れてくればよかった」

「いえいえ」

亀シはたしなめる。

「お考えは正しかったのです。地神にはそれぞれ縄張りというものがあります。今ここに連れて来ても、首だけ持ってくるようなもので、何のいいこともありません」

謙虚な稲荷は女性の心をつかむのであろうか。彼女たちは皆、稲荷に同情的であった。私はもう、どうにでもなれというような気分で更なる説明を試みる。

「彼女の『夢枕に立つ』のは稲荷だけではないのです。どうやら藪彦祖父さんと思われる人物も出て来ましたし、さらに誰だかわからないものも出て来て、実家に来るんだったら泊まっていけ、といっているというのです。それで稲荷が心配して、泊まることは強いて勧めないが泊まるのであれば冷えるから布団を用意したほうがいい、といっているのだそうです」

はあ、と竜子さんは絶句する。どこまで本気にとっていいのかわからないのだろう、無理もない、と思っていると、カウンターの向こうから、泰子さんが恐る恐る、あの、かり……と、亀シの姓を確かめようとした。一度で名まえを呑み込んでもらえないことに慣れているのか、亀シは即座に、

「仮縫です」

やっぱりそれでいいんですね、というように、

「仮縫さんは、そういう、交信ができる方なのですか」

泰子さんに合わせ、竜子さんも頷いている。彼女たちはどうやら、私の心配するより遥かに「本気にとっている」。亀シはなんら臆することなく、

「はい」

と応えた。堂々たるものである。

亀シの「交信能力」を仮縫氏が治療に使う、そのことについて、昨夜海子は滔々と自説を述べた。

「たとえば亀子に、あなたは実は前世天上界にいたのだが、その昔人間界にいた頃に恩を受けたひとの子孫が、今苦労しているのを見て、なんとか助けてやりたいと、この世に生まれて来たのだ、といわれたひとがいるとする。そうすると、そのひとは、ああ、そうであったか、と深く納得するの。自分がこの世で感じていた生き難さは、実は自分がそもそも天上界のものであったからなのだ、こんな下賤のものたちとうまくやっていけるわけがなかったのだ、という納得。自分の肉親たちについても、こん

なひどい一族、と思っていたけれど、あまりに悟りから遠く、見ていられない、この一族を助けてやらなければ、と実は自分が天上界に在るとき、一念発起してこの世に生まれてきた、もともとそのくらいひどいんだから、今苦労していて当たり前だ、という深い納得。自分自身に対するプライドは損なわずに、自分の現状を肯定できる……。私、それで生きやすくなったり症状が軽快するのであれば、いいと思うのよ。亀子はその辺り、私思うに、直感ででっちあげるのではないかしらねえ……。亀子にはわかるのよ、どういう『物語』がそのひとに一番『効く』か。本人が意識してやっているのか無意識でやっているのか、よくわからないけれど、でもあの兄妹の確固たる感じは、どちらにせよ、使命感があるのだと思う。私、よくなればなんでもいいのよ。だからね、亀子がうちの先祖について、何をいおうが、一応、受け入れてちょうだい。山幸が、そういうのばかにしてるってのはわかってる。わかってるけど、今回は、信じてちょうだい。いや、信じてるふりをしてちょうだい。いやいや、せめて、彼女のいうことに突っかからず、揚げ足を取らず、邪魔をしたりしないでちょうだい……」

私がいつ、「突っかか」り、「揚げ足を取」り、「邪魔をしたり」したというのだ、といいたかったがぐっと堪《こら》えた。確かに、我々はこの痛みから解放されたいのであって、解放さえされれば、その手段は何であろうが構わないのだから。

それで、この展開にもあくまで中立の立場で巻き込まれていこうと思ったのだった。

竜子さんは静かに、

「私たち、そういう方を探していたのですよ」

その前よりも低めの声でいった。

「ことの発端は、教育委員会なのです」

私は——たぶん亀シも——どういう話になるのか見当もつかず、泰子さんがつくってくれたミックスサンドとカツサンドをそれぞれ神妙に口に運びつつ、黙って耳を傾けるしかなかった。

竜子の述懐

二年前、県の教育委員会歴史調査部のものだけれども、という電話があったんです。お宅の家は、県内で現在住まわれているものとしては最も古い家屋です、ついては調査させていただきたい、と。古いといっても、もちろん私たち、それなりに住みいいように改築改造してきました。藪彦さんがそれを許可して下さっていたのでね。藪彦さんは、私には理想のお兄さんでしたよ、戦争中は。藪彦さんのお母さんがね――あなたにとっては曽祖母《ひいばあ》様ということになりますが――だいぶ悪くなって、あのご一家はこちらに早くから疎開していらっしゃいました。藪彦さんのお母様、千代さんのご実家もあの近くでしたそうですから、何かと心強かったんでしょうね。藪彦さんも足を悪くして学校を休んでいるところでしたから、親子して療養させようと、あなたの曽祖父《ひいじい》様は思われたんでしょう。藪彦さんは、竜子という私の名を面白がって、竜子ちゃんが住んでくれるなら、この家も竜宮城になるなあ、なんていって下さって。いろいろな話をして下さいました。それを覚えていたから、結婚後も、あの家に住み続ける、っていう気になれたのかもしれません。

それはともかく、教育委員会の方には、べつに断る理由もなかったので、どうぞいつでもいらして下さい、といいました。なんでもまとめて資料をつくるのですって。で、それから数週間後にいらしてあちこち写真を撮っていかれました。そのとき、この家について私が知っていることをお話しし、あちらも藩の史料に残っていることを教えてくれたのです。山彦さんもご存じだと思うけれど……え？　ご存じない？　ああ、そう……お聞きになりたくないことかもしれないけれど……そうですか、じゃあ、私の知ってることは。

あの家はそもそも、藩の国家老の別邸だったのだそうです。別邸といってもある時期はほとんどこちらに住んでいるようなものだったらしい。その頃の藩主があの辺りの気候風土を気に入って、本家のある城よりもあちらにいることが多かったらしいから。でも藩主が代替わりしてからは別にあの土地に執着することもなく、国家老の別邸も必要でなくなった。財政も逼迫していたから、別邸を、懇意にしていた庄屋の佐田家に引き渡すことにした、その矢先、藩主のお家騒動に巻き込まれ、家老一族はあの屋敷に追い込まれて、自害して果てた、そういうことがあったらしいの。私は大体は知っていたけれども、当然のこと、そのあと、建て替えたとばかり思っていました。まさか、いくら昔の話だって、そういうところにそのまま住むなんて、とても思われなかったし。でも、教育委員会の調べでは、建て替えはなかった、この家は、そういう大事件を経験した家だ、っておっしゃるではありませんか。それからですよ、宙幸彦がおかしくなったのは。

もともと、癇が強くて放浪癖のある子ではあったのです、小さい頃から、理由もなくよく泣いていました。もっとも、母親の私には理由がわからなかったというだけで、本人には何かあったのでしょうけれどもね。その話をすると、やっぱりそうだったんだ、出よう、もうここは出た方がいい、っていい出して。

私が結婚してからは佐田家とはなんとなく疎遠になってしまったし――その前だって、ほとんど連絡はなかったんですよ。縁の遠い親戚ですし、年齢も違いましたからね――大家と店子《たなこ》になってからも、それは変わりませんでした。賃貸に必要なやり取りは書面ですみましたし。ただ、何のときだったか、こちらの法事かあちらのお葬式か、連絡しなくてはならない用事があって、一度電話で話したことがありました。そのとき、孫の名まえを山幸彦にした、と聞いたんです。それは、私が幼い頃、藪彦さんから聞いていた神話の話を思い出させました。ああ、藪彦さんは覚えていたのだわ、と思って――直接そのことはいいませんでしたけどね――私も、もし息子が生まれたら名まえを宙幸彦と名付けよう、と思ったのです。彼は、陰険な――ああ、ごめんなさい。でも神話世界では英雄であることには違いないし、山彦さん自身には関係ないことですから――山幸彦に肩入れしていたけれど、私は目立たない宙幸彦を、いつも応援する気持ちでいましたから。

宙彦が中学生の頃、家の前の川沿いにあった大きな椋の木が切り倒されて、川は埋め立てられました。上流からの川筋を真っ直ぐにするためでした。それまで、川は、しょっちゅう氾濫を起こしていたのです。宙彦はあの椋の木をとても大切に思っていたので、そのときはひどくショックを受けたようでした。けれど、治水工事のためだ、川下の人たちもこれで助かる、といい含めて諦めさせました。川は埋め立てられ、家から離れたところを流れるようになりました。数年前、泰子さんと結婚してくれて……。泰子さんも不便な家と思ったでしょうが、よくがんばってくれました。

宙彦は、教育委員会が来てからというもの、家を出ようといいはじめましたが、そうおいそれと出られるものではありません。次、住むところも必要でしたし……。そんなとき、天変地異というか、今までに経験したことのないような豪雨があって、家の周りがすっかり水浸しになってしまった。ごめんなさい、大家さんにそのことをいわずに。藪彦さんもその息子さんもお亡くなりになって代替わりしていることは知っていましたし、お忙しいお若い方をこんなことでお煩わせするのも憚られたのです。

今まで氾濫することはあっても、それは川下の方の話で、家の近くまで水浸しになるようなことはありませんでした。この事件で宙彦は止める間もなく会社を辞め、ちょうど空き家になっていた泰子さんの実家の隣の喫茶店の店舗付き住宅を借りることにしたのです。

もともと泰子さんは学生の頃喫茶店のアルバイトをしていたことがあったそうで、ここを始めるにあたってそれほど抵抗はなかったようです。むしろうれしいくらい？ ただ、宙彦が、ちょっと今、どこにいるのかわからないのです。ええ、そうなんです。驚かれるでしょう。ただ、生きているのは確かです。ときどき葉書が届きますから。ここにきてすぐ、泰子さんに子どもができて、それを知ってからのことです。父親になるために自分を見つめ直さなくちゃいけない、とかなんとか書き置いて……。私には、あまりにも無責任と思われますけど……。ええ、泰子さんの実家もしっかりしているし、私もついているから安心して甘えているのですよ、きっと。それにしても、大の大人が情けない……。

椿宿への道・二

実家でその昔の国家老の一族郎党が自害して果てた、という話はさすがに衝撃的だった。たとえそれが私の直接の先祖でなくとも、そういう事件が事実あったということ、それがほかならぬ自分の「家」であった、ということは、なかなか受け入れられるものではなかった。

「藪彦祖父さんは、知っていたのでしょうか、そのこと」

「知っていたと思いますよ。直接に話したことはありませんけど」

それなら、あそこのことをあまりいいたがらなかったというのもわからないではない。

しかし、そんな陰惨な事件のあった家をなぜ買うのだろう。いや、すでに買ったあとであったのか。それなら家老側は、人手に渡ることが決まっている家で、なぜそんな事に及んだのだろう。あまりに無責任ではないか。たとえ諸般の事情でその家に引っ越さなければならなくなったとしても、竜子さんの考えた通り、建て直すだろう、普通の神経であれば。

謎である。

うつむき加減になって考え込んでいると、さっきから一言も発しなかった亀シが、

「山彦ちゃん」

と目を閉じたまま呟き、私の度肝を抜いた。母方の祖母、早百合祖母《さゆりばあ》さんそっくりの声だった。

「山彦ちゃん」

「……おばあちゃん?」

もしや祖母の身に何か起こったのではないか。祖母の魂が私に別れを告げにきたのではないか。そう思って私は緊張した。

「茎路まで行ったのね」

「……はい」

祖母は私に何か教えようとして必死にここまで来たのではないか。例えば、そんな屋敷には決して行ってはいけない、とか、行くなら魔除けの○○を持って行けとか。

私が緊張したまま次の亀シのことばを待っていると、

「あのね、帰りにミルクアイスをお願いね」

一瞬あっけにとられ、それからまたぞっとした。これは、まちがいなく祖母である。亀シが憶測で真似できるようなものではない。優しく、たおやかで、しかも自己中心的という。母・野百合《のゆり》に、その「自己中心的」だけが、何の文化的洗練も伴わず引き継がれたのは、誰にとっても大きな不幸だった。

亀シは目を開け、

「今のは、おばあさまですね」

「そのようです。祖母は、もう……」

私は覚悟していた。

「いえ、今のは生き霊です。まだご存命です。ただ、だいぶもう、魂が自由に行き来されていますね」

ほうっと、ため息がでた。

「ええ、もう余命幾ばくもない、といわれています。ですから私も、できるだけ早くそばへ帰ってやりたいと思っています」

では急ぎましょう、と女性たちは動き始めた。私たちは竜子さんの車で椿宿へ向かうことになった。ただ泰子さんは残ることになった。何しろ身重であるし、暖房の設備もろくにない古家で、体を冷やすことになってはならない、というご婦人方の意見であった。布団と食材、ガスが使えないときのためのカセットコンロに鍋釜を積み込み、早々に出発した。なんといっても、この間まで住んでいた竜子さんがいっしょなのは心強い。

「私が運転できたらいいのですが。何しろ、三十肩で……」

「だいじょうぶですよ。車がなければどこにも行けない、何も買えない、という不便な田舎にいましたから、運転くらい、おちゃのこさいさいです」

おちゃのこさいさい——このことばを聞いたのは何十年ぶりだろう。実に新鮮だった。しかし竜子さんももうだいぶ高齢なのには違いなかった。無理をさせてはいけない、と思いつつ、しかし今回は甘えることにする。

「今は、投網市美杉原四-三ですが、昔は字《あざ》椿宿でしたね」

「ええ。私は好きでしたけれどね、その名まえ。お役所のやることはよくわかりませんね」

しかし日本の都市の郊外というのは、どうしてこうもどこも同じような風景になってしまったのだろう。量販店にレストランのチェーン店、ショッピングモール……。明らかに埋め立て地と思《おぼ》しき、殺風景で平たい、おおざっぱな土地におおざっぱな店々が連なっていく。

「自分が今どこにいるのかわからなくなります。あまりにもどこにでもあるような見慣れた風景なので」

私が嘆くと亀シは、

「寂しくなくていいではないですか。見慣れた風景があちこちにあるのなら、どこでも自分の故郷と思えるではないですか」

慰めとも皮肉ともつかないことをいった。

「そういえば、仮縫さんの診療所のあるところは、昔の海辺の町の風情がありますね」

「そうですか。開発の波に乗り遅れた、といっておる人も、なかにはおりますがね」

「山彦さんは、椿宿は生まれて初めてなのですねえ」

竜子さんは感慨深げだった。

「そうですね。鮫島さんご一家を、親戚と呼ぶにはあまりに縁が遠いような気がして、みな気が引けていたのでしょう」

「……そんな」

といいつつも、どうぞこれからは親戚と思ってご遠慮なく、などという社交辞令を彼女は口にしなかった。これまでの疎遠ぶりといい、なにか、藪彦祖父さんとの間に、約束事があったかと思われるような、距離の取り方である。

「あ」

私は思わず素っ頓狂な声を上げた。

「なんということだ、忘れてしまっていた」

「何か、お忘れものでも」

「油揚げ」

「おお、油揚げ」

亀シが深く頷くのも奇異といえば奇異なのだが、亀シらしいといえば亀シらしかった。一応、説明を試みる。

「祖父が、忘れるな、といっていたのです」

「いってらっしゃいましたね、確かに」

え？　と亀シを見る。そうであった、祖父は祖母のみならず、亀シの口も借りて、そのことを私に伝えようとしたのだった。ああ、もうそんなこと、一度いわれればけっこう、とうるさく思っていたが、見事に忘れてしまっていた。

「大丈夫です」

亀シは信玄袋をごそごそと探っていたが、なかからビニールの袋を取り出し、

「ご案じめさるな。このようなこともあろうかと」

時代がかった口調で、見せた中身は、何あろう、油揚げそのものであった。

「おお」

私はこれでもう、否《いや》が応でも亀シを信頼せざるをえない立場に追い込まれたようであった。

宙幸彦の物語

いったい椿宿には何時頃に着くのだろう、このドライブはどのくらいの長さになるのか。ふと、迂闊《うかつ》なことに、それを訊いていなかった、と気づいた。

「ここからどのくらいかかるのですか」

「椿宿まで、ですか」

「ええ」

「順当に行けば、二時間……ほどでしょうか。けれど、渋滞に巻き込まれてしまったら、ちょっとわかりませんね」

「そうですか……」

私は助手席に座っていた。フロントガラスの向こうには、地元のナンバープレートをつけた車ばかりが——当たり前といえば当たり前だが——蜿蜒《えんえん》と並んでいる。

「宙彦がああなってしまったのも、その、国家老の一件のせいなんでしょうか」

前後の脈絡なく、また私にとも亀シにともなく、竜子さんは呟いた。

「いえいえ」

相変わらず自信たっぷりに後部座席の亀シが応える。

「それはたかだか百五十年ほど前の話。それよりずっと以前に、あの土地が抱えている問題があるのですな」

「土地が、抱えている？」

「そうです。深い傷跡があります」

さすがに竜子さんも当惑したらしく、返事がなかった。私は、

「それは、例の謙虚なお稲荷さんからの情報ですか」

「……うむ」

珍しいことに、亀シはいい淀んだ。

「それにお答えするのは難しい。簡単なものであれば即答できるのですが、これは、なんといいますかのう、そういうビジョン、のようなものが、じわじわ、浮かび上がってくるのですわ。こういうときは、かなりの時代を経た、古い傷跡のことが多いのです」

今までの亀シと違う、その困ったような苦し紛れのようないい方に、私はかえって信用できる「感じ」を抱いた。

「稲荷であるとか、祖父であるとか祖母の生き霊であるとか称するものたちが、今まで出てきたわけですが、彼らが教えてくれるわけではないのですか」

「そうであればことは簡単です。いや、簡単ではないかも知れないが。これは……」

そういって黙り込んでしまった。しばらく沈黙が続き、それに飽きたのか耐えかねたのか、竜子さんが、

「あの、お稲荷さんはいつ頃からあそこにいらっしゃるのでしょう」

「はあはあ」

亀シは打って変わって軽やかに返事をした。

「もともとは、佐田のお家が持っていた、ヤブギツネの一匹だったようですな」

「ヤブギツネ？」

また話は怪しくなってきた。

「佐田のお家はもとはキツネ使いの家柄。とはいっても妖術使いのような輩《やから》とは違う……違う、ということを強くいっておられますな。正しい目的のもとに訪れてくる人間のためにだけ、キツネを使ったのだと。けれど、そういうお家は畏《おそ》れられこそすれ、

人付き合いには距離をおかれ、婚姻にも障りがあることが多かった。ある代のとき、これから一切、稲荷の力など借りぬ、と断言し、使っていたキツネたちを解放なさったお方がいた。が、なかに一匹、行くところもなく途方に暮れて戻ってきた仔ギツネがあった。さして力もなく、心優しいキツネであったので、このキツネばかりは残しておいても差しつかえないだろう、ということになった。キツネも恩に感じて、家内安全くらいの働きはしてきた。家老の一件があった家に引っ越すことになったときも、連れて行かれ――それはつい近所であった故に、戸惑うことなくことが運んだのだ、とおっしゃられておりますな、今に至る、と」

私は少々うんざりした。自分の家がキツネ使いの家系だといわれ、喜ぶ人間がいるだろうか。でたらめだとしたら、よくもまあ、こうぺらぺらと話を繋げられるものである。姓こそ違え、佐田の家とは血縁である竜子さんも、少し複雑な心境であると見え、

「はあ、そんなことがねえ」

と、浮かない声で呟いた。海子が聞いたら何と反応するものだろう。

しかし、前世が○○であった、先祖は△△であった、ということを、こういう生業《なりわい》の人間が客に告げる場合、大抵は身分高く英雄か英雄に近いような人物を挙げるもの

だろう。ひとはそういうときに願望の力も手伝って納得しやすいのである。気分よくもなろう。繰り返すが、自分の家がキツネ使いの家系だといわれ、喜ぶ人間がいるだろうか。

ということは、少なくとも亀シは、私たちを体よく喜ばすためにいっているのではない、ということになる。そんなことをいっても、彼女の利益には何もならないのだから。いや、もう一つ可能性がある。彼女が喧嘩を売っている、というケースの場合である。まあ、これもペンディングだ。

亀シの話は消化するのに時間がかかりそうなので、この際、私はこの自分たちの風変わりな名まえの由来が知りたいと思い、運転をしている竜子さんの横顔へちらりと視線を遣り、

「竜子さんと藪彦祖父さんは、昔、海幸彦山幸彦の神話に関して、どんな話をしていたんですか」

先ほどの喫茶店での彼女の話では、藪彦祖父さんが孫に山幸彦と名付けたと聞いて、自分に男の子が生まれたら宙幸彦と名付ける決意をしたのだといっていた。あの神話を、藪彦さんは覚えていたのだ、と。竜子さんは、ああ、と一瞬、間を置き、

「私はまだ子どもでしたから、藪彦さんは、私と遊んで下さろうとお話を作って下さっ

たんです。山幸彦海幸彦の神話をもとにした……」

「つくった？　神話そのものではなくて？」

「ええ。古事記では、海幸彦山幸彦は火照命《ほでりのみこと》、火遠理命《ほおりのみこと》、間に一人、火須勢理命《ほすせりのみこと》がいるんですが」

「あれ、真ん中にいるのは、宙幸彦では？」

「あら」

竜子さんはおかしそうに運転席からちらっと私を見て、すぐに視線を元に戻した。

「もしかしたら、藪彦さんは、同じ話を山彦さんにもしたのですね」

いや、祖父さんではなかった、と思いつつ、

「というと」

「宙幸彦、というのも、彼がつくった名まえですよ。ほんとうは虚空津彦《そらつひこ》といって、山幸彦の別名とされています」

「え？　別名？」

「ええ。その名まえが古事記に出るのは、塩椎神《しおつちのかみ》や海神が、彼に向かってそう呼ぶ場面でですが、そらつひこってもともと、ひつぎのみこ、つまり皇太子、という意味なんだそうです。当然のように彼を世継ぎとして扱っているのですね。でも彼の上には

二人も兄がいるんですよ。変でしょ」

「はあ」

神代の時代も長子相続が主流だっただろうかと思いつつ、あまり横やりを入れぬよう（海子から注意されたのを思い出したのだ）黙っていた。

「祖父は山幸彦の別人格として虚空津彦を設定し、それの独立した存在としたのが宙幸彦、というわけですか」

「難しいことはよくわかりませんけど、古事記でも日本書紀でも、山幸彦にはまったく兄に対する敬意がない。海幸彦は最初から、やられて当たり前、っていう設定で書かれている、二人兄弟のように描くからそういうことになるのであって、三兄弟の真ん中をもっと活躍させればいいのだ、と藪彦さんはおっしゃるわけです」

「そんなことを、子どもの竜子さんに？」

「ええ。面白かったですよ。おっしゃってることの、半分もわかってなかったかもしれないけれど。慣れない田舎暮らしで、藪彦さんも退屈なさってたんでしょう。私がわかるわからないより、ご自分が本気で興味のあることをお話しなさってたんじゃないかしら」

「けれど、それならその、ほすせ……」

「そう、その火須勢理命を最初から持ってくればいいのに。わざわざ宙幸彦、などつくらなくても」

「火須勢理命？」

「さあ、私にはよくわからないけれども、そらつひこ、っていう名まえの響きが面白かったのではないかしら。海幸、宙幸、山幸、ってそろうっていうのも」

そういって、竜子さんは、藪彦祖父さんのつくったという海幸山幸の物語を始めた。


宙幸彦は海幸彦と山幸彦の間の、二番目の皇子《みこ》である。活動的な兄と弟に比べ、いつも一所《ひとところ》にじっとして、いるのかいないのかわからないような皇子であった。物心つくや否や海幸は海へ行き、やがて漁師として日々の糧を得るようになり、山幸もまた山へ行き、猟師として獲物をしとめてきた。二人が獲ってくる山の幸、海の幸で、家族は食に困ることはなかった。

けれどあるとき、宙幸彦は、山幸彦にも海幸彦にも、自分がまったく見えていないのではないかと思いついた。自分がどこか二人とはまったく違う存在なのではないかとは、以前から薄々感じてはいた。だが見えていないとは思わなかった。しかしそう思えば、なるほどうなずけるものがあった。宙幸彦は今まで、彼らから話しかけられたことがないのである。それは、ずっと宙幸彦がこころを痛めてきたことであった。自分は無用で嫌われている存在なのではないか、という疑いに、宙幸彦はずっと悩まされてきたのである。けれど、見えていないとしたら、そういう扱いは当たり前のことではないか。

自分の姿が兄弟には見えていない。

この仮説は宙幸彦を救い、また不安をかき立てた。

宙幸彦はふらふらと苫屋《とまや》を出て浜辺を彷徨《さまよ》った。彷徨いながら涙が出てきた。一旦涙が出てくると、声も出てきた。洟水《はなみず》も出てきた。おんおん泣きながら歩いていると、向こうから白髪白鬚《しらひげ》の翁がやってきて、

「これはこれは、虚空津彦さま」

と、宙幸彦に呼びかけた。自分がいるということを認めてもらうのが、こんなにありがたいことだとは、宙幸彦はそれまで思いもしなかった。

「私が見えるという、あなたはいったいどなたですか」

しゃくりあげながら訊くと、

「私は塩椎神。海の道を司《つかさど》るものです」

海の道とは、つまり潮流である。

「なぜ私がわかったのですか。私の姿など、見えないのではないのですか」

「わかるも何も。あんなに大声で泣いていらっしゃっては。おいたわしさのあまり、とるものもとりあえず駆けつけて参りましたよ」

　それからゆっくり付け加えた。

「私はあなたがお生まれになったときから知っております。今まであの方々がうまくやってこられたのは、あなたさまがいらしたからです。あなたさまがあの方々の間にあって、痛み悲しみをやわらげておられたのです」

「あのひとたちは、私のことが見えないのではないのですか」

「あなたさまがいらっしゃるということはわかっているのです。そこにいらっしゃるということはわかっていらっしゃいますよ。ただそれがあたりまえのようになってしまっているので、ことさら声をかける必要はないと思っているのでしょう」

「けれど私はもう、彼らのところを出てしまったのです。これからどこへ行けばいいのか」

「綿津見《わたつみ》の宮へいらっしゃいなさい」

　塩椎神はそういって竹細工でつくった小舟を指し、

「これに乗って沖合に流れる大きな潮に乗りなさい。やがてその潮が綿津見の宮へ連れて行ってくれるでしょう」

兄と弟は、自分がいなくなったことに気づいてくれるだろうか。宙幸彦は波に揺られながら別れてきた兄弟のことを思った。


その日海と山からそれぞれ帰ってきた海幸彦と山幸彦は、屋の内が、ひどく寒々としていることに気づいた。それでもそのことについては何もいわず、魚や獣の肉を分け合う夕べになって、そういえば、食事のときは宙幸彦の分も必ず用意せよ、と母からいわれたことを、もうずいぶん前から守っていなかった、と思い出した。欲しいなら勝手に食べるだろう、と思っていた。いるのかいないのかさえわからない兄弟だったのである。

「宙幸彦のやつ、ほんとうにいなくなったのだろうか」

「供え物のことかい」

山幸彦は、次兄の名まえもろくろく覚えていなかった。それよりも、長兄の獲ってきた今日の海の幸の貧弱なことに内心舌打ちをしていた。これなら自分の方がもっと獲れるのではないか。今まで海は兄の縄張りだったから遠慮していたが、自分がその気になれば山も海も思いのままだということを、ここはひとつ、はっきりとさせておいた方がいいかも知れない。

「一度、縄張りの交換、ということをしてみないか、兄さん」

「縄張りの交換?」

「ああ」

「いやだね」

海幸彦はいかにも意欲に満ちた弟の力が怖かった。

「何を考えているんだ」

「いやだな、疑り深いんだから。毎日毎日代わり映えのしないところで、あきあきしてきたところだったんだ。たまには心機一転、新しい世界で自分を鍛えてみたいのさ」

三度断ったが、四度目にはさすがに根負けして、一日だけ、という約束で道具と場所の交換をした。


「ええと、ごめんなさい」

と、赤信号で車を停止させた竜子さんは、謝った。

「私、これから先、なんだか思い出せない。ついこの間まではちゃんと覚えていたのに。こんなことってあるものなのですね」

そういって、悲しそうに頭を振った。私はなんとか励まそうと、

「海幸山幸が道具を交換し、お互いに散々な結果になったので、互いに借りたものを返そうという段になって、山幸が海幸の釣針を失くしていたのがわかった。海幸は激怒し、どうしても返せといってきかない。困り果てた山幸は、先ほどの宙幸彦とまったく同じ展開で綿津見の宮へ行く……。普通ならこんなふうに続きますが」

「そうそう、そこがね、少し違うんですよ。綿津見の宮では宙幸彦は大歓待されるんだけれど、山幸彦は誰からも見向きもされないの」

青信号になり、車は再び発進した。

竹の小舟は宙幸彦を潮流に乗せ、虹色に光る鱗《うろこ》が全面を覆う、うつくしい綿津見の宮に導いた。宙幸彦はどこから入っていいものかわからない。うろうろしていると、向こうから誰か来る気配がする。慌てて近くの木に上る。やって来たのは今まで宙幸彦が見たこともないきれいな女性だった。宙幸彦が上った木の下には泉があり、女性は水を汲みにやってきたのだった。ぼうっと見とれていると、宙幸彦の身につけていた勾玉《まがたま》がひとつ、女性の抱えている甕《かめ》の中にぽとんと落ちた。その音に気づいた女性が甕の中を覗くと、やがて鎮まった水のおもてに、こちらを見ている男性の姿があっ

た。女性は知らぬ振りをしてその甕ごと勾玉を宮の中に運び、豊玉姫《とよたまひめ》にことの次第を報告した。豊玉姫は海神の娘、女性は豊玉姫の侍女であったのである。豊玉姫は勾玉を握りしめ、泉に赴く。まっすぐに木の上を見つめる。

宙幸彦は今まで、誰かと目を合わせるということはなかった。誰も彼も宙幸彦を「そこにいない」かのように扱っていたからである。だから宙幸彦はひとを見るとき、どうせ相手は気づきもしないのだから、失礼には当たらない、と、無防備に見つめる癖がついていた。このときも、まさか自分が目当てにされているとはつゆ思わず、今度は誰が来たのか、とじっと目を凝らして見つめたのである。

時間《とき》が止まったかと思った。

宙幸彦はそれまでこんなうつくしいひとを見たことがなかったし、豊玉姫もそれまでこんな気品のある若者を見たことがなかった。まるで磁石が牽《ひ》き合うように、互いから目が離せなくなったのだった。それだけではない。宙幸彦にとっては、自分をまっすぐに見つめてくれる、ということそのものが、ほとんど初めての体験だったのである。だがいつまでもこうしているわけにはいかない。じっとしたまま魔法にかかったように動けないでいる二人を残し、侍女は海神のもとへ走った。侍女から報告を受け、駆けつけた海神は、宙幸彦をひと目見るなり、

「虚空津彦さま」

と、叫んだ。その声でようやく我に返った二人は、当然のことながら相思相愛の間柄となる。幾晩も続く海神のもてなしの宴は、途中で婚礼の宴に代わった。

さて念願かなって海へ漁に出た山幸彦であったが、まるで釣果《ちょうか》がなかったばかりか、海幸彦から借りた大切な釣針まで失くしてしまった。けれど実はこれは、最初から計画されていたことであった。海幸彦から海における彼の力を奪い取るのが目的なのであった。


「ええと、ちょっと待って下さい」

私はさすがに問い質《ただ》さずにはいられなかった。

「それは祖父がつくった神話なのでしょう。いや、神話をもとにした、祖父の創作なのでしょう。なのにそれはもともとの神話より、ずっと山幸彦を悪者にしていませんか」

「……それもそうですね」

竜子さんは思いのほか素直なひとだった。

「初孫に付けるのに、わざわざそんなあくどい神の名を思いつくわけがありませんよね。長い年月の間に、私が改ざんしてしまったのかしら」

そういって首を傾げ、

「そうだ、山彦さん、さっき、三兄弟の一人としての宙幸彦のことを知っていらしたでしょう。それはきっと、藪彦さんから聞いた話に違いないわ」

「ちょっと待って下さいね」

宙幸彦の話を、私は誰に聞いたのだったか。私は確か、海子といっしょにその話を聞いたのだ。そうだ。

「その話をしたのは、藪彦祖父さんの次男、従妹《いとこ》・海子の父親、私の叔父です。それは宙幸彦の冒険、というような内容で、別段海幸彦、山幸彦の例の確執については述べられなかったと思います、そのときは。ただ、宙幸彦というのは海幸彦、山幸彦の間の皇子で、という紹介でした。それで、記紀とは違うけれども、それ以外の、浦島太郎伝説と混じった、民間での伝承なのだろうくらいに思っていました。まさか創作だとは思わなかった」

「どういう内容ですか」

それは、と、まだ彼女の話も終わっていないのに、私は幼い頃聞いた宙幸彦の話を、思い出しながら話した。今はもううろ覚えだが、できるだけ「改ざん」しないように話したつもりだ。

兄弟の家を出て、海神のところで生活していた宙幸彦は、あるとき、どこからか聞こえてくる悲しそうな泣き声に気づいた。そこは海の底であったので、腰の曲がった海老やぐにゃぐにゃと移動する蛸に聞いてみたが誰もそういう泣き声のことは知らないし、聞いたことがないという。これは確かに道理だった。海老には海老のことしかわからないし、蛸には蛸のことしかわからないのだ。

けれど、宙幸彦には確かに聞こえる。それは彼をひどく落ち着かなくさせ、つらい思いにさせた。ずっと聞いているとだんだんに気が滅入ってもきた。それで、ひとりでその泣き声の張本人を捜し出そうとした。何ものにも邪魔されぬよう、目を閉じ、声の聞こえる方へ、聞こえる方へと、歩いて行くと、いよいよここだという場所に行き着いた。目を開けるとそこは洞窟の入口であった。恐る恐る入って行くと、奥では鯛がむせび泣いていた。すっかりやせ細り、まるでヒラメのように見えたが、それでも立派な額は鯛の証拠であった。

「何をそんなに泣いているのです」

「私の声が聞こえたのですか」

鯛は息も絶え絶えの状態で、か細くはあったが、驚きと喜びの入り交じった声でそういった。

「私の声は誰にも届かないと思っていた」

そういえば、自分以外の誰にも、鯛の泣き声が聞こえていなかったことを宙幸彦は思い出した。

「のどの奥に何か、小骨のようなものが引っかかって、何も食べられず、苦しいのです」

「では、それを取り除いて差し上げましょう」

「お願いします」

宙幸彦は、鯛に大きく口を開けさせ（それはなかなかうまくいかなかったが）、長い時間をかけてようやく「引っかかっているもの」を取り出した。それは、兄の海幸彦の釣針だった。兄がそれをどんなに大切にしていたか、宙幸彦はよく知っていた。これがなくなったということは、兄さんはどんなにか嘆き悲しんでいることだろう、一刻も早く届けてあげなければ。

宙幸彦は海神の許しを得て鯛を連れ、陸の世界へ帰った。鯛は陸に上がるに際して、うつくしい女性に変わっていた。宙幸彦は彼女を娶《めと》り、兄弟の家に帰ろうとしたが、年月が経ち、兄弟はもうすでにこの世になかった。

宙幸彦は兄の形見の釣針で漁をしながら後半生を妻とともに幸せに暮らした。

語り終わって、この話はつまり、冒険譚というより鯛とのラブロマンスなのだと思った。幼い頃はそんなことは考えもしなかったが。

そして、確か高名な学者が、神話における中空構造のようなことをいっていなかったか。

三柱いる神の真ん中の存在が空であることの意味について。いるかいないのかまったくわからないような存在、例えば、アマテラス、ツクヨミ、スサノオの姉弟における、ツクヨミの存在など。祖父はそのことを、知っていたのか。知っていたらどう思っていたのか。私がそんなことを考えていると、

「……それは、私が覚えているものとはずいぶん違いますね」

そういって、竜子さんは、話の続きに戻った。

山幸彦は、海幸彦に、借りていた釣針をなくしたことを話した。海幸彦は、当然ながら衝撃を受け、茫然自失の体《てい》で洞窟のなかにこもったきり、出てこようとしなかっ

た。怒る、というより、あまりのことにどうしていいのかわからず、途方にくれているようだった。それほど大切にしていた釣針であったのだった。

山幸彦は海幸彦の反応を見て、ますますあの釣針が重要なものであったことを確信した。これから海の支配に乗り出すためには、釣針も手に入れておいた方がいい、と決意した。

そこで潮の道を司る、塩椎神《しおつちのかみ》のところへ行き、海底の綿津見の国へ行って釣針を探したい、と相談を持ちかけた。これは兄への償いのためなのだ、と付け足すのを忘れなかったが、塩椎神はとりあわなかった。しかたがないので、近くにいたウミガメに話した事情を話し、綿津見の国に送ってくれるよう頼んだ。山幸彦がウミガメに話した事情とは、「大切な釣針を失くしたため、兄の怒りにふれ、釣針を探して持って帰るまでは家に戻ることができない」、というものだった。ウミガメはいたく同情し、そういうことなら、と、山幸彦を乗せ、海の道を綿津見の宮へと向かった。

そこまでを話すと、竜子さんはしばらく黙り、それからため息をついた後、一気に、

「その後は、確か、山幸彦は綿津見の宮で幸せに暮らしていた宙幸彦を亡き者にし、彼と入れ替わり――彼ら三人外見はよく似た兄弟なのです――海神の跡継ぎとなり、

それから陸へ戻り、今度は海幸彦を追い詰めて海と陸との覇者になる、という話なんですよ。ごめんなさいね、その辺り、あまりに宙幸彦がかわいそうだから、詳しくいう気になれなくて」

「ううむ。藪彦祖父さんのなかでは、サクセスストーリーのつもりだったのでしょうか」

力なくいいながら、私は何ともやりきれない気分だった。「山幸彦」という名に、そういう思いがあって、なお私に名付けたのだとは思いたくなかったのだった。

「その話の山幸彦には、野心がある。実行力がある。運命を切り拓いていく力がある。ご自分にない資質を、山幸彦に託して、話をつくられたのでしょうな」

亀シがいつになく低い声で呟いた。

確かに、この話の山幸彦は、ダーティーであったにしてもエネルギーには満ちあふれている。いやむしろそのダーティーなところこそが、生前門下生や家族から尊敬されていた穏やかな藪彦祖父さんとはおよそかけ離れた資質ではあり、もしも彼に鬱屈した事情というものがあったのだとしたら、そのダーティーさは、抱えている鬱屈を打破するすさまじい力になっただろうとは思われる。彼がそういう野放図な力に憧れていて自分で創作神話をつくり、自分のつくったその「憧れのヒーロー」の名を初孫に付けた、というなら、一応話の筋は通る。それでもまだ当人としては釈然としないが。

車はやがて人家もまばらな山懐の川沿いを通り、いくつかトンネルを抜けた。抜けた先に、投網市、という看板があった。椿宿はもう近い。

椿宿

車は投網市の駅前通りに入った。さすがにこの辺りは商店街も並び、それなりの活況を呈していた。だが賑わっていたのはそこだけで、すぐにまた、閑散とした郊外へ向かい、再び川沿いを走ったかと思えば、途中でぐねぐねとした細道に入り、やがて門柱だけの、門扉のない屋敷の前で一旦停まった。

「さあ、着きましたよ」

竜子さんは車を再び動かし、門の中に入れながら、大きなため息をついた。長いドライブが応えたのだろう。

「屋敷」は平屋で、確かに普通の民家としては大きかった。私はそういう古民家を語る言葉を持たないが、あちこち出っ張っていて、確かに凝った造りだった。しかし古くはあるが、それほど因縁めいたものがあるようにも見えなかった。つまり、おどろおどろしい感じはしなかった。

「懐かしい」

竜子さんの言葉を合図に、車が停止するのを待ち兼ねたように皆急いでシートベルトを外し、ドアを開け、外へ出た。足の踏み場もないほど、地面は落ち葉で埋め尽くされていた。

「以前は毎日掃いていたのに」

そういってしゃがむと、枯れ葉を一枚手にし、竜子さんはため息をついた。

比較的広い前庭で、山椒など、実用の役に立ちそうな低木が何本か、それから端の方にはケヤキの大木が生えていた。低木のうちの一本、キンカンの木に実が鈴なりになっている。

「見事なものですな」

「誰も採らないから、あんなに。よく甘露煮《かんろに》をつくったものでしたが」

亀シはすたすたと門の前まで戻ると、

「ここですな」

と、誰にともなく呟いた。私と竜子さんも、なんとなく亀シの方へ歩きつつ、竜子さんは、

「昔は、門の前を川が流れていたんです」

「そうだったらしいですね」

いかにも埋め立てられてできたような、湾曲して延びていく道路だった。

「もともと川だった道ですから、ずっと歩いて行けば、本筋の川に当たります」

三人でしばらくぼうっと道の先を見つめた。それから、

「さあ、ちょっと窓を開けて、簡単に掃除をしますね」

自分自身にスイッチを入れるかのように力強く宣言すると、竜子さんは車から掃除用具を出し、すたすたと屋敷の方へ向かった。私も慌てて付いていく。

正直にいうと、家のなかに入るのが怖ろしい。その躊躇いを見越したか、

「長い年月のうちに、補修しなければならなくなったところも多くて、決して昔のままではないのですよ」

竜子さんがさりげなく私を励ました。これだけ聞いて、竜子さんがかつての店子で、私が大家であるなどと、いったい誰が信じるだろう。屋根はスレート葺《ぶ》きだ。私の視線を追って、

「雨漏りがひどくなってきたので、これに替えたんです。瓦を総替えしたのは初めてじゃなかったようです。建設当時の瓦ではなかったようですが、それでも昔の瓦には

変わりなくて、重くて、台風のときとか本当に危なかった。消防団が、わざわざ見回りに来たほどです。瓦屋さんが、これは珍しい、価値のあるものだから、といって、丁寧に残してくれたので、昔の瓦はすべて、裏に積んであります。あとで、ご案内します」

敷石の周りにはリュウノヒゲが繁茂し、玄関先には芭蕉の木が数本、かなりの大木となって陣取っていた。入ると、昔は三和土《たたき》であったのだろう、今はタイル張りだがゆったりした踏み込みがあり、対面にはそれに見合った広い上がりかまちがとってあって、踏み段が二つ。つまり、床がとても高いのだった。上り下りがいちいち不便だっただろう。けれど川の水もしょっちゅう氾濫していたというから、これはこれで理にかなった高さなのかもしれない。かなり高いところに広めの天窓がとってあり、それである程度は光も採れ、そして今日も一日太陽光が入っていたらしく、冬だというのにそれほど寒くなかった。

「雨戸が閉《た》ててあるから暗いですね。一寸待って下さい」

勝手知ったる、という気軽さで、竜子さんはどんどん家の中へ入っていき、私に見えないところでがたがたと派手な音を立てて雨戸をしまい始めた。家内がぜんたい、入った当初より明らんでくる。見通しがよくなった。私はまだ靴を脱がず、歩きながら、昔は土間がぐるりと巡らしてあったのだろう角を曲がった。戸を開けると、台所であった。玄関を入ってきたものが、台所へ直行することも可能になっていたのだった。

「昔は、台所も土間で、段差がつらくなってきたので、床上げさせてもらいました。そのとき、戸も、つけさせてもらいました。戸がないときの方が、便利だったのですけれどね。買い物をして、そのまま台所へ食料品を持ち込めたので」

「ここを通って、中庭へ行けますな」

いつの間にか来ていた亀シが突然後ろで声を発したので、度肝を抜かれた。緊張していたとはいえ、こんなことくらいで。つくづく情けないことであり、認めにくいことだが、どうも小心者にできているのだ。

「ええ。よくおわかりになりますね」

竜子さんは亀シの能力になんの疑念も持っていないらしい。声に賛嘆の響きがあった。

「床上げしているので、台所を通るためには一旦家に上がってしまわねばならんが、もとが土間なのだから、使用人が出入りする通路。正式に家へ入ったことにはならんだろう」

亀シはそう小声で呟くと、あっというまに草履を脱ぎ、脱いだ草履を手に持って、流しの外《ほか》ほとんど何もない台所に上がり、まっすぐに横切って、中庭に通じると見られる勝手口の鍵を開けた。私も慌てて後へ続く。しかし、勝手口から中庭に目を遣った途端、思わず立ちすくんでしまった。

家自体は改築のせいもあり、思ったよりおどろおどろしい印象はなかったが、この中庭には、まるで異世界の空気が充満しているようだった。

奥に築山《つきやま》と呼ぶのか、盛り上がった部分があり、しっとりとした苔で覆われ、その麓《ふもと》には枝振りのいい松が植えられてあった。松と築山の間には細い水の流れがあり、その流れは端にあるししおどしから流れて来るものだった。

新しくつくったようなわざとらしいところがまるでなく、ぜんたいに厚みがあり、古びていて、かつ威厳があった。

築山の中腹には赤い鳥居と祠《ほこら》があった。母屋の縁側からは鳥居まで踏み石が続いている。そうだ、中庭には稲荷を祀ってあったのだった。亀シは祠に近づくと、一礼して、素手で内部の埃を払った。そして信玄袋から燐寸《マッチ》を取り出し、小さな蠟燭に火をつけ、祠に設《しつら》えた。それから油揚げを取り出し、

「山彦さん、そこのハランを」

と、庭の片隅を指した。ハランの茂みから、一枚だけ葉を折り取り、亀シに渡す。

亀シはそれを更に適当な大きさに折り、油揚げを載せ、蠟燭の前に供えた。これで藪彦祖父さんも満足したことだろう。

「皆さん、お稲荷さんに、ご挨拶を」

亀シが朗々とした声で私たちに呼びかけ、モップで床ふきをしていた竜子さんも、慌ててやってきて中庭に下り立った。恭《うやうや》しくお辞儀をし、また柏手《かしわで》を打つなどして、亀シは「挨拶」を終え、後ろに下がると、今度は竜子さんが前に出て、

「まあまあ、お久しぶりでございます。あとで、お茶をお持ちしましょうねえ」

と、親しげに話しかけていた。まるで難儀な旅をしてようやく帰って来た親戚の誰かをねぎらうような口調だった。積もる話は山ほどあるが、まずはゆっくりお茶でも一服、という具合である。次はどうやら私の番だったが、私はただ、その場から目礼するに留めた。そして、亀シのことばを待った。どうせ、「謙虚なお稲荷」がなにかいうだろうと予想されたからである。しかし亀シは、

「それでは、玄関に戻りましょうかの」

と、いつになく低い声でそういうと、さっさと草履を脱ぎ、来た道をたどり、つまり台所を抜け、タイル敷の「もと土間」に下り立った。素早さにあっけにとられなが

ら私も後に続く。竜子さんも、我々の勢いに気圧《けお》されたか、いっしょに下りてしまった。

「佐田さーん、佐田さーん」

亀シが突然屋敷の奥に向かって叫び始めた。その大音声《だいおんじょう》にぎょっとする。もしも誰か出て来たらどうするのだ。

「山幸彦さんがいらしております」

今度はそう叫ぶと、ほら、と片手で私の方をせっついた。しかたなく、

「山幸彦です」

と、通常の声と叫び声の間くらいの大きさで、名を名乗った。当たり前だが返事はない。しんとした静寂。しかし亀シは、

「それでは、上がらせていただきます」と一礼し、這い上がるように踏み段を踏んで上がった。そこは板の間だったが、

「ここも昔は、六帖ほどの畳の間でした。昔は、奥に通すまでもない客は、ここで応対していたようです。けれど、そんなもの、今は必要ありませんから」

「何に使われてたんですか」

「別に、何も」

「え？」

「ええ、何も。子どもが小さいときは——宙幸彦のことですけど——ここでよくお友達と遊んだりしましたけど、雨の日なんかは重宝しましたね。私たちも、小さいときはここでよくままごとなんかしましたよ。外にもすぐ行けるし」

私たちがそういう会話を交わしている間、亀シは珍しくずっと黙っていた。

「次が二間続きの座敷で」

そういって竜子さんは、奥へ進んだ。そのとき、前庭の方で、車の停まる音がした。

「誰かしら」

竜子さんはそそくさと玄関へ向かった。それから先、姿は見えないが、声だけが聞こえてくる。

「あ、いらっしゃったんですねえ」

「え？」

「私、あの、教育委員会の……」

「ああ」

「ちょっとお話ししたいことがあったんですが、もう引っ越されたと聞いていたので、諦めてたんです。でも、前を通りかかったら、車が停まってたんで、もしや、と思って……」

「はあ……。でも、今、ちょっと取り込んでいて。実はここの大家さんがみえていて……」

「大家さん！　では、佐田家の！」

「ええ」

「それはぜひ、ご挨拶させて下さい」

聞こえて来る声で、私は軽く緊張していた。ずいぶん晴れやかな、闊達な声だった。竜子さんがちらりと私を振り返った。私は無言で頷いた。今更首を横になど振れまい。そういう性分なのだ。

まるで飛び込むようにして、家のなかに入って来たのは、明るいベージュのコートを羽織り、髪を後ろで結んだ若い女性だった。子リスのように生き生きとして、十代だといわれても信じただろう。しかし実際は二十代中頃と思われた。まるで急に辺りに陽が差したような、彼女の纏《まと》った「明るさ」に、あろうことか、私は一瞬ぼうっとしてしまった。

「突然申し訳ありません、佐田さんでいらっしゃいますか」

「……はい、そうです」

「初めまして。私は緒方《おがた》といいます。県の教育委員会で、歴史的建築物調査報告書作成を担当しております」

「そうですか」

自分でも間の抜けた返事だと思うが、他に返しようがない。

「まあ、どうぞ、そこにおかけになって」

すっかりこの家の主婦の貫禄を取り戻した竜子さんが、上がりかまちを指す。

「おざぶも何もなくて。ちょっと、お茶でも淹れましょう。プロパンガスの元栓を開けて来ますね」

どこかはしゃいだように裏へ出て行った。急に静かになった。

「その、歴史的建築物調査、というのは……」

「ええ、藩政時代から残る、由緒ある建築物や、その跡地を調査して、写真を撮ったり、史料を集めたりしています」

緒方さんは目を見開くようにして一気にしゃべった。

「実は、教育委員会で、この家のことを提案したのは、私なんです」

「え？」

「言い伝えはあったけれど、実際の場所がわからなくて。それで、ここだってわかったときは興奮しました」

「言い伝えって、何ですか。そんなものが、巷《ちまた》にあるんですか」

竜子さんも、戻って来て近くに座った。

「実はうちの先祖は、ここで亡くなった国家老、永井継忠の家の、奥女中だったんです」

「……はあ」

私は思わず亀シを見た。偶然の出会いとは思えない、という疑いが、まったく理不尽なことだが、起こったのだった。同時に、無意識のうちに亀シに頼っている自分に気づき、心中憮然《ぶぜん》とする。亀シは無言のまま、鷹揚《おうよう》に頷く。緒方さんは続ける。

「一族郎党のなかで、一人だけ、生き残ったんです。その、すごいこと、ありましたでしょう。まあ、ずっと昔のことですけど」

できるだけ思い出したくもなく、聞かされてからずっと、どう受け止めていいかわからなかった、例の屋内血の海事件のことであるが、不思議に彼女がいうと、そのおどろおどろしさの印象がなくなるのに気づいた。

「それで、彼女は生涯結婚せず、ずっと、甥《おい》の家に住んでいました。この甥というのが、私の直接の先祖なんですが。曽曽《ひいひい》祖父さんだか、なんだか。それで、自分の体験した話を、甥の子どもたちに聞かせていたんです。彼女が亡くなっても、甥の子どもたちは、自分の家族に語り伝えてきました。それで、私、知ってるんです。まあ、伝言遊びに歪みが生じる程度の誇張は、あるかもしれないけれど、それでも、私、ほとんど正確だと思っています。なぜって、子どもたちはそれぞれ家庭を持って、そこで語り伝えて来たわけなんですけど、去年、私、それぞれの家に呼びかけて、みなで集まったんです。ええ、ここにお邪魔した後です。そしたら、皆が語り伝えて来たこと、まったくいっしょだった。これってすごいと思いません？」

緒方さんは、目をきらきらさせながら、身を乗り出さんばかりにして、私に返事を迫った。

「ええ、まあ、そうですね」

「藩主お世継ぎ騒動で、江戸にいる正妻の次男側に付いていた国家老、永井継忠は、その後、実際に当主になった、地元妻の長男一派から疎んじられていた。あるとき蟄《ちっ》居《きょ》を命じられていた正妻の息子と内通して謀反を企んだという疑いをかけられた。していないといい張れば、正妻息子に咎《とが》が及ぶ可能性があった。そこで、悪いのは自分、自分が次男に企てを持ち込もうとしたが、次男息子からはきっぱり断られた、というストーリーをつくって切腹を願いでた。何もかも、向こうがじりじりと追い詰めて画策した結果です。一族郎党は、皆永井を敬愛し、上のなさりように義憤を持っていたので、抗議の意志を持って、永井の後を追うことにした」

「それは、この前いらした時も、おっしゃっていたことですよね」

竜子さんが念を押した。

「それが、『言い伝え』なんですか」

「いえ、違います。言い伝えとは、実は、鯉《こい》、にまつわることなんです」

「恋？」

「いえ、魚へんに、里、と書く、鯉です。先祖の奥女中は、最後の晩餐に、鯉を料理したのです」

「はあ」

ますますわけがわからない。

「お話ししたかったことって、それですか」

「いえ、違います。それも、お話ししても別に構わないんですけれど。私がお話ししたかったのは『言い伝え』ではなく……」

緒方さんは、ふうっと息を継いだ。

「この家。ずっと最近、空き家になっていたので、もしかしたら取り壊されるのではないかと、不安に思ってたんです」

「なるほど」

そのことは、考えないでもなかった。ただ、着手するのが面倒だっただけである。自分の身に降り掛かる災難に手一杯で。

「鮫島さんたちが出られた後、私がすぐ帰ってきてどうこうできるわけでもありませんでしたし、聞けばおどろおどろしい謂《いわ》れのある家のようでもあるし……。ぞっとしますよ、実際。何が起こったのかと想像すると」

思わず愚痴のように呟くと、緒方さんは大きく頷いた。

「思うんですけどね、そういうのって、うんとオープンにすれば、オーケーなんじゃないでしょうか。つまり、入場料を取って、大勢の人に見学させるんですよ。こもってじみじみ考え込むから、おかしなことになるのであって、そういう怨念みたいなのに、つかまらないようにするんです。パアッと明るく」

パアッと明るく。思わず頭の中で繰り返した。無性に惹かれる響きがあった。が、緒方さんは、

「と、そう思っていたのですが」

外見はともかく、その話法には、どうやら従妹・海子のしゃべり方と共通するもの

があった。結論を先にいう、ということができないようなのだった。しかし、「痛み」がない分、従妹・海子よりも遥かに屈託がなかった。

潜んでいるもの

「最初、上司に相談したところ、実際問題、家主の方が主体になっておやりになるならともかく、県の方で勝手に着手するわけにはいかない、やるなら買い取らねば。だがそんな資金をどこから出すのだ、そんなことに予算はつかない、ということだったのです」

自分の与《あずか》り知らぬところでそのような話が持ち上がっていたとは。目を丸くしている竜子さんと、思わず顔を見合わせた。緒方さんは続ける。

「けれど私は食い下がりました。文化財保護のためです。佐田さんとも連絡がつかず、このままだったら不動産業者に売り渡されて細かく分断され宅地分譲されてしまうかもしれない。あれこれ考えているうちに、ここを公園にする計画を思いつきました」

「公園、ですか」

「ええ。気を悪くなさらないで。公園、といっても、敷地を整備して、市民の憩いの場にし、かつ屋敷は存続させ、見学もできるようにする。悪くない話でしょう？　このまま朽ち果てさせていくよりは」

ふっと、治水《ちすい》、ということばが唐突に浮かんだ。敷地を整備するとなったら、当然、この水気の多い土地をなんとかせねばなるまい。それをやってくれるというのなら、確かに悪い話ではないかもしれない。

「もちろん、すべて佐田さんのご了承を得てからの話です。ですが、佐田さんの連絡先を探して具体的な話をし、積極的に推し進めるにはこちら側の準備が必要。その前に詰められるところは詰めておこうと、以前、ここの家の前の川の治水事業を担当した県の土木課に訊いてみたのです。工事にどのくらいの費用が必要なものかと。そしたら」

この時点で、私も竜子さんも前のめりになって息を呑むように緒方さんを見つめていた。緒方さんはいったいいつ息をしているのか、よどみなくしゃべり続ける。

「費用云々以前の話で盛り上がりました。前回工事に入ってすぐ、この辺り、川べりから相当数の人骨が出て来たらしいんです、頭骨も含めた。ちょっと看過できない数だったので、遺跡調査部の発掘調査が行われたんですって――私がまだ就職する前の話です。どうやら昔、ここは河原で、墓地のような場所であったらしいんです。昔は、といっても百年や二百年じゃない、遥か昔、この辺りでは死人が出ると遺体を河原に置いて骨になるのを待ち、それを適宜拾って寺の墓地へ埋葬したらしい。ずいぶんお手軽でしょう？　けれど合理的といえば合理的。わざわざ手間隙《てまひま》かけて穴を掘ったり焼いたりする苦労がないんですから。しかもそれだってこの辺りに寺ができた中世中頃以降の話で、それ以前は、ただ河原に簡単に砂か筵《むしろ》かなんかかけて、卒塔婆——板塔婆です——を立てておしまい、だったのだろうというのです。日本の山間部では比較的よく見られる風習です。出て来た人骨というのは、その頃のものだったのだろうということです。今、県の科学博物館の地下に収蔵されています。放射性炭素年代測定とかして時期をはっきりさせるってことはしないんですかって訊いたら、研究者からそういう要請があれば別だけれど、今とりたててそういう予定はないといっていました」

はあ、と頷いてみせるが、これといった感想が出てこない。どのくらいの昔であるのか、中世以前だとしたら、卒塔婆なんか立てただろうか。それは中世前期くらいか……。

時間のスパンが体で感じられない。百年二百年というのならなんとなくそんなものかと思い、四百年五百年なら、ほう、とそれなりに遠く感じられるが、それ以上となると、「感じ方」がわからない。

「それで、整備する方策の方は……経費とか……」

竜子さんはそれが気になるのか、遠慮しながら問いかけた。お茶を飲んでいた緒方さんは、

「ええ」

と湯呑みを置くと、

「この本出川《ほんでがわ》は、昔は大変な暴れ川で、川筋が定まったことがなかったのだそうです。だから河原に置かれた骨も時期によっては流れた。それを、江戸時代の中頃、最初の治水工事をして一本の筋にした。広い河原は耕地になったところもあったし、宅地になったところもあった。広く敷地がとれたので、国家老の別邸にもなったのでしょう。川に沿った道は、昔から街道筋でもありました。江戸時代に入ってからは参勤交代の主要街道の一つにもなった。椿宿《つばきしゅく》というのはその当時、お殿様の一行の宿泊所があった場所につけられた名まえなんだそうです。そのこと、ご存じでしたか？」

初耳である。私は首を横に振った。竜子さんは縦に振った。

そうであったか。宿、なのだから、街道筋の宿場の一つであることは十分考えられ

た。竜子さんも知っていて、緒方嬢も知っているということは、この地方の人には周知の事実であるらしい。しかしその名まえも行政上は消えてしまった。これからどんどん忘れ去られていくだろう。

「治水工事をする前は、その椿宿自体があちこち移動した。川筋が定まらなかったゆえです。けれど、あんな陰惨な事件があってから、椿、という名がいけなかったのではないか、とささやかれました。この辺りの武家の家では、椿の花は不吉とされていたのです。ほら、ぽろりと、花ごと落ちるでしょう。打ち首を連想させて。けれど、それをいうならそもそも、川自体というか、河原そのものが不吉だった」

緒方さんはさすがにまた口が渇いたのか、湯呑みを口に運んだ。

「あの」

と、竜子さんが遠慮深げに再び声を挟んだ。

「……経費とか、は」

「ええ」

緒方さんも再び湯呑みを置いた。

「でも、治水工事がされ、そして二度目の治水工事もされているし……整地するにしても、木々を切って日当たりよくし、芝生に替える、駐車場をつくる、水飲み場をつくる。ベンチを備える。そんなところですむだろうという話でした。この屋敷の文化的な重要性を訴えていけば――そして、佐田さんのオーケーがいただければですが――何とかなるのではないかと思われる額でした。もちろん、業者の入札額が最終的にどのくらいになるかという問題もありますが」

「けれど、その二度目の治水工事の後なんですよ、大雨があってこの辺り水浸しになったのは……。椋《むく》の木は切り倒され、川はこの辺りで埋め立てられ、もっと遠くを流れるようになった。それもこれも氾濫を抑えるため、っていわれてたのに、結局今までよりひどい水害に見舞われたんです」

竜子さんの声は低かった。

「そんな、おざなりの整地で治まるような場所ではありません。川があそこを流れていたのは、それなりの理由があってのことだった、というのはあの水害ではっきりしたことです」

「……確かにあの豪雨は、前代未聞でしたね」

緒方さんも思い出している様子である。去年ここにいたわけではないのでその「豪雨」は知らないが、近年まるでスコールのような豪雨が、それもスコールと違い、すぐに止むというわけではない豪雨が日本国中を襲っているのは事実である。

「やるとしたら、いったいここの土地の何が問題でこうなってしまったのか、徹底解明していただきたいものです」

竜子さんの語気は強かった。私にはとてもこういう「強く出る」真似はできない。

「それは私もそうできたらと思います。そして、実際調査も進みつつあります。けれどそういう調査結果を徹底的に反映させた治水工事をするにも、やはり先立つものが必要になります。ここの土地屋敷を購入するとなると、その資金もやはりかさむでしょうし……」

これは暗にこの土地屋敷を県に寄付しろといわれているのだろうか。しかしそんなことをしたら藪彦《やぶひこ》祖父さんがどんなにうるさいことか。

「しかしながら、ここは投網市でももっとも古くから人が住み着いた土地の一つと思われます。私は自分の先祖も関わっているということからだけではなく、この土地をきちんとしたかたちで後世に残したいと思っているのです。できるだけのことをしたいと思っています。その、地質学的な調査も怠りなく、徹底解明する、ということも含めて」

「……そういえば、本出川は昔、骨出川《ほねでがわ》と呼ばれていたのだ、って聞かされたことがありました」

竜子さんが唐突に呟く。

「ということは、昔から……」

「もし、整地している最中に、この家の敷地からも、その、骨が出て来た場合は、どうなるんでしょう。骨だけではなく、例えば、遺跡、何かの遺構とか」

「それは望むところ。そのまま残して、公園の一部として説明板を立てます」

緒方嬢は満足そうに答えた。

「どうでしょう？」

私はもう一度竜子さんと目を見合わせた。

「家族や親戚とも相談しなければならないし、今すぐお返事はしかねます、しばらく猶予を下さい」

のらりくらりと当たり障りのない返答をしてその場を逃れた。緒方嬢は、しばらく躊躇ったが、

「実は、これはつい最近出てきた話で、まだ公《おおやけ》になっていないのですが、この辺り一帯をダムにしてしまおうという計画があるのです」

「え？」

竜子さんの声がオクターヴ上がった。

「この間の水害を理由にしていますが、県会議員の一部とその懇意の建設業者が絡んでいることとなのは誰の目にも明白なのです。そうなる前にこの土地に、歴史的文化的にも貴重な市民の憩いの場、という実績をつくっておきたいのです。幸い、私の職場は皆、ダム建設に反対です。ダム建設の話が出てきた段階で、皆急に公園化計画に乗り気になりました。真剣に佐田さんと連絡を取らなければならないと思っていた矢先、ここの家の庭先に車が停まっているのを見たのです。これはまさに何かの思《おぼ》し召し。私のテンションがどんなに上がったか、ご想像下さい」

想像しなくても見ればわかる。

ダムか。

予想もしない展開だった。竜子さんの顔が強ばっている。どう受け止めていいかわからないのだろう。それは私も同じだ。だが、竜子さんと私ではこの土地への思い入れが違う。緒方嬢の方は、一応いうべきことはいって、その件の片はついたらしく、三たび湯呑みを置くと、

「で、今回は何かご用事が……」

目を一段と大きくさせて、無邪気な好奇心を隠そうともせず訊いてきた。私が椿宿にやって来た理由を訊いているのだということはわかった。

「まあ、いろいろあって……」

率直な緒方さんにたじろいだ私が口を濁していると、

「代替わりして、この山彦さんが大家さんになったのですよ。それで、今まで一度もこちらにいらしたことがなかったので、私がお連れしたんです」

竜子さんが、そつなく代弁する。だが、緒方嬢が訊きたいのは、なぜ今、ということだろう。たいていの人間はここで気配を察して追及の手を緩めるものだが、緒方嬢はそういう「たいていの人間」ではないようだった。車から運び入れたカセットコンロや布団が端においてあるのを見ながら、

「今夜はここにお泊まりになるのですか」

「ええ、そのつもりです」

「あの……お一人で？」

「いえ、三人で」

「三人？」

緒方さんが訊き直したそのとき、亀シが奥の方から戻ってきた。すっかり亀シのことを忘れていた。この間彼女は一人で探索していたらしい。疲れた表情をしている。奥の方で何かがあったのだろうか。急に不安が襲ってくる。私と目が合うと、

「はあ、もう……」

首を振る。不安はますます強くなったが、横から緒方さんが、この方は？　という微笑み方で私を見つめ、紹介を促している。

「仮縫さんです」

しかたがないので、最小限の紹介に留める。が、どうせ彼女は根掘り葉掘り聞き出すだろう、と開き直って、

「ちょっと、霊感のある方なんです、いってみれば」

そういったあとで、亀シに気を使い、こう訂正する。

「本当は、ちょっと、どころではなくて」

「まあ、そうですね」

つい今しがたまで疲れていた亀シは、緒方さんを見るとまるでカンフル剤でも射ったかのように目に力が戻った。そして「霊感がある」ことの自負を語った。

「……それで、ちょっとある方にいわれて、佐田さんといっしょにここまで来たというわけですわ」

「ある方って、生きてる方ではないのでしょう」

緒方嬢の目もまた輝いていた。霊感がある、ことに魅力を感じているのか。竜子さ

んも泰子さんもそうだったが、私には解《げ》せない。亀シはこういう「憧れられ方」に慣れているのか、鷹揚に、

「まあ、現世仕様では、あらっしゃいませんなあ。それより、さっきから、お嬢さんのお近くにいらっしゃる方が、そう、右肩の上」

「え？」

緒方嬢は笑みを浮かべたまま、右肩を見る。

「鯉のようですが」

「ああ！　鳥肌が立った」

鳥肌は怖いときに立つのだろうと思っていたが、緒方嬢は、うれしそうにしか見えない。興奮しているのだ。そういえば、彼女の家に伝わる「言い伝え」が鯉料理に関わるものだということを、最初にちらりと聞いた気がする。あのとき亀シはそれを聞いていたのではないか。それとももう奥へ入って行ってしまってあの場に居合わせなかったか。思い出せない。

「それは先祖の大…大伯母です。まちがいありません」

そんなに簡単にべらべらしゃべってこちらの情報を先に渡してはいけない、「霊能者」の前で。そうたしなめたいが、目の前に「霊能者」がいるのでそれができない。まあ、

霊能者がどんな「立ち回り」をしようが、こちらの「痛み」がよくなればいいのだ。いいのだけれど。

自分でも無意識に、これ以上緒方嬢にしゃべらせまいとしたのか、

「おや、だいぶ日も落ちてきました」

窓の方を見た。その言葉を待っていたかのように竜子さんは立ち上がり、電灯を点けた。急に明るくなり、と同時に妙な寂しさが広がり、まるで違う世界が始まったかのように私は緒方さんを眺めた。不思議なひとだとつくづく思う。目が合う。向こうもそう思っているらしいことは薄々わかった。しばし見つめ合う。

竜子さんは時間の経過が予定通りでないことに若干焦ったのか、

「大急ぎでとりあえず今日使う場所だけでも残りの掃除をしてしまいますね、あ、緒方さん、どうぞごゆっくり」

そういわれたら、たいていの客は、じゃあ私はそろそろこれで、と引き上げそうなものだが「たいていの客」でない緒方さんは、

「私も何か、お手伝いできることがあれば」

雑巾に手を伸ばさんが如き意気込みだった。

「でも、仕事中なのでは」

「いえいえ、帰宅途中だったんです。あ、これ使っていいんですか」

そういって、フローリングワイパーに使い捨ての紙雑巾をはさんだ。口も手も早い。

どうぞ、すみませんねえ、と恐縮されると、

「いえいえ、ここの掃除ができるなんて、うれしいです」

と呟き、亀シの方を向いて、

「なんか、いろんなものが潜《ひそ》んでいそうな家ですよね」

と、相づちを求めた。亀シは珍しいことに、黙っていた。仮にも自分が長年住んでいた家を化け物屋敷のようにいわれるのはやはり気持ちのいいものではないのだろう、竜子さんはちょっと気分を害したような冷たい声で、

「それなりに、楽しく過ごさせていただきましたよ。思い出もいっぱいありますし……。家って、そういうものではないですか。禍々《まがまが》しいことも、楽しいことも、清らかなことも、およそ人間の営みならすべて受け入れてくれる……」

「そのとおり！」

亀シが腹の底から唸るような声を上げた。

しかし、寝ている間にその「潜んでいるもの」が出てきたらどう対処しよう。私が子どものように危惧していると、それを見越したのか、亀シはさらに強力な声を出し

た。

「共生共存、これに如《し》くはなし」

　まあ、この亀シがいれば何とかなるだろう、と私も腹をくくった。

「ちょっと、すみません、従妹に電話で説明してきます。ここを売る売らないのことも相談したいし」

　皆が掃除にかかっているなかを、そう言い訳しつつ外へ出た。

　辺りはすっかり暗くなっている。吹く風がさすがに冬の冷たさだ。空低く、群青色から青紫、赤紫の色調の夕焼けがかろうじて残っていた。宵の明星、金星が一人孤独に輝いている。

　車の中へ入り、エンジンを稼働させ、室内灯をつけ、携帯電話を取り出す。

　ふだん携帯電話は使わない。持ってはいるが、私のライフスタイル、交友関係では固定電話で十分用は足りている。最近使ったのは、会社帰りに突然激痛に見舞われ、ペインクリニックのユリコ先生に助けを求めたときくらいか。しかし今回はこういう旅行であるので、携帯電話が活躍するであろうことは予測できた。充電器も持参している。電話に出た海子は開口一番、

「ああ、どう？　どんな具合？　椿宿、たどりついた？」

「たどりつきました。紆余曲折ありましたが。それで、急な話があります」

「私の方も、話があるのよ」

「じゃあ、どうぞ、そちらから」

「山幸の電話なんだから、山幸からでいいよ」

では、と、私はいくらかはしょりつつ、ことの経緯を語った。キツネ使いの家系であるらしいといわれたことはいわなかった。私自身信じたくないし、第一、証拠がない。自身そう名乗るからにはエビデンス、というものが必要であろう。

「……で、ここを公園にする、という案が浮上しているのですが、確かにそれも一案であろうと思われます。が、お稲荷さん一つにあれだけうるさかった藪彦祖父さんが、ここを売るなんてことになったら、どうなることやら」

「化けて出るかもね。いや、もう出てるようなものなんだから、それ以上の実力行使って、どうなるんだろう。でも、藪彦祖父さんはそこを売るなとはいわなかったんじゃない？」

「売れともいわなかったけれど」

「だから、売る売らない、ってことはそんなに問題じゃないんじゃないかなあ」

「では、何が問題だというんでしょう」

「そもそも稲荷が自分の祠に参ってくれ、って頼んできたわけでしょう。亀シの口を借りて」

「ええ」

「それって、ダム工事の危険を察した稲荷が助けを求めにきたってこと？」

「さあ」

「亀シはあのとき外《ほか》に何かいってたよね？」

「最初に稲荷のことをいい出したときですか？　……移動するツボがあるっていってましたね。それが椿宿だって」

思い出していいながら、先ほどの緒方嬢の椿宿の説明と符合するところがあるのに気づき、さすがに少し、ぞくっとした。

「ふーん。山幸、今、ぞくっとしているだろうけど、冷静に考えた方がいいよ」

「例えば？」

「亀シが調べ上げていた可能性」

「うーん。まったくない、とはいわないけど、そこまでする理由がないでしょう。それに君は亀シの能力について信頼していたのではないですか」

「それとこれとは別。まったく、融通が利かないんだから」

私が融通の利かない性格であることと、話の整合性をつけようとすることと、どう関係があるのかわからない。憮然としつつ、

「で、君の方の話とはなんですか」

「そうそう」

急に声のトーンが上がった。

「今日の午後、急に仮縫さんから電話がかかってきて、彼の知り合いの医者がアメリカから帰ってきていて近くの病院で臨時で診察しているっていうの。今がチャンスだ、って勢いで、神経内科へ行けって連絡が来たもんだから、会社を早退して病院へ行ったの。でも画期的なことがわかった。端的にいうとウィルスが潜んでたの。それが原因じゃないかって」

「どこに」

「神経節とか、そんなとこ。ウィルスって、見つからないように潜んでるんですって。私の場合、どうやら何十年も。不調との付き合いに鑑みると。すごいわね」

「見つからないようにって、何に？」

「免疫システムよ。山幸のもそうじゃない？　だとしたら、私たち、抗ウィルス剤で、

脱け出せるかもしれない、この得体の知れない状況から」

「ウィルスって、何ウィルスですか」

「それがヘルペス、だっていうの。そこんとこ、よくわかんないんだけど。ヘルペスの症状って、こうじゃないんじゃないかと思うんだけど。でもよくなりゃなんでもいいのよ」

「で、よくなったの?」

「治療はまだこれから」

では、まだそれこそ、海のものとも山のものとも知れない「診立て」ではないか。第一、仮縫一味の医者っていうところから怪しい。

もう暗くなってしまったから、とりあえず今日は寝て、明日早朝から家まわりとか見て回ります、それからまた連絡するから、とその日は電話を切った。

たとえ実際何かがどこかに潜んでいるにしても、長い年月そうしているのなら、それで万事了解してやっていけるのであれば知らん振りをしてそっとしておいてやったらいいではないかと思うが、そこで何かのバランスが壊れると、甚大な被害が出るのだろう。事実、今、そういう状況なのだろう。

だが、潜んでいるものを暴き出して退治する――それで果たして問題は解決するのだろうか。

先祖の家

夢で、大きな繭《まゆ》のなかにいた。かまくらの内部のようだが、材が雪ではなく、細い糸であることは、どういうわけか自明のこととなっている。小動物がその繭の糸を口にくわえて内部を走り回っている。薄暗いので、この小動物が何であるかはわからない。どうやらこの繭から自分を出してくれようとしているようである。糸を引いて繭を解きほぐし、外の世界との境界をなくそうと。しかしこの繭壁はあまりに厚いので、解《ほど》くのも容易ではなさそうだ。何ともわからない小動物は、しばらく走り回っては口から小さな繭玉を吐く、ということを繰り返していたが、繭の外へ出られるより早くこの小さな繭玉が内部に堆積してそれで窒息してしまうのではないか。私も、小動物自身も。その懸念《けねん》を伝えたいのだが、小動物はあまりに速く動くので、伝える術《すべ》がない。

だんだんに目が覚めてきた。自分の寝ている畳の、数メートル先を、数名の足が、こそこそと行ったり来たりしている。この振動があああいう夢を見させたのか。ぼんやりした意識で目だけうっすらと開け、天井とそれに続く壁を見る。しかし馴染みがない場所だ。いったいどこなのか。

ああ、思い出した。

ここは椿宿の家だ。

私は亀シや竜子さんと連れ立って、昨日初めてこの家を訪れ、一晩を過ごしたのだった。私が玄関に近い間で、そして彼女たちは襖《ふすま》を隔てた次の間で。

そうっと、うつ伏せになって頭を持ち上げ、改めて辺りを見回した。最前から気づいていたことなのだったが、空気が煙い。火事などに由来するものではなさそうなのは、足音の規則的で遠慮気味なことで――つまり、緊急を要するようなものではないことで――察しが付いていたのだが。鍋を持った竜子さんと目が合った。竜子さんの前には囲炉裏《いろり》があった。囲炉裏のなかでは木の枝が威勢よく燃えている。昨夜、あんなところに囲炉裏があっただろうか。

「あ、お目覚めですか」

「おはようございます。囲炉裏、ですか。昨夜はまったく気づきませんでしたが」

私は起き上がり、布団の上に、なんとなく正座した。

「昔、ここに囲炉裏が切ってあったのを、布団のなかで思い出しましてね。寒かったせいもあったんでしょうが」

「いいですねえ」

起き上がると、本物の火の、熱さの混じった暖かさと煙たさ、厳しい朝の冷え込みが両方同時に感じられた。

「なんにもありませんが、ご飯と味噌汁、漬物はなんとか」

「恐縮です。起こして下されば、私も働いたのに」

口ではそういいながら、いそいそと火の側へ急ぐ。座ろうとして、おっと顔を洗わねばとボストンバッグから洗面具を取り出す。

「ええと、洗面所は」

自分の持ち家でありながら、情けないことに、いちいち竜子さんに聞かねばわからない。

「その先の、お手洗いの横です」

ああ、そうであった、そういえば便所の横にそういうものがあった。

便所は中庭に面した濡れ縁伝いにある。これは、曽祖父《ひいじい》さんの時代に付け足した部分だということだ。中庭には稲荷の祠がある。私は途中、立ち止まり、祠に向かって一応手を合わせた。そのまま洗面に行こうとし、はて、と気づいた。確か昨日、亀シが油揚げを供えたはずだ。もう一度振り返り、確かめる。やはり、ない。これは、と歩を進めながら考える。考えられる事態は三つ。一つ目は、犬猫、イタチ、タヌキ、そういうものが夜の間に持ち去って行ったということ。二つ目は、馬鹿げてはいるが、何か超常的な現象が起きて、油揚げが忽然《こつぜん》と異世界へ持ち去られた、三つ目は、あまり考えたくないことだが、先ほどちらりと目にした鍋の中の味噌汁の具にされてしまったのではないか、ということ。

確かに油揚げはビニール袋のなかにあり、外に置いておいたからといって昨日のあの時間からは陽にも照らされることなく別段ことさら不衛生というわけではなかった。さらに確かに今は冬場で、この外気温なら冷蔵庫のなかに入れておくと同じ、保存状態が別段ことさら悪くなる、というわけでもなかった。

しかし、なぜそのことが、こんなに想像するだに胸を悪くするのだろう。一つ二つ、小さなタイルの剝《は》がれた、古いタイプの洗面台で歯を磨きながら、考え続けた。そして、これはどうしてもやはり、自分はキツネの食べ残しを食べさせられるような気がして、それで不快なのだと認めざるをえなかった。キツネなど、本音では信じているていた。

つもりはなかったのに。

手洗いも済ませ、部屋に戻ると、亀シも竜子さんも囲炉裏端に座り、私の着座を待っていた。

「車に乗り込むときに、味噌、米を積んでおられたのは知っていたけれど……」

私は鍋の中を見ながら席に着いた。

「中身は……油揚げ？　と緑の……」

「油揚げは、昨日、一枚だけ、除けておいたんですわ、こんなこともあろうかと」

亀シの得意げな声に、私は思わず安堵のため息をついた。だが、ということは、あの消えた油揚げは、やはり犬猫の仕業だろうか。亀シの言葉に続けて、竜子さんが、

「緑の菜っ葉類は、この屋敷内から。以前、小さな家庭菜園をつくってたんです、家の裏に。誰も世話しないので、とっくにみんな消えているだろうと思ってたら、葱《ねぎ》や春菊が、まだ生命存《なが》えて。誰も世話しないのにねえ」

愛おしそうに、竜子さんはしみじみと述懐する。亀シは大きく頷く。

「えらいもんですなあ。人がいるなしに関係なく」

「囲炉裏は、私が越してきてしばらくして、閉じさせてもらったんですよ。蓋《ふた》を作って上からはめて。子どもが小さかった時分は、その方が危なくなくて使いよかったの

で」

「こうやってすぐに復元できるもんなんですね」

「自在鉤は納戸に片付けておいてあるんですが、梁《はり》から下げなくちゃならないから、大変だし、今は諦めて。幸い、同じ納戸に五徳を見つけて。五徳さえあれば、鍋もかけられるから」

梁、と聞いて、私は上を見上げた。だが天井板が張ってあり、そのせいで梁は見えない。竜子さんは私の視線の先を一緒に見ながら、

「囲炉裏があった頃は、梁も屋根裏も燻《いぶ》されてそれなりに防虫などの意味もあったのでしょうが、囲炉裏を閉じた以上、高い天井では寒いばかりで。それでそのとき、天井板も張らせてもらったんです。けれど、こうして囲炉裏として使うと、煙が。煙いですよね、確かに。窓を少し、開けてありますが。炭だとこれほどではないんでしょうが、あいにく炭もないし、けれど、ちょうど、荒れ放題の庭から、枯れ枝が山ほど採れるので、庭の掃除がてら、一石二鳥、と思ったんです。暖も取れるし」

「……なるほど」

一酸化炭素中毒の心配さえなければ、それはこの上ない解決法だっただろう。

「今朝は仮縫さんと二人で囲炉裏の蓋開けをした後、庭で薪になる枝拾いをしたので

す。枝や落ち葉、杉の葉も、いっぱい落ちていて、最近ずっと、雨が降らなかったのでよく乾燥していたし。昨日久しぶりで帰ったとき、庭がたいそう見苦しくなっていたのですが、これで少しはましになった」

「杉の葉は、焚付《たき》けに非常によろしい」

そのドタバタで、ああいう夢を見たのだったか。

「起こして下さればよかったのに」

他にいいようがなく、二度目の恐縮をする。

「いや、この煙たさが、なんともいえず、郷愁を誘いますなあ」

亀シはいったが、目の端からうっすら涙が、深く刻まれた無数の皺《しわ》の中に吸い込まれていくのを私は見た。相当に煙いのだ。しかしまた、暖かい。細く開けられた窓から、時折冷気が入ってくるのがくしゃみを誘うにしても。

「さすがに、昨夜の寒気はこたえました。年老いた身にはとても耐えられたものではありません。この近くにいい温泉があるんです。最近できた施設なんですが。私と仮縫さんは、そちらに参ろうと思いますが、山彦さんもご一緒にどうですか」

温泉。それは魅惑的な響きだったが、私は午前中、本格的にこの屋敷を探検しようと予定していたのだった。竜子さんと亀シは、私が寝ている間に、この話をまとめていたのだろう。よほど寒かったのだろう。

「いや、私はちょっと家の様子を点検しておこうと思います」

「そう、そのためにいらしたんでしたよね」

竜子さんは頷き、

「けれど、仮縫さんは、もう一働きしていただくためにも、ちょっと、体を温めていただこうと思うんですよ」

亀シは、ははぁ、どうも、どうも、と呟きながらも、早速立ち上がって、鞄からタオルなどを取り出し、温泉行きの準備を始めた。竜子さんが食器を片付け始めたので、

「どうぞ、温泉へお急ぎ下さい。食事の後片付けくらいはさせて下さい」

「久しぶりで……いえ、初めての里帰りをなさった大家さんをもてなすのは長いこと家をお借りしていた店子なら当然のこと。おまけに、親戚でもあるのですから」

おや、ここで初めて親戚という言葉を聞いたぞ、と思っていると、

「では竜子さん、山彦さんに甘えようではありませんか。その方が、時間の節約、節約」

亀シが声をかけた。竜子さんは私を見、私は頷いて見せ、それではしばらくよろしくお願いします、と、二人で老いた女学生同士のように浮き浮きと出かけていった。

竜子さんの車の音が遠ざかっていく。

ほうっとため息をつく。さて、まずはここを片付け、それからとりあえず敷地の境界を確認に行こうと思っていると、また車の音が近づいてきて、家の前で停まった。

何か忘れものでもしたのだろうか、と戸の辺りに視線を遣ると、おはようございます、と晴れやかに入ってきたのは、老婦人方ではなく、昨日の若々しい緒方嬢だった。

「ああ、昨日の……」

「はい、緒方です。昨日は、いきなり、大変失礼しました。あら、囲炉裏！」

「今朝、私が寝ている間に、ご婦人方がセッティングしてくれて」

「いいですねえ。あたらせて下さい。私、囲炉裏や薪ストーブの炎って、大好きなんです」

「もちろんです、どうぞどうぞ」

食器類を端に寄せて、彼女の場所を作った。緒方嬢は、

「昨日は、名刺もお渡しせずに」

といって、手にした名刺入れから細い指で名刺を繰り出した。

「どうも」

といつつ名刺に目を落とすと、

「たま、こさん、ですか」

「そうです、たまこです」

口にはしなかったが、うつくしい名まえだ、と思った。たま、という響きには完璧な調和がある。珠子さんが少し笑いを含んだ声で繰り返したのは、自分ではコミカルな名まえだと思っていたせいかもしれない。

「仮縫さんたちは」

「温泉、です。昨夜冷えたのがこたえたらしくて。この近くに新しく温泉施設ができたって、竜子さんが」

「ああ、そうなんです。地熱パワーを利用して、発電所を作ろうという民間の動きがあって、その関係で、温泉施設の方が先にできちゃったんです」

「地熱パワー」

「活火山があるんです。長いスパンで噴火を繰り返す。火山の向こう側には昔から温泉町があったんですが、こちらには今までこれといってそういうものはなかった。遊興施設のようなものができるのを面白く思わなかったひとたちがいたんだっていう話もあります。今は昔と違いますから。温泉を利用した、老若男女のためのクアハウスです」

「ああ」

その火山のことについては祖父からも話を聞いたことがあった。そんな健全な竜宮城のようなものができたと知ったら、さぞ感慨深く思ったことだろう。

「それにしても、囲炉裏があったんですねえ」

珠子さんは心持ち体を引いて、しみじみと囲炉裏全体を見た。

「この屋敷ができた最初からあったわけではなくて、佐田の家が引っ越してきてから作ったものらしいですよ」

私の言葉に、深く頷き、

「建設当時は別荘のようなものとはいっても、武家屋敷だったそうだから、玄関先に囲炉裏はなかったでしょう」

珠子さんは、鋭い視線で辺りを見回した。そして天井に目を留めると、

「天井板……」

おお、さすがだ、と感心しつつ、私は今朝方竜子さんから聞いた歴史の一端を話した。

「なるほど……。だからこの上、越屋根《こしやね》があったんだ」

珠子さんは大きく頷いた。

「越屋根？」

「屋根の上に、別仕立てで小さなミニチュアのような屋根が付いてるんですよ、この家。まだじっくり外から見ていらっしゃらないでしょうけど」

昨日、一見しただけでは古めかしい屋根だなくらいの印象しかなかった。庭だの屋敷内部だのに気を取られて。

「そんなものが付いていたんですね」

「囲炉裏を切っていた頃は、天井は梁がむき出しになっていて、越屋根から煙が出ていた……。換気の役割ですね。今だって、それはできるんじゃないですか。天井板を二、三枚外して、越屋根の窓を開ければ。すぐにでも」

珠子さんはそこまでいって、何か、熱いものをたたえた瞳で、私をじっと見つめた。

私は落ち着かなくなり、つい、

「……脚立のようなものがあれば……」

といってしまった。が、その動機の幾分かには、今現在のこの煙たさに、目も鼻も喉も閉口している、というごく個人の生理的な事情もあった。珠子さんはその言葉に即座に立ち上がり、戸外に出て行った。私は彼女の行動力についていけず、ぼうっと見送った。

天井板を外す、などと、この三十肩の私にできるはずがない、そう思ったとき、そうだ、私は三十肩を含むもろもろの病を抱えていたはずだ、と改めて気がつき、驚いた。その忘れようのない悩みがすっかり意識の外に出ていた、というのは、どういうことだろう。痛みを感じていなかった、といえば、違う、といいたい。痛みはどこか遠いところに退いて蹲《うずくま》り、せっせと訴えてはいたに違いないのだが、そのことを、私の感覚は、キャッチしなかった。文字通り、痛痒《つうよう》を覚えなかったのだ。

それはいつからだったろうか。

昨夜は時折寒さこそ感じたものの、痛みで眠れぬ、というほどではなかった。昨日の日中、喫茶「椋の木」では、まだ片手を上げていたように思う。「椋の木」からここへ移動する車中では？……覚えていない。どうも、その辺りから、痛みがどこかへ遠のいているようだった。

そういうことを考えていると、戸口に帰ってきた珠子さんの言葉で現実に引き戻された。

「ありました。裏手の小屋の壁に掛けてありました」

「お、そうですか」

一瞬沈黙があって、珠子さんは、ニコッと笑った。それを受けて私は――面妖《めんよう》なことに――すっくと立ち上がり、脚立を取りに裏へ向かった。いい天気だ。昨日は着いて間もなくして日が暮れてしまったので、ゆっくり敷地内を見ることもできなかった。確かに樹木も枝を伸ばし放題で、木の葉も落ち放題、管理の行き届かなさは、こうして目の当たりにすると歴然として、責任者が自分であるということに恥じ入るばかりなのだが、それでもどことなし、愛着が湧いてきているのを自分でも意外に思い、また、柄にもなく血というものに感動しさえした。自分の今までの人生ではまったく接点がなかったにもかかわらず、ここはやはり、先祖の屋敷なのだ。珠子さんは私を裏手に案内しながら、

「この家は、少なくとも三つの時代があったんですね。入ってすぐの土間に面した板の間に、囲炉裏のなかった武家屋敷時代、囲炉裏と越屋根を作った佐田庄屋時代、そして結婚した竜子さんが囲炉裏を塞いで天井板を張った竜子さん時代」

「そういうことですね。それにしても、越屋根とか、よくご存じでしたね。それから今のように、建物の歴史を俯瞰《ふかん》する視点もお持ちだ。建築がご専門だったんですか」

「そういうわけではなかったんですが、古民家が好きで、学生時代から、各地の、ほら、白川郷とか、ああいう古い民家が残っているところを旅するうちに、だんだんと

知識も増えてきて」

なるほど、その延長線上で、この古家に目を留めていたのだろう。

「ああ、それで」

「ええ、それで、以前からこの家には興味があって……あ、ほら、あそこ」

指差されたところには、確かにまっすぐに伸ばされたアルミの脚立が、梯子のように物置と思しき小屋の外壁に吊り下げてあった。

「竜子さん時代のものですね」

「明らかに」

ツタ様の植物が、下から這い上がってきているのをむしり取って、両手を上げて脚立を下に下ろした。両手を上げた瞬間、緊張したが痛みがほとんど感じられなかったことを、喜ぶより薄気味悪く感じた。

「変だな」

呟くと、

「何がですか」

珠子さんが無邪気に聞き返すのを、いや、なに、とごまかしながら、ちょうど目についた、たぶん、竜子さんの家庭菜園の跡と思しき、打ち捨てられた畑地を指差し、

「あの細々と伸び放題の春菊や葱を、竜子さんが今朝の味噌汁に使ってくれたんですよ」

「へえ。すごい。いいですね、そういうの。なんか、ジンとするなあ」

「ジンとする？」

「そう、久しぶりで降りた駅の改札を出てみたら、事情があってずっと前にそこに置いてきた犬が、まだ同じ場所で自分を待っていたのに再会した感じ」

「はあ」

こういう物言いもまた、海子によく似ていた。ここで彼女の比喩を感嘆して見せねばならないのだろうが、そういうことを面白がる年齢でもなかったし、すでに海子で辟易していた。私が黙っていると、

「そっち、持ちましょうか」

珠子さんは脚立の端に手を伸ばした。可愛らしいところもあるのだった。

「いえ、ほら、もう着きましたから」

家の中に入れ、脚立の形を整え、囲炉裏近くに据えた。

「天井板を抜くとしたら、やはり、囲炉裏の真上近くがいいのでしょうね」

「煙突みたいなものですからね」

「じゃあ、何か、木槌《きづち》か何かが要りますね」

竜子さんが帰ってくるのを待てば、それらしきものが手に入っただろうが、取っ手があって先端が硬いものなら木槌でなくても代用できそうだった。例えば、フライパン、とか。私が台所へ「それらしきもの」を探しに行こうと部屋を出た途端、ドン、という鈍い音と、「うわっ」という悲鳴のようなものが背後で聞こえた。慌てて振り返ると、脚立に上った珠子さんが、呆然としてこちらを見ていた。長い天井板が一枚、上に外れ、隙間ができていた。天井板というのは、もっと短いものだと思っていたが、長い板が桟の上に載っているだけなのだとこのときにわかった。もっと念の入った細工の天井もあるのだろうが、店子の竜子さんたちの、寒さしのぎの急ごしらえであったのだろう。

「どうなさったんですか」

見れば一目瞭然だったが、一応声をかけた。

「なんとなく、グーでパンチすれば外れそうな気がして……」

それだけいうと、激しく咳き込んだ。

「大丈夫ですか」

「大丈夫です。ちょっと埃が。もう一枚、外します」

「私がやります。降りて下さい。危ないですよ」

　そういって交代し、拳を突き上げてもう一枚、彼女が試みたように外そうとしたが、手が痛いばかりで、びくともしなかった。これは、私が三十肩を患っているため、力が入らないせいであろう。それをわざわざ口に出していうのも言い訳がましく思われた。が、いわなければこのままでは面目丸潰れである。

「……実は、三十肩を……」

「ああ、そうだったんですか。無理をなさってはダメです。それなら私が」

　情けなくも、また交代した。

「ほら、こちら側の一枚が、すでに浮き上がっています、少しずつ、重ねて釘が打ってあったんでしょうね」

　そういいつつ、今度は軍手を二枚、重ねた上にタオルを巻き、えいっとばかり、気合いを入れ、チアガールのように勢いよく拳で天井を突いた。途端にパラパラと埃が舞い落ち、空気の流れが変わったのか、囲炉裏の炎がパチパチと音を立てて揺らめいた。これで完全に二枚の天井板が浮きあがった。珠子さんは私をすでに戦力外と見なしているのか、脚立をさらに上り、一枚ずつ天井板を揺すりながら動かし、ゆらついていた釘を抜き、その脇の天井板の上に片付け、大きな開口部を作った。煙が勢いよく吸い込まれていくのがわかった。と同時に、冷たい空気も下に降りてきた。

「真っ暗です。懐中電灯、ありますか」

慌てて部屋の隅に置いていた懐中電灯を取って手渡す。

「ありがとうございます。うわあ、すごい木組みだ。見事です。越屋根は、閉じてあるみたいですね。けどこの木組み、スケールの大きなジャングルジムのようなものだから、ひょいひょいって上って、開けに行けそう」

「それは私がします」

私としてはできるだけ、毅然といったつもりだった。珠子さんは天井裏に突っ込んでいた頭を引っ込めて——幾分、値踏みするように——私を見、

「大丈夫ですか」

と気遣わしげにいった。

「大丈夫です、それくらいは」

「たぶん、梁の上は煤だらけだろうから、身体中真っ黒になるんじゃないかしら。雨合羽とか、ありますか」

「あります」

こんなこともあろうかと——いや、正確にはこんなことが想定の候補に上がったこ

とはなかったが——携帯用ビニールレインコートの上下はいつも鞄の隅に入れてあった。すぐさま取りに行った。

「じゃあ、お任せします。あ、軍手もあったほうがいいですよ」

「防寒用の革手袋なら」

「ああ、そのほうがいいかもしれませんね、危ないから」

再び交代して、脚立のてっぺんまで上り、懐中電灯で辺りを照らす。なるほど女性なら一抱えもありそうな太い木が、縦横に組まれ、懐中電灯に照らされて黒光りする様は圧倒的な存在感があった。気圧されそうだった。何を、私はこの家の主人である、と、思いもかけない負けん気が、湧き上がってきた。

「気をつけて下さいねえ、釘、とか」

珠子さんの心配そうな声に、はいはい、と返事しながら、慎重に歩を進める。越屋根の位置を見定めようと、懐中電灯を上に照らしたときだ。

「うわっ」

真っ黒の何か、最初はフクロウのようなものがいるのだと思った。しかしそうではなかった。それは、黒い人形、暗がりでは細部は判然としなかったが、福助人形のようなものだった。

画期的な偉業

「どうしました？」

下から珠子《たまこ》さんが気遣わしげに声をかける。

「いや、何か変なものが置いてあって驚いたんですが……どうも人形のような……」

「人形？」

訝しげな声が、もしかして、といい置いた後、

「……オシラサマ、みたいなもの、とか？」

ワクワクする気持ちを抑えた低いトーンに変わった。オシラサマとは確か、東北の民家に伝わる民間信仰だ。イメージの豊富なひとである。だが東北は地理的にもここからは遠い。

「そういう呪術的なものとは違うようです。何か、もっと平凡な、家内安全のために置かれたのがこじれたような……」

「家内安全……大黒様？」

「ああ、雰囲気、近いですね」

近いどころかこれは大黒天そのものである、と思ったが、なぜか全面的に彼女に賛成するのも慎重になるのだった。海子《うみこ》がいたなら、慎重になったのではない、単にいい当てられたのが悔しいだけだろう、と切り捨てるところだろうが。

「じゃ、ま、とりあえず、そこ、迂回して上の方へ進めそうですか」

いわれるまでもなく、そうするしか外《ほか》はない。この「大黒様」からは、触るどころか半径一メートル以内には近寄るのも憚《はばか》られるオーラが放出されている。いや、二メートル、三メートルか。

幸い越屋根《こしやね》の窓には紐《ひも》が渡してあり、それを操作して開閉するための棒が下がっていた。そこまで確認すると何とかその下へと這うように進み、棒に手をかけ、力をかけて引いた。ガタガタと、抵抗する感触があった。長年動いたことがなかったのだから、この抵抗は無理のないことと思われた。

それでも二回三回、勢いをつけて引くと、なんとか窓を開けることができた。開けた途端、重く滞留していた何かが、堰を切ったようにまっすぐに外へ向かうのがわかった。まるで何かで塞《せ》き止められていた川が、再び流れ出したかのように空気が動いた。いや、「空気も」、といったほうが正確だろう。「重く滞留していた何か」に付随して、「空気も」、流れたのだった。

「開きました」

下へ叫ぶと、

「開きましたね。部屋の空気が流れたのでわかりました」

と、落ち着いた声が返ってきた。

これだけのことだったのだが、私はそのとき、何か画期的な偉業を成し遂げた昔話の主人公になったような、未だかつて味わったことのない達成感に自分自身戸惑っていたのだった。

未だかつて味わったことのない達成感、というのは、すなわち、「主人公」感覚、といってもいいものだと、私は後々《あとあと》このときのことを振り返ることがあった。未だかつて味わったことのない「主人公」感覚。後に自分にとって大切なひととなった珠子さんも、あなたはあれを境にして変わった、と折りにふれこのときのことを述懐した。

珠子さんの声を聞いた後、しばらくぼうっとしていたが、天空で雲が動いたのだろうか、先ほど開けた窓から日光が一筋漏れてきて、空中の塵《ちり》が外へ向かって流れていくのを目の当たりにし、我に返った。この窓は明かり採りにもなっていたようだった。閉ざされていた内部が、外の世界と連動し始めたのだった。自分でも思いもかけない衝動が湧いてきて、思わず下に向けて声をかけた。

「いっそのこと、天井板を全部外しましょう。上からなら僕にもできる。危ないから隣の部屋へ移動して下さい」

「ちょっと待って下さい、それならいったん火を消してしまいましょう」

珠子さんは手際よく火の始末をし、隣室に退避した。実際、すでに外した二枚の天井板の隣の板から順に、足で上から踏み抜くようにしていくと、さして力を込める必要もなく、板は次々に外れていった。その爽快感――破壊の快感、というべきものだったかもしれないが――、眩暈《めまい》すら感じた。すべての天井板を床に踏み落とした後、脚立を使って下に降りると、珠子さんはすでに落ちた天井板の処理にかかっていた。

「とりあえず、外に出して重ねておきましょう」

「それは私がしますから、珠子さんは床の掃除をお願いします」

わかりました、と彼女は頷《うなず》き、廊下の戸棚から箒等を取ってきた。私の気づかない間に、掃除のみならず食器の片付けもしてくれていた。

それから私たちが風通しと採光の格段に良くなった部屋で再び火を熾《おこ》すまでには、小一時間もかからなかった。

「いや、まさかの急展開です」

私の気分はまだ高揚しており、珠子さんのような口吻《こうふん》になっていた。何か新しい流れが起きている。それがこれから先どういうことを招くのか、まだまだ予断は許さなかったが、鬱々としていた状況からは、少なくとも脱せそうな機運を感じていた。珠子さんのおかげである。私は、私としては珍しくそのことを素直に感謝しようとしたが、慣れぬこと故、一瞬、間を取り、その間に彼女が、

「私も、この家がこの家らしくなっていくのを見られて嬉しいです。がんばりましょうよ、佐田《さた》さん」

珠子さんの瞳は、文字通り玉のようにきらきらと輝いていた。私はそれを少し重く感じた。昨夕、彼女の先祖がこの家と関わりがあったらしいということは聞いたものの、この家に対する彼女の献身的な思い入れが、まだよくわからなかった。何か、若

い女性の気まぐれのひとつなのかもしれない。女性のそういうタイプ——男性に負けるとも劣らない「オタク」的傾向がある——については、仕事上、リサーチを重ねた経験からわかっていたつもりだった。そのあたりのこと、彼女がどの程度この家にコミットするつもりなのかということを、承知しておく必要があった。

「昨日《きのう》、ご先祖がこの家に縁のあった方だということをお聞きしましたが。何か、言い伝えのようなものがあると」

「え？」

「昨日おっしゃっていたでしょう、恋にまつわる言い伝え、というのは」

「ああ」

珠子さんは思い出したように目を宙に浮かすと、

「先祖の大…大伯母の話ですね」

「そうおっしゃってましたね。ご親族皆知っていた、という」

「そうなんです。大…大伯母は奥女中として働いていましたが、主人であった家老が切腹する日の朝、鯉《こい》の手配を仰せつかったのだそうです」

「恋の手配？」

この世に未練の何かがあったのだろうか、と訝しく思っていると、

「ええ、魚の、鯉です」

珠子さんは私の誤解に感づいたのだろう、それとなく軌道修正した。そういえば、魚へんに里、と書く鯉だと念を押していたような気もする。鯉が彼女の肩の上にいるとか、亀シにもいわれていたような覚えも。まったく興味がなかったとはいえ、忘れていたのはこちらのうっかりだ。けれどそんな、いちいち本筋に関わらないことまで正確に押さえておくことは私の処理能力を超えている。かといって、いったではないかと責められるのも癪にさわる。彼女のこのさりげなさは好ましかった。それで私も彼女の気働きに報いるべく、

「ああ、魚へんの」

と、思い出したことを強調して声にした。

「ええ、魚へんの」

彼女もほっとしたようにそれを受けた。

しかしそれにしても、なぜ鯉？　と湧き起こるさらなる疑問に答えるかのごとく、

「様式美を徹底させた昔の武士社会には、切腹にも、いや、太平の世を満喫してさしたる武闘的見せ場の少なかった当時、切腹にこそ、ここぞとばかり細かな礼法があったわけです。今生の最後の御膳に、鯉の焼き物を出す、というのもその一つで」

「焼き物？」

「ええ。鯉の料理といったら、洗いや鯉こく、せいぜいが甘露煮です。焼き物はタブー視されていました。それというのも、鯉の焼き物は切腹のときに出すものと認識されていたからです。当時の人びとには、御膳に鯉を出す、という時点で、主君は腹を召される、という暗黙の了解があったのでしょう」

「ですが、なぜ焼き物が、その、切腹とセットになったのでしょう」

こう訊くと、それまで滑らかだった珠子さんの舌のスピードも、うーん、とかなり減速した。

「そこまで考えたことはありませんでしたが……。洗いではまだ生々しすぎる、鯉こくや甘露煮は、俗世風で手が込み過ぎる、ということでしょうか……」

「焼き物はシンプルで潔い感じがしますね、確かに。しかし、なぜ、鯉？　鯛ではめでたすぎるのか……」

と考えて、二人同時に、

「まな板の上の鯉！」

と叫び、顔を見合わせて笑った。これで笑われては、鯉も切腹した当人たちも浮かばれないであろうが。

「そうなんです、今思い出しました。まな板の上の鯉、という言葉には、それなりの背景があったんです。大…大伯母のいうには、鯉というものは腹の据わった感心なもの。いざ腹を切るとなれば、鱗の二枚も取り、それを両眼に貼り付けてまな板の上に載せ、包丁の刃で三度、腹を撫でてやれば観念してぴくりとも動かぬ、と」

思わず寒気がして腹を撫でた。

「大…大伯母はそのときご奉公に出たばかり、十を幾つか超えた、正確には奥女中見習い、といったところで家中で一番年若かったのだそうです。賄い方もいたのに、突然、鯉を探して焼き物用に料理するようにといわれた。当時この辺り一帯、川や沼が多くて、椿宿というところは、そういう捉えどころのない場所、氾濫のたびに川筋が変わり、宿自体が移動するようなところでしたから、澱んだ淵などを好む鯉も棲みよかったらしく、けっこういたらしいのです。けれど、男の子ならいざ知らず、メダカも捕まえたことのない少女に、網やザルの一つも持たせずに鯉をとってこいなどと、無茶な話です」

「それは、つまり……」

「ええ、周りの大人たちが、彼女を逃がしたのです。泥まみれになっても鯉は捕まえられず、時間は経つばかり。半泣きになって、帰ったときには、すべて終わっていた」

「ああ」

そのときの少女の衝撃と悲嘆はいかほどのものであったか、想像すらつかない。

「私が昨日、大…大伯母が鯉を料理したといったのは、料理することになっていたという説明が長くなるので略しました——が実際、大…大伯母自身、晩年は耄碌《もうろく》して、自分が料理した、ということもあったようです。どれほどの深い痛恨であったかと思います。少女といってもご奉公に行ってお家大事を叩き込まれた昔のひとですから、そこで取るべき選択肢は一つ、自分も後を追おうと思いつめ、先に逝った女中たちを真似て喉元に刃を当てたものの、致命傷には至らず、結局生き残って、この屋敷付きの女中として奉公を継続したのです」

「え？　この家の？」

「ええ。宿下りで実家に戻るたび、甥や姪に幾度となくこの話をし、最後には決まって、肝心なときに殿様に鯉を差し上げられなかった、その不始末を嘆き、せめてこの上は、お前たちも今後決して鯉を食してはならぬ、食べないでいておくれ、というのが、家の家訓となって、言い伝えられてきたわけです」

「……はあ」

「言い伝えられてきたものの、その舞台となった『御屋敷』がどこであるかは、長い間はっきりとわからなかったのです」

「なるほど」

　では、佐田家は女中付きの家に越してきたわけか。我が先祖ながら寛容なことである。女中といっても、今でいうならPTSDの少女である。そんな惨劇のあった場所など、早く遠ざかろうとするのが普通ではないのか。何かの理由で女中がそこを離れようとしなかったのか、それとも佐田家が引き留めたのか。必ず何かの理由があったに違いないが、今となってはもう誰も語ることができない、珠子さんたちの「言い伝え」にも、それはないようであるから（あったらこの勢いでとうに喋っているだろう）。

「けれどまあ、鯉なんて、めったに出てくる食材ではありませんから、まったく苦にならなかった。これが肉を食うな、とか、米を食うなとかでしたら大変だったでしょうが」

　そういえば、鯉など普通のスーパーの魚類コーナーにはまず出てこない。私も今までに鯉を食べた経験など、十指で十分足りるのではないだろうか。

「当時は貴重な蛋白源だったのでしょうね、特に山里では。そういえば」

　鯉なんていつ頃からいたんでしょうかね、と、愚にもつかないような疑問を、つい何の気なしに呈そうとしたところ、察しのいい珠子さんは先回りしたのか、

「鯉は長く大陸から伝わってきたものとされていたのですが、つい最近、縄文時代の遺跡に鯉の骨が一部、発見され、太古から固有種がいたという説が有力になりました。固有種は今も、日本列島のごく一部で生き残っているようですが、昔はもっとたくさんいた、ありふれたものだったようです。この辺りにいた鯉も、そうだったのではないかと思っています」

滔々と鯉についての蘊蓄《うんちく》を述べた。固有種の鯉と外来種の鯉とでは、どう違うんでしょう、と訊いてみたが、さすがに、それについては、さあと首をひねった。私は質問を変えた。

「この辺りは、ずいぶん川筋が定まらず、あちこちに沼のようなものがあった、ということですが、なんでそんな災害の多いところに集落があったのでしょうね」

「洪水が頻繁にあったので、土地が肥えているんだということです。それで作物がよく穫れる、と」

「なるほど」

情報は必要である、この土地と屋敷についての情報は。

私は小枝を数本、弱まった炎に差し入れた。気のせいか、今朝方とは炎の燃え方も違うようである。天井を開け、越屋根の窓を開けるまではぶすぶすと湿ったような音を立てて燃えていた炎が、今小枝を差し入れるとパチパチと乾いた小気味良い音を立てて軽やかに燃え上がっている。五徳にかけていた鉄瓶もシューシューと音を立て始めた。

「お茶を淹れましょうか」

珠子さんが遠慮がちに声をかけた。

「あ、すみません、こちらが淹れないといけないのに」

「いいんです」

珠子さんはすでに勝手知ったる、という足取りで文字通りのお勝手に立った。ところで仕事はいいのですか、と茶器を持って戻ってきた彼女に声をかけようとして、今日が祝日であることを思い出した。

「今日は休日でしたね。亀シさんたち、込んでて往生しているかもしれないな」

「ああ、うーん、あそこなら、込んでるかもしれませんね」

珠子さんは、布巾をたたんだもので鉄瓶の蓋を取り、柄杓《ひしやく》で湯を急須に移した。そして、

「佐田さん、どうして今回、この家に来られたんですか」

少しトーンを落とした声だった。私は急に心持ちがざわざわと落ち着かなくなる。

「ええと、昨日そのこと、いいませんでしたか」

「いいえ、お聞きしていません。昨日はとにかく、大家さんがいらしているというだけで、いっぱいいっぱいになってしまって、そのことについて細かに検証する態勢が整っていなかったのです」

「今、整ったのですか」

「ええ、そういうことなんでしょう。急に疑問が湧いてきたのです。自分でもなぜだかよくわかりませんが、そういうことになります。大家ではあっても、この家のことは今までずっと放っておかれたものを、なぜ、急に」

さて、どこまで、いや、どこから話したものか。私はしばらく口ごもり、私自身、なぜ急にここに来ることになったのか、改めて自分に問い直すように瞬時来し方を振り返った。亀シにいわれたことが直接の動機のように思っていたが、私をここへと誘《いざな》ったのは、詰まるところ、

「……痛みだったのです」

普通はなかなかまともに受け取ってもらえないようなことも、珠子さんにならわかってもらえるような気がしたし、話さなければならないような気もしたのだった。

「……痛み？」

「ええ」

「先ほど仰《おつしや》っていた、三十肩の、ですか？」

「それだけではありません――並べ立ててもしようがないので詳しくはいいませんが――」

「……大変だったんですね」

それへの返事であるかのように、私は思わず、大きくため息をついた。それから、何か言葉にしようとして、また、大きなため息が出た。

風が吹き抜けていくのを感じた。囲炉裏の火は、一段と勢いよく音を立てた。天井裏の越屋根からは薄い煙が上がっていることだろう。

「いつも何かからどこかから要請を受けているような人生でした。気まぐれな神がいて、自分に何かをさせようとしている。けれどその意図がまるでわからない。向こうにしてみれば、できの悪いやつだと呆れているだろう、そういう期待に沿えていない感覚はずっとありました。それは私を鬱々とさせることでした。こちらが右往左往しているのを楽しむことが目的なのだろうか、と訝ったこともありました」

「神、ですか」

「神、というと語弊があるかもしれません。運命、といったらいいか」

我ながら、まったく馬鹿な物言いをしていると呆れた。こんな抽象的な感慨の羅列で、私はいったい何を伝えようとしているのか。

珠子さんは——無理もないことだが——うーむ、と軽く眉間に皺を寄せ、考え込んだ。そして、

「すみませんが、おっしゃることに共感するには、手持ちの情報に不備があります。佐田さんに共感して差し上げたいのは山々なのです。むしろ、積極的にそうしたいと思っているのです。最初から、もっと具体的に、話していただけませんか」

私は、今度は、大きく息を吸い上げた。整えるために、軽くその息を吐いたりはしたが、それはもう、ため息などではなかった。大仕事に着手する前の、いわば、気合いを入れる行為であった。

そして、「具体的に」話し始めたのだった。

そもそも、自分の名まえについて。それから海子を含む親戚、及び母と自分との関係について。不安と、痛みについて。今の仕事につくまでの諸々について。そして仮《かり》縫鍼灸院《ぬいしんきゅういん》で亀《かめ》シと出会ってから。自分の人生を、できるだけ時系列に沿って語ったのだった。珠子さんは、ところどころわかりにくいところでは率直に疑問を述べ、そしてその際私のことを「山幸彦《やまさちひこ》さん」と呼んだ。ほとんどの登場人物が「佐田さん」な

ので、混乱を避けるためではあろうが。

一通り話し終わると、私は半ば虚脱感でぼうっとして、囲炉裏の火を突《つっ》いた。珠子さんもしばらく黙っていたが、

「山幸彦さん、私はこう見えて、合理的、論理的な考え方の人間なのです」

「……はい」

「この家は、先ほどいったように、国家老の別邸だった時代、佐田家の入った時代、竜子さんが借家していた時代、と分かれていたわけですが、その間、様々な物語が生まれていますよね。それをまとめてみましょう。たとえばお祖父様《じいさま》の佐田藪彦さん。この方、相当不思議な方ですよね。まず、山彦さんや従妹《いとこ》さんの特殊な名まえの命名、お亡くなりになった今でも、稲荷《いなり》に油揚げを供えることに執着していること。稲荷社で、ほんとうに油揚げなど供えるのでしょうか。その辺、専門性に疑問があります。それから気になったのは、その、稲荷です。亀シさんによるとヤブギツネの一匹だったとかいう」

「ごく、小さな、稲荷なのだと、自己紹介していました」

「その方はいつ頃から？」

「さあ……。少なくとも、この家に越してくる前から、佐田家とは縁があったようです」

「では稲荷のトレイもつくりましょう」

「神話もどうですか。海幸、山幸の」

「それは藪彦さんのトレイに入れましょう。藪彦さん以前には出てこなかったテーマですから」

「では、不安と痛み、は」

「それは、また別のトレイですね、三つ目の。本当は、私たちに見えていないテーマも幾つかあるような気がしますが、それはまた亀シさんの帰りを待って相談することにして、とりあえずは、藪彦さん、について、思いつく限り、教えて下さい」

「藪彦祖父さん……」

無意識にそう呟いた自分自身の声に、ふと、

「藪彦の藪って、ヤブギツネのヤブと関係あるのかな」

「ちょっと気になっていましたが……。藪彦ってどういう経緯で付いた名まえだったのか、ご存じですか」

「それはよくわからないんですが、彼には、生まれる前に亡くなった兄がいて、その

兄の名まえを道彦《みちひこ》、といったらしいんです」

「いくつで亡くなられたんですか」

「ですから、生まれる前」

「え？　生まれる前っておっしゃったのは、藪彦さんの生まれる前では？　お兄さんがいくつで亡くなられたのかお訊きしているんですが」

「両方です」

「え？　じゃあ、流産されたってことですか？」

「そう聞いています」

「それ、珍しいですよね。もし本当に流産されていたのなら、普通、名まえまで付けるかしら？　百歩譲っても、戒名になるのでは？」

「ああ……なるほど、そうですよね……」

確かに道彦、というのは理想の息子として親戚の間では暗黙の了解があった。けれど、どうしてそういう印象を持ったのだろう。具体的なエピソード、優秀だったことを示唆するエピソードなど、少なくとも私は、何も聞いたことはなかったのに。それはそうだ。なぜなら彼は生まれる前に死んだのだから。

兄たちと弟たち

生まれていないはずの道彦の、あたかもかつて生きて活躍していたかのようなイメージは、どこから与えられたものだったのか。たまたま私の家では話題に上らなかっただけで、叔父の家では周知のことなのかもしれない。海子に訊いてみようと思った。

「ちょっと待って下さい。従妹に連絡してみます」

珠子さんは黙って頷いた。隅に置いていた鞄から携帯電話を出し、海子を呼び出す。どうせ「療養中」で暇にしているはず。でなければ、またわけのわからぬ治療でも受けている最中かもしれない。思えば彼女は私と違い、早くから当事者意識を持って、なんとかこの理不尽な運命からの脱却を図ろうとなりふり構わず闘っていたのだった。相手が誰なのかもわからない闘いを。

数回鳴らすと留守番電話に切り替わった。録音しようか、それともここで切って、

向こうからかかってくるのを待とうか、一瞬迷ったが、ピーッという録音開始の音に私の声は生来の素直さで自動的に反応し、

「山彦です。藪彦祖父さんの兄の道彦さんのことで、知っていることがあったら教えて下さい」

口早に呟いて切った。もう回線は切れたというのに珠子さんは電話の向こうを気にしているかのような低い声で、

「従妹さんというのは……」

「父の弟、小次郎《こじろう》の娘です。父方の、唯一のいとこになります」

「お父さんの、弟さんの……。お父様の兄弟は、その方だけですか」

「はい」

「そうですか……」

珠子さんはしばらく黙り込んだ。そして、

「あの……」

「はい」

「見当違いでしたらごめんなさい」

「いえ、どうぞ、なんでも」

「ご兄弟、多いですよね」

「いや、だからそんなに」

「ああ、ごめんなさい、兄、弟の、二人兄弟のパターンが」

そういわれて考え込む。私の父、宗太郎《そうたろう》と、海子の父、小次郎。道彦と藪彦。その親世代の豊彦《とよひこ》と、名まえは知らないが――聞いたかもしれないが覚えていない――その弟。この弟が、竜子《たつこ》さんのお祖父さんに当たるはずだ。

「なるほど、私の代になるまでは、わかっている限りはみなそうですね。でもそれも私たちのところで途絶えたわけか」

「その代わり、あなた方は兄弟の名まえを与えられているんですね」

え？　と、思わず珠子さんの顔を見た。

「どういうことでしょう」

「山幸彦、海幸彦《うみさちひこ》というのは、単なる藪彦さんの気まぐれの思いつきではないかもしれませんよ」

私はそのとき、瞬きも忘れてきょとんとしていたに違いない。今の今まで、藪彦祖父さんの冗談で付けられた名まえだとばかり思い込んでいたのだ。

「だとしたらどういうことになるのでしょう」

珠子さんは、何か思い出したらしく、一瞬空中を見つめた。

「さあ……。あ」

「そもそも、このお屋敷であった惨劇は、兄弟喧嘩が原因でしたね」

それは、珠子さん本人が昨夜、私に語ってくれたことだった。藩主と異腹の兄弟の取り巻きの、勢力争いのようなものに巻き込まれて、この家の前の持ち主だった当主一族が亡くなったのだと。私はまたもや、背筋にゾクゾクするものを感じた。思えば昨日から、これで何度目だろう。しかしこの場合、それがふさわしい反応だったのかどうかはわからない。何故なら二人兄弟が続く、というのは別にそれほど奇異なことではない（と思う）し、それに自分たちと血の繋がりのない藩主兄弟の確執など、それ自体は別に恐ろしいことでも何でもない。なのに、珠子さんの言いようのせいか、何かそこに「パターン」が浮き出たように思ったのだった。さらにいえば、そのパターンを意図した存在が。

「『藪彦さんのトレイ』は、『兄弟葛藤のトレイ』としましょうか」

心持ち低くなった声で珠子さんは問い、私は、「じゃあ、まあ一応」と煮え切らない声で応えた。兄弟葛藤、と単純にいい切れるものでもない。確かに父と叔父は仲が悪かった。藪彦と道彦の間にも——藪彦側の一方的なものだったが、複雑なものがあっただろう。豊彦とその弟に至ってはわかるはずもないし、私と海子は……少なくとも私の方にはさしたるわだかまりもない。その程度のもの、つまり多少濃い薄いがある程度の「仲の悪さ」などどこにでもあるようなもので、藩主兄弟の骨肉の争いに繋げていくのには無理がないか。だが珠子さんがそう分類したいのなら、まあ、それでも構わない。

「珠子さんは、この名まえが単なる藪彦祖父さんの思いつきではなかった、とおっしゃるのですね」

「まあ、そうです」

「例えば、どんな」

「例えば……例えば、ですか。うーん、よくわからない。まだもう少し、いろいろ出てこないと」

出てこないと、とは、どういうことだろう。その言葉遣いに引っかかっているうち、いつの間にか車の音が近づいてきて、はっきり気づいたときにはそれは家の前で停まっていた。

「ただいま帰りました」

上気した竜子さんと亀シが戸を開けて入ってきた。入ってくるなり視線が天井のあったあたりで止まり、言葉の語尾が心持ち小さくなり、あっけにとられたように屋根裏に巡らされた梁《はり》を見つめた。

「おや、まあ」

「おお、これはこれは」

竜子さんは笑っていなかった。亀シの方は心なしか愉快そうであった。

「あなた、いらしてたんですか。天井……」

「ええ、お邪魔しています。天井、山彦さんとお話しさせていただいているうち、囲炉裏を復活させた以上は、越屋根も復活させねば、機能的に無理がある、ということになりまして」

珠子さんは悪びれもせず説明した。なんといっても、私がここの大家であるのだから、私がよしとすればそれでよいのである。しかし、私はなんとなく竜子さんの機嫌を伺うように、

「これで煙たさもだいぶ減りましたし、空気の流れも良くなりましたし……」

と、言い訳がましく珠子さんの後に言葉を続けた。

「ああ、まあ、そりゃあねえ……」

竜子さんはふと伏し目になると自分にいい聞かせるように頷き、次にパッと顔を上

げた時にはもう、サバサバとして、吹っ切れているようだった。だが、それからはどことなく落ち着きがなく、一回り小さくなったような印象は、その後この家にいる間、ずっと続いた。この家屋敷における自分の治世《ちせい》は天井を張ったことに始まり、取り払われてそれが終わった、と本能的に悟ったのかもしれない。亀シもまた天井裏が気になるようで、ちらちらと視線を送りつつ、

「えらい荒ごとを、また。感心、感心」

それからまた、気持ちが沈み込むような沈黙が続いた。

「温泉はどうでしたか」

珠子さんが声をかけると、そうそう、それが、と二人は、急にスイッチが入ったかのように急いで履物を脱ぎ、囲炉裏端に座り、

「以前、息子が仲良くしていた近所の友だちが、一家で来ていて、私はそのお母さんと親しかったものだから、湯船で気づいて。あら、まあ、って」

目に浮かぶようだ。

「これも亀シさんのおかげに違いない」

そういって亀シに会釈し、珠子さんから渡されたお茶を、また会釈しながら受け取った。亀シは、いや、何、と鷹揚《おうよう》に構えていたが、温泉で知人に会うなど、何も亀シが

手配したわけではないだろう、竜子さんはすっかり亀シの信者になりつつあるのかと、自分が連れてきておきながら私は複雑な思いだ。竜子さんは、それで、と一口お茶を飲んでさらに続けた。

「なんと、びっくりしたことに、そのお母さんが宙彦《そらひこ》の行方を知っているというんです」

竜子さん、再び亀シと目を合わせて頷きあう。

「おお」

先ほど私から宙彦さんのことを聞いていた珠子さんは、すぐに反応して声を上げた。それで竜子さんはそのあたりの経緯──つまり彼女には行方不明の長男がいるという内輪の事情まで、私、山彦はすでに珠子さんに明かしてしまった、という──を察したらしい。無言で珠子さんを見、それから以前より距離を取るような目で私を見、一瞬大きく深呼吸した後、破れかぶれ、と思われる率直さで、

「宙彦は、ここを引っ越した後も、友だちとは連絡を取り合っていたというんです。そして、その友だちの会社で、今は働いている、と」

「そんな身近に」

「ええ」

「なぜ連絡してこなかったんでしょう」

「まったくですよ」

「すぐに連絡してみました？」

「どうして」

竜子さんは挑むような勢いで、

「向こうは理由があって連絡してこないんでしょうから。こっちだって邪魔するわけにはいきません」

「腹を立てているのですか」

「そりゃあ、そうでしょう。我が息子ながら無責任すぎます。子どもが生まれることを知っていなくなるんですから」

宙幸彦《そらさちひこ》さん……。珠子さんが先ほどコメントしたように、山幸彦、海幸彦が私と海子が兄弟に擬せられている故の命名だとしたら、この宙幸彦さんの存在はまた、第三の兄弟という筋書きになる。今までの兄弟の系譜になかった、三番目の兄弟である。

珠子さんの思いつきの「パターン」など信じているわけでもないのに、一方で漠然とそんなことを思う自分が訝しく、頭のなかを切り替えるべく、

「そのご友人の会社というのは……」

と、質問の向きを変えてみた。

「名まえはなんといったか。友だちの勤めているところは開発調査研究所とか……地質コンサルタントとか。あそこの坊ちゃんがそういう会社に行ってることは、私たちがここにいたときから聞いていたんですがね。なんでまた」

竜子さんがため息をつくと、

「それ、民間で治水《ちすい》調査している、総合建設株式会社ですよね」

珠子さんが念を押した。

「ええ、確かそう。川の護岸工事とかしている」

「ダム工事計画を進めている市役所の土木課に、よく出入りしている会社です」

珠子さんの説明に、

「そう、家の前の椋《むく》の木を切り倒して、川を埋めた会社であったはず。なんで、よりによってそんな会社に。一番ショックを受けていたのはあの子のはずなのに。まったく訳がわからない。私たちに申し開きができなくて、黙って家を出たのかしら。そこまでして入りたかったのか。信じられない」

竜子さんは首を横に振って嘆いた。確かによくわからない。だがこの謎が解けたら、起こっていることの概要が摑《つか》めそうな気配がする。

すうっと、風とまではいかないが、空気が動き、囲炉裏の火が揺らめいた。

「空気の流れが」

亀シと竜子さんは越屋根を見上げた。

「紐を引っ張って、開閉できるようになっていたんですよ。今、少し開けています。下から自由に開閉できるようにしておきましょう。あの紐を長くして、下まで垂らしたらいい」

「ほう、山彦さんが、それを」

亀シは私を見直したようだった。

「ええ。上りました。さすがにおっかなびっくりでしたが」

天井板を外したのは珠子さんだとまではいわなかった。

「竜子さんが天井板を張ってからは、誰も上る人がいなかったんですか。ほとんど半世紀ほどですよね」

「いえ、四十年ほどです。そうですね、誰も……。あ、いえ、引っ越す前に、宙彦が、一度だけ、天井板を外して上ったっていってましたね、泰子《たいこ》さんが」

「ほう。何だったんでしょう」

「さあ……。そのときは、長い間住んだ家に、別れを告げるためかなんかかと思っていました……難しい息子でしたから、彼なりの、何か理由があったんだろうと」

「儀式みたいな？」

「そうそう」

感傷的、といえば感傷的だが、わかるような気がした。

「そういうお子さんだったんですか」

「感じやすい子ではありました。昔は屋根裏を、それはそれは怖がっていましたがね」

「それは、なぜ」

「昔は、この辺の家ではね、青大将がね、走るんですよ、ネズミを追いかけて」

突然脳内に、姿勢良く走る青大将の図が頭に浮かび、それは無理があったので、私の性《さが》として正しく直して念を押した。

「青大将が、走って逃げるネズミを追いかけて移動していくんですね」

「そう、その音がね……」

亀シが大きく頷く。

「昔はよくそういうことがあったもの。青大将が住み着く家は縁起がいい」

「ええ、そういうことがあると、よく聞いてました、隣近所からも。それが、このうちではなかったんです。いかにも出そうな家だったんですけどね。うちはお稲荷さんがいらっしゃるから、って昔、藪彦さんのお父さんに聞いたことがありましたが。その頃は、ここには天井板は張っていなかったわけですけど。座敷の方は、もとから張ってありますからね、出なくてよかったと思いますよ。天井裏をずるずるされた日には……。でもね、今、亀シさんがおっしゃったようなことが、私も頭に入っていたので、よかった、と思う半面、ちょっと、ね」

これだけの古い屋敷で、しかも近隣では多く出没する蛇が、まったく出ないということもまた変に思った、ということだろう。

「でも子どもがそんなことまで感じ取るはずはないでしょう。なのに、あの子は天井裏でがたんと音がするとか、そういうことがあると異様に怯えるんです」

「がたんと音がするんですか」

「そりゃあ、古い家ですから、軋みもしますし、何か緩んだり外れたり、ということもあるでしょう」

「怖がり方が異様だったんですね」

「そう、がたがた震えて。だから、結婚してからとはいえ、あの子が上るなんて、狐につままれた気持ちです」

まあ、蛇がいない、ということを改めて知るだけでも、上に上るのに、これは吉報というものだ。私は、じゃ、ちょっと、と立ち上がり、さっさとまた脚立を立てかけ、今回は大黒の方を極力避け、まっすぐ越屋根の下を目指し、先程紐をくるくる巻き付けていたフック状のものから、またその紐をくるくると解き（それと同時に窓は閉じて行った）、紐の先の棒を外してとりあえずのビニール紐を結んだ。そのビニール紐の反対の端をそっと下に投げ下ろすと、竜子さんがキャッチした。それを見届けて私もそろりそろりと降りた。

「これで寒くなったり、戸締まりするときは閉めればいいですね。開けっ放しにしてコウモリでも巣喰ったら大変だから」

竜子さんは、握った紐の端を引っ張ったり緩めたりし、どこかゆわえるところを探していた。

「最近はアライグマやハクビシンも大活躍です」

珠子さんは苦々しげにいった。

「文化財級の家屋敷まで、軒並みやられています。屋根裏から入るらしいです。考えてみれば、この家がその害から免れているというのも不思議なことですよね」

すると、今まで妙に寡黙であった亀シが、おもむろに声を上げた。

「何も不思議なことではありません」

力が入っていた。

「藪彦さんのお父上、豊彦さんがおっしゃったというように、ここには稲荷がいらっしゃいます。小さいといえども」

やはり、そこを強調するか。

話がだんだん宙幸彦から逸れていくようだったので、私は故意に元に戻そうと、

「しかし、宙幸彦さんの行方がわかったことは、泰子さんにはいわないわけにはいかないでしょう」

「ええ、そりゃあ、まあ」

「そうすると、泰子さんは連絡を取ろうとなさるでしょう」

「まあ、ねえ。それはするかもしれませんが、私と同じようにしようとしないかもしれません」

「腹を立てているからですか」

「いや、あの子を本当に大事に思っているので、あの子の意志を尊重しようとしてあえて連絡を取らないかも、しれません」

「宙幸彦さんの、意志」

それでは何も変わらないではないか。私は焦った。私たちがここまで乗り出してき

たからには、何らかの成果が欲しい。

「では、私が宙幸彦さんと連絡を取っても構いませんか」

私がそういうと、竜子さんは瞬きも忘れてこちらを見つめた。

また天井から空気が流れ、炎が一瞬勢いを増して揺らめき、パチパチと小さく爆《は》ぜた。竜子さんは視線を下に移して、火箸で枝を動かしながら、

「それは、連絡は取らないでやってくれ、といいたいですが、私が山彦さんに禁止するというのもおかしい話で……」

自分にいいきかせるように呟いた。

その様子を眺め、竜子さんは本当にはそれを、どれほど嫌がっているのだろうか、と私はぼんやり考えた。そもそも彼女は息子を憎んでいるわけではない。彼が自分たち家族の気持ちをまったく考慮に入れずに（少なくとも、入れなかったかのごとく）雲隠れしたことに対して腹を立てている、この推測は正しいだろう。だがその次の「連絡なんか取らない」を、愛すればこその怒りの発言だ、本心では今すぐにでも会いに行きたいに決まっている……と決めつければ、昔からの類型的な親子の情の存在を無条件に前提にした、おきまりのパターンを踏襲して推測しているにすぎない。彼女の

本当の意向はわからないし、わかったとしても、何も私が竜子さんの思うように動く必要もない。そうなのだが、ふと、自分の母親だったらどうだろう。急に息子がいなくなったら。そして連絡もせずにいて、ついに居場所が発覚したら。そういう問いが浮かび、浮かんだ途端湧き起こる暗雲のような過去の思い出の総体に怖れをなし、いやいやそれは後回しだ、今は突然浮上した、宙彦さんに私が連絡を取るかどうか、という話だ、と意識の中心を改めてそこに定めた。

「その会社の連絡先は、緒方さんがご存じなのですね」

私は珠子さんに確認する。

「ええ、役所に行けば。何でしたら、今でも、電話番号案内で調べられますが」

珠子さんは竜子さんに遠慮しつつも、携帯電話の入っていると思しきバッグを指差した。

「それには及びません。私が会社の寮の電話番号を、聞いてまいりました」

今まで静かだった亀シが、満を持していざ、といわんばかりに、落ち着いた声で語り始めた。

「いきなり元大家の山彦さんから電話が来るというのも、唐突すぎて、宙彦さんが混乱なさるやもしれません。ここは私、亀シが、お母様の竜子さんの友人として、お電話するのがよろしいかと思われます」

意外な申し出に戸惑い、

「しかしなんといって」

「何、ありのままを話すのですよ。ただ、順番を違《たが》えぬように。最初は竜子さんの友人と名乗る。竜子さんといっしょにクアハウスへ行ったところ、ご友人のお母様とたまたまいっしょになり、現在のご住所がわかったと説明する。驚かれるでしょうが、不審には思われないでしょう。ご家族が捜しておられるということに対しては――実際はそうでないとしても――宙彦さんだって後ろめたい思いがおありでしたでしょうから。納得して不審なものではないと警戒を緩めていただけたら、次に、実はそもそも私は山彦さんのお伴でやってきたのだ、それで竜子さんとも親しくなった、と打ち明ける。山彦さんは、今、ある事情があって、先祖のお家のことをもっと知りたいと思っておられる。ついてはそのことについて、宙彦さんのお話が伺えないだろうか、と」

完璧に思えた。確かに私が直接電話しても、私の――海子曰《いわ》く――木で鼻をくったような物言いでは、向こうを頑なにさせるだけかもしれなかった。

「お願いできますか」

亀シは重々しく頷くと、竜子さんに、

「おいやではありましょうが、もうそろそろ潮時というものがありますし。生まれてくるお孫さんのためにも、いつまでもこのままというわけにはいきますまい」

竜子さんは、目をしばしばさせながらしばらく黙っていたが、やがて小さく頭を縦に振った。それでは、と亀シは立ち上がり、

「向こうで」

というと、携帯電話を持ってすたすたと奥へ移った。しばらくむっつりとしていた竜子さんは、ふいに思い切ったように顔を上げると(この動作は、私がぶち抜いた天井を見たときのそれに似ていた。それから、息子の失踪のことを珠子さんに知られたと悟ったらしいときも。このひとの身ごなしの一つなのだろう)、

「名物の蕎麦《そば》を買ってきたんですよ。せっかくですから、山彦さんに食べていただきたくて。緒方さんの分もありますよ、多めに買ってきたから」

珠子さんは、わあい、と子どものように声を上げ、

「それはやはり、カジカ蕎麦ですか」

「ええ。ちょうど、クアハウスのロビーで、カジカの干物を売っていて」

「いつもは出てませんよ。ラッキーでしたね」

すっかり自分を竜子さんの身内のようにカウントしている言い方である。ラッキー

だった、私たち、という具合に。

竜子さんにも珠子さんにも、思えば昨日初めて会ったというのに、もうすっかりそれぞれの個性に馴染んでしまったことだ。

「冬はね、やっぱり体が温まるから。ちょうど囲炉裏も出てきたし」

「最高」

「……カジカ蕎麦というのは」

恐る恐る口を挟む。

「魚のカジカの干物で出汁をとった蕎麦です。このあたり、椿川の支流が多くて――本出川もそうですが――昔はカジカがよく獲《と》れたんです」

「冬場、軒下に吊るしてカラカラに乾かしたので出汁を取るんです」

「カジカというのは、絶滅危惧種のように思ってましたが」

清流にしか棲めず、イワナやヤマメなどより遥かに激減していると聞いたことがあった。

「そう。だから、一時は幻の郷土料理みたいにいわれていたんですが。椿川の渓流魚の養殖をしているところがあって、カジカも試験的にやってみて、試行錯誤を繰り返した末、とうとうある程度、量は少ないんですが、そこそこ商品になるようなものができるようになったんです」

地元の産業にも目配りする職業柄か本来の知りたがり屋の性分からか、珠子さんはカジカの事情にも明るいらしかった。

「私たちが引っ越してからですよ、こんな風に売られるようになったのは。それで、懐かしかったのもあって」

「鍋にお湯を沸かしましょう。蕎麦は別に茹でますか、うちではそうしますが」

「pH調整剤とかが入っていたらそうしたらいいでしょうけれど、これは打ち立てだから、必要ないでしょう。鍋に具が煮えたら、そのまま蕎麦を入れましょう。そういうものだし」

指揮をとる竜子さんは、自分を取り戻したかに見えた。私もどれどれ、とカジカの干物の入った小袋の説明書を声に出して読む。

「一晩水に浸けておくか、急ぐときは木槌か何かで粉々にして大きめのお茶パックに入れて出汁をとる……。一晩は待てませんね」

「私もそんなことはやったことはないのだけど、途中で煮出し用パックも買ってきました」

買い物袋の中から、ネギやらキノコ類やらと一緒に煮出し用パックも出して、

「木槌はないけれど、金槌にタオルを巻けばいいでしょう」

竜子さんと珠子さんがあれこれと相談し、立ち働いているうち、亀シの去っていった奥の方から、ぼそぼそと彼女の声が聞こえ始めた。思わず聞き耳を立ててみたが、内容はほとんどわからなかった。気づけば、竜子さんも動きを止めていた。珠子さんは気遣わしげに声を潜《ひそ》め、

「……連絡がついたのかしら」

しばらく皆、奥の様子を窺う態勢になったが、話はすぐには終わりそうもなかった。口には出さずにそれぞれ元の作業に戻り、干からびたカジカはビニールに入ったまま金槌で砕かれ、煮出し用パックに入れられた。鉄鍋に水が足され、件のパックが投入された。沸騰すると、ネギ等の具材も入り、醤油その他の調味料も入った。あとは亀シが戻るのを待って、蕎麦を入れるだけ、となった。しかし亀シの電話はなかなか終わらなかった。

囲炉裏の周りに三人で座り、竜子さんの緊張を少しでもほぐそうと、

「珍しいですね、カジカで出汁をとるなんて」

「海で獲れるカジカは大きいから、鍋にもできるのでしょうが、川のカジカはねえ、食べるとこなんてそんなにないから」

「出汁にするくらい、昔はいっぱいいたってことなんでしょうね」

　珠子さんは大きく頷き、

「私がお話しした日本原産の鯉の話にも似ているんですが、釣りマニアが出たらめに放流して遺伝子がめちゃくちゃになってしまったイワナやヤマメと違って、カジカは、その川だけにいる、固有の在来集団というのが存在するんです。それだけに、水の温度やなんか、デリケートで、しかもダムやなんかができるとますます遡上できなくなって数を減らしてしまう。ただ、椿川は暴れ川で、川筋をどんどん変えてきた川ですから、ここのカジカも、ある程度の環境の変化には適応力がある。そのあたりの幸運が重なって、なんとか養殖に成功したみたいなんです。全国区に売り出す、ってほどには、到底無理だろうけれど」

「地元でしか買えない、っていうのは知っていました。同じ県内の、私のいるところですら手に入らないんですから。よかったわ、今回、山彦さんが来て下さってここまで連れて来て下さって」

「いや、連れて来て下さったのは、竜子さんですよ」

「用事がないとね。用事を作って下さったんだから。でも、その肝心の用事は……」

「で、用事は……」

用事は遂行されつつある。

「なぜだかわかりませんが、ここに来て痛みを感じなくなったのです」

そういうと、ふたりの顔が一気に明るくなった。

「よかった」

「何よりです」

だが、私はすっきりとしない。何がどうなって痛みを感じなくなったのかというメカニズムがわからない。いや、そもそも何で痛みが発生したのか、あれほど発生し続けていたのか、という理由がわからない。本当に椿宿に関係しているのか。それが納得できないうちは、また暴風に翻弄される木っ葉のように、同じようなことが起こっても対処ができないのだから。

そうこうしているうちに、亀シが独特の引きずるような足音を立てて戻ってきた。

「いやはや、お時間をとって」

緊張のせいか、目を見開いたようにしている竜子さんに向かい、

「宙彦さんは、お元気そうなお声でした」

それを聞いて、竜子さんは明らかに安心したため息をついたが、その瞬間、自分でも思わず心情を吐露してしまったと自覚したのだろう、慌ててそのため息を打ち消す

ように、

「ほんとうにまったく、ねえ」

「それで」

私は次の言葉を促した。亀シは、まあまあ、お前の気持ちはよくわかっているから、といわんばかりに鷹揚に頷くと、

「宙彦さんも、山彦さんにお話ししたいことがあったんだそうです。自分から連絡するのも少し気がひけていたので、ちょうどよかった、と。ただ、会って話すというより、手紙を書きたい。お送りして、見せたいものもあるし、その方がいろいろなことを整理できていいから、とおっしゃってました」

今度は私が、ため息をつく番だった。手紙、か。確かにその方がいいかもしれない。向こうの話をひととおり聞いた後なら、訊きたいこともクリアーになってくるだろう。

「ここの家の話も聞いてきました。確かに引っ越しの前日、宙彦さんは天井裏に上ったといっておられました」

私たちは食い入るように亀シを見つめ、こういう状況に慣れている亀シは、「なぜそういう話になったかというと」、と、一旦お茶を飲み、

「昨日から山彦さんがお母様の竜子さんや私とともにこの家に泊まっていらっしゃる

と話したのです。そして天井板を外された話も。すると、自分も引っ越し前、天井裏に上ったと。これもきっと、改めて手紙に書かれることでしょうが、実は、宙彦さんは、お小さい頃、やんちゃなご友人たちと、懐中電灯を持って天井裏を探索なさったことがあったのだそうです。うちの天井裏には何かいるんではないかと、友人たちに漏らしたところ、本人も思いもよらぬことに、肝試しをすることになったと」

「おや、まあ、そんなことが。親にもいわずにいて」

「ええ。叱られると思ったんでしょうな」

「それで」

「ええ、友だち三人が次々に上っていくんで、仕方なしに、恐る恐るついていったところ、最初に上った者の、悲鳴が聞こえる。なんだなんだとわけがわからないながらも恐怖はたちどころに伝染して、皆転げ落ちるようにして降りた。何があったんだと聞くと、黒い福助のようなものがいた、という。子どもたちのなかで、肝の据わったものがいて、そんな福助くらいなら怖くない、自分は蛇か何かだと思った、悔しいから確かめてくる、と再度上って降りてきた。どうだったと訊くと、あれは人形だったが、近くに書類のようなものがあった、人形はどうもそれを守っているようだったから、自分は手出しせずに降りてきた、と。子どもなりに軽んじてはならぬものと思ったようで。宙彦さんは、そのことがずっと頭の片隅にあり、いずれこの家が水没するなり解体される前に、その書類だけでも持ち出そうとしたのだったらしい」

「で、持ち出したんですね。僕が見たときはなかった」

「そう、持ち出して、それを読んだ」

「なんだったんですか、それ」

「そのこともまた、手紙に書かれるでしょう」

今度は皆、一斉にため息をついた。

今回、宙彦さんの行方を追うことが目的ではなかった。だが、図らずも、事態は宙彦さんの肉声を（亀シが）聞くところまで発展してきたのだった。

「ところで、うまそうな匂いが」

亀シが目を細くして鍋を覗く。

「ああ、あの、クアハウスで買った、あのカジカの、蕎麦を」

「そうそう、蕎麦をもう入れなければ」

珠子さんが早速蕎麦の袋を開け、竜子さんに渡し、竜子さんはバラバラと慣れた手つきで蕎麦を鍋に入れた。

「しばらく待ちましょう。お鉢とお箸を用意して」

それにしても、と私は天井を見上げた。

「確かにまだいるんですよ、その黒い福助は」

心持ち声をひそめた。竜子さんは頷いて、

「大黒様でしょうね、子どもの目には黒い福助に見えたでしょうが。竈《かまど》の神様で、本来台所に祀《まつ》るべきものですが、なぜかしら、この囲炉裏の上に鎮座して」

亀シは、

「大黒様なら、大国主命《おおくにぬしのみこと》」

大国主……。

「因幡《いなば》の素兎《しろうさぎ》、の？」

「そうです」

「大国主は、確か、兄弟の末の弟で、兄弟から散々酷い目に遭わされ、根の国に追いやられた、のでしたっけ」

思わず珠子さんと顔を見合わせた。また弟である。主人公の。しかし今回、酷い目に遭わされる方である。

「そう、焼き石で殺されたり、大木に挟まれ潰されたり、そのたびに再生して。彼は兄弟と闘うでもなく、とにかく殺され続ける。見かねた周囲の助言で根の国に行く。

そこでスサノオに会い、これもまた酷い嫌がらせをされる。踏んだり蹴ったりで……」

そういえばそれは、山幸彦・海幸彦より上をいく残酷さであった。

しかし、なぜこう、一方的にやられてしまう話ばかりが、集まってくるのか。囲炉裏の火を見ながら、思わず考え込んでいる間に、皆の話はカジカのことに戻っていったようだった。考えても到底結論の見えないテーマに、朝からの大活躍での疲労、囲炉裏の暖かさも手伝ってか、私は少しうとうとしてきた。

「……そういった意味合いからも、私たちは、断固ダム建設には反対なんです。川の生態系を、これ以上めちゃくちゃにしていいわけがない。その影響力は川だけには止まりません」

珠子さんの熱弁がそこだけはっきりと耳に入り、ふっと我に返ると、目の前に蕎麦が差し出されていた。

「どうぞ、お口に合えばいいんですが」

「あ、どうも」

湯気の立つ食物はありがたい。思ったよりあっさりした味わいで、むしろ具材のキノコの方が存在感を出していた。

「川魚なのに、生臭くないんですね。キノコがおいしい」

「かつおだしに慣れていると物足りないでしょうが、これでこれがないと、また全然違うんですよ」

「一本筋が通った味になるんです。キノコはキノコらしくなるし、ネギはネギらしくなる」

いわれるとそんな気がしてきた。隣で亀シはうまいうまいと舌鼓《したつづみ》を打って、そのままおかわりをしそうな勢いだ。

「キノコはどこで」

「クアハウスに行く手前に、山道に入っていく三叉路《さんさろ》があって、そこにテント小屋みたいな店が出てるんです」

「ああ、ありますね」

「そこのひとたち、いつも山に入ってキノコとか山菜とか採って売ってるんです」

「なんか、得体が知れない感じがして、私、あそこはあまり……」

「実は私もそうだったんだけれど、ちらっと見たら、おいしそうなムキタケがあったものだから」

「ムキタケ？」

「ええ、同じように幹に群れる、毒のあるツキヨタケと間違われやすいんだけど、慣れたら違いがすぐわかるから」

「おいしいもんですね」

「私はナメコよりこっちが上品で好きなくらいで。それで思わず」

「得体の知れないって、どういう感じなんですか」

私は先ほどの珠子さんの言葉が引っかかっていた。珠子さんと竜子さんは互いに見合って、珠子さんとしては歯切れ悪く、

「まあ、要するに、プロの人たちなんです、山の幸の」

自分の名が間近で呼ばれたような気がしてハッとした。

「店といっても、簡単にしつらえた露台に、キノコとか山菜とか、栗やらマタタビやら置いてある程度なんですが、ときどき店番の近くの地面でキジの親子を飼ってたり、うりんぼうを遊ばせてたり……」

「へえ」

それは珠子さんが興味を持ちそうなことではないか。私の目がそういう疑問を語っていたのだろう、珠子さんは続けた。

「どうも、おおっぴらに陳列はしていないけれど、いえば、奥から禁猟とされている

鳥とかの肉も出してきそうな気配なんです。私が知ってしまえば、厄介なことになるのは目に見えていて……。一応教育公務員ですから。かといって、ああいう人たちがまったくいなくなるのも違うような気がして……。葛藤あるんです、あそこに関しては」

それから一呼吸置き、

「でもこのムキタケはおいしい」

開き直ったように汁をすすった。

塞がれた川

「せっかく来たのだから、できるだけ外回りも掃除しておこう」

竜子さんは誰にともなく呟くと、立ち上がり、踏み段に降りた。

「じゃあ、僕も」

私も後に続いた。竜子さんは玄関を出たところで立ち止まって庭を眺めていた。どこから手をつけようか、と思案しているようであり、感慨に耽っているようでもあった。

「もう見ないふりをしようかと思っていたけれど……」

よし、と小さく気合いを入れて、玄関戸を開けたまま突立っている私の前を、あるかなしかの軽い会釈で無理矢理通り、竜子さんはもう一度家の中に入った。掃除の手順を思案しているわけでも、過去の思い出に耽っていたわけでもなさそうだった。そしてカゴを持って出てきた。

「あのキンカン、今日のうちに甘露煮にしてしまいます」

彼女のまっすぐ向かう先には、鈴なりになったキンカンの木があった。

「甘露煮、ですか」

「ええ。アク抜きせずにさっと作るの。藪彦兄さんもお好きだったから、よかったら少し、持って帰って下さい」

霊前に供えよ、ということだろう。しかし、そうだ、もう帰らねばならない。漠然と気にかかっていたそのことが、竜子さんの、「持って帰って」という言葉で、はっきりと表に現れてきたようだった。そろそろ帰らなくてはならないよ、とせかされたような気もした。確かに昨日は勢いで竜子さんに車を出してもらったものの、竜子さんだってそう何日も家を留守にするわけにはいかないだろう、一人残してきた泰子さんは身重でもあることだし。

ここへ来ることを決心したときは、どういう事態になるのか皆目わからなかったが、いざとなれば数日間は滞在できるように、そもそも母の実家に行く前に、有給休暇もとってあった。しかし何か、あれよあれよという展開で——亀シの下準備による喫茶「椋の木」への訪問が、思えばずいぶん大きかった——一時は危ぶまれた宙彦氏との連絡まで取れ、家の持っている問題、とやらにもすべてがクリアーになったというわけではないが、だいぶ近づけたような気がする。何も知らなかったときよりも。もうこれで上出来ではないか。そういう気分になれたのも、何しろ、あの痛みがほとんど遠のいたからである。そもそも私は海子と違い、ややこしいことには関わり合いたくない質《たち》なのだ。このまま寝た子を起こすようなことをせず、そっと立ち去りたい……のが本音のはずだ。臨終間近の祖母・早百合《さゆり》の元に帰ってもやりたい。

だが何故か後ろ髪引かれる思いがする。

そこへ珠子さんも出てきた。何だかずいぶん晴れやかな声で、

「お手伝いさせて下さい。キンカン摘《つ》むの、好きなんです」

竜子さんといっしょにキンカンを摘み始めた。

「山彦《やまひこ》さん、その辺歩いていらしたらどうですか。お帰りになる前に」

珠子さんにまでそう促されて、内心軽いショックを受けながら、

「では、そうさせてもらいます」

と、門の外へ向かった。

何故か皆、私が当然今日帰る予定だと思っているようだ。亀シがそのようなことを匂わせているのか。珠子さんは私が帰ることについて何の痛痒《つうよう》も感じないのか。

門の外の道路は、確かにパッチワークのように川幅と思《おぼ》しき部分の色が変わっていた。椋の大木があったというのはどの辺だろうか。そう思いつつ見ていると、果たして端の方にかつてあった切り株の一部と思われる木質の出っ張りがあった。これがその、椋の大木の片鱗《へんりん》であろうか。――たぶんそうだろうと思う。冬のやわらかな陽の光が当たり、すっかり乾いて、人間でいえばミイラのような状況だが、湿気のなさそうなところがかえって清潔に思われた。道は、川筋そのままなのだろう、緩やかなカーブが続き、直線的な見通しが立たない。川跡の部分と、川に沿っていた元々の道の部分が合わさって、車が通るほどの道幅になっている。足の裏に川跡を感じながら歩いてみる。左手には古い、昭和の雰囲気を感じさせる民家が建ち並んでいる。曽祖父・豊彦の時代もこうだったのか、もっと古かったのだろうが、これだけでもとてものんびりした、建築当初の時間がまだ界隈にたゆとうていそうな気配だ。曇りガラスの入った引き戸、やたらに多い砂利道、生活排水が流されているのか、十五センチほどの幅の、細い溝……。かと思えば反対側には寒々と区画整理された地所に新築の安っぽい家屋が並んでいる。この新しい区画の方が、埋め立てた後の産物なのだろう。林か藪であったところを、きれいに整地してしまったのかもしれない。

歩いていると、新通りに出た。まっすぐな道だ。「川跡」はここで忽然《こつぜん》と消えた。

ここからは元の川と合流することになるのか、と思って、それらしき川を探すが、一向に見えない。どうなっているのだろう。まさか、この暗渠《あんきょ》がずっと続くというのだろうか。そう思った瞬間、立ちくらみのようなものがして、思わず側の電信柱に肩を寄せた。これはいかん、家へ帰ろう、とゆっくり引き返した。

「結局、川の本体は見ないままに終わりました」

帰宅して――自分の家であるし、帰宅という言葉は正しいのだが、使ってみれば感慨深いものがある――彼女たちにそう告げた。竜子さんと珠子さんは囲炉裏端に座ってキンカンのヘタをとっていた。

「そうなんですよ」

珠子さんは、大して興奮もせずに頷いた。

「本出川《ほんでがわ》は椿川の第一の支流なのに、それがほとんど暗渠になっちゃったんです。酷い話です」

そうですか、といおうとして胸が息苦しくなった。と同時に、昨日から止んでいた痛みが、一挙にぶり返した。とてつもなく大きなものの手で殴られたように。

思わず、その場に蹲《うずくま》った。凄まじい痛みが肩周辺を中心に、腰までを襲い、息をするのがやっとだった。それも、大きく胸を動かすような真似はできないのだ。

「あれ、あら、あらあら」

竜子さんが声をあげたのが聞こえた。奥から亀シが小走りにやってくる音が聞こえた。珠子さんは、救急車を呼ぼうとし、亀シから止められていた。

なんとか立ち上がり、そのまま、敷いてもらった布団へ崩れるように横たわった。

彼女たちは、

「……どうも今日帰るのは無理のようですね」

「しばらく様子を見ましょう」

「飛行機のチケットは……」

「それは、大丈夫。先行きがわからないので、空港へ行ってから買うことにしておりましたから」

ぼそぼそと小声で話しているのが全部聞こえる。当初、激痛で息もろくろくできないような気がしていたが、横になっているうちに思いの外《ほか》早く、体が楽になるのを感じた。恐る恐る深呼吸を、最初は控えめに、そして次第に大きく、してみた。できる。するとそれから、まるで潮が引くように痛みが全身から遠ざかっていくのが感じられた。

キツネにつままれたようである。しばらく様子を見る。大丈夫だ。

「あの……」

半身を起こして声をかけると、皆一斉にこちらを振り返った。

「だめですよ、急に動いては」

「いや、なんだか、もういいみたいで……」

「え……」

あっけにとられたような顔が、すぐに安堵の表情に変わった。

「本当ですか」

「本当です。なんだったんだろう」

痛みが自分の存在を知らしめんがために脅かしにかかったかのようであった。つかの間私を手放しただけ、そして、まだ消えたわけではないんだぞ、と。

「さてはお稲荷さんがいたずらなすったか」

亀シが首を傾げた。いや、原因というのなら、もしかしたら、と思うものがあった。

「家の外を廻ったとき、暗渠がやけに気になって、息が詰まるような気がして、それで帰ってきたんです。そうしたら、本出川のほとんどが暗渠になったって聞いて、そのときです、あの痛みがぶり返したのは」

「暗渠、ですか」

珠子さんが眉《まゆ》を上げた。

「暗渠に何かあるんだろうか」

「降りて、みますか」

珠子さんは眉間に軽くしわを寄せながらつぶやいた。

「え？　降りられるんですか」

「暗渠を作った建設会社なら、メンテナンスも請け負っていますから、聞いてみれば降りられると思いますよ」

そこで皆、一瞬沈黙し、あ、と声をあげた。

「宙彦さん……」

「ああ、宙彦はそれができる会社に入ったということなのでしょうか」

竜子さんの顔が、真剣だった。皆それぞれ首を傾げ、考えている風だったが、今のところ、そんなヒントぐらいでは、なんの憶測さえ浮かんでこなかった。暗渠に降りたところで何をすればいいのか。皆そう思ったらしく、その話はそれ以上進展しなかった。

「あ、竜子さん」

「はい」

竜子さんは珠子さんの声に怯えたように返事をした。

「キンカン……」

「あ」

すぐに立ち上がり、鍋で煮ている最中のキンカンを見に行った。

「大丈夫です、でも危なかった。少し焦げ始めてきているところでした。これくらいなら、風味があっていいくらい。ちょうど藪彦さんのお好きなくらいです」

キンカンなんか、どうでもいいだろう。なんでこんな大事なことを話しているときにキンカンの煮え具合が同列に語られねばならないのか。それよりも暗渠だ。私は竜子さんが開けた鍋から立ち昇るキンカンの甘露煮の香りを無視して、

「しかし交通量や人口密度の高い都会ならまだしも、どうしてこんな田舎の盆地を流れる川を、暗渠にする必要があったのでしょうか」

「当時はそれが最良の解決策のように思えたんですよ、あの暴れ川を封じ込める」

竜子さんはため息まじりにいった。何度も水害にあっている身としては、それは仕方のないことと思えたのだろう。しかし生体なら皮膚呼吸ができないような有り様である。そんな酷いことがよくできたものだ。

「昔はどうだったのですか。水害ばかりじゃなかったのでしょう」

「そりゃ子どもが小さいときはよく川で遊んだりしていましたよ。魚やカニや……蛍《ほたる》だって出てましたから。ああ、そういえば、暗渠になって、蛍が見られなくなったわけね」

「蛍だけじゃないですよ」

珠子さんは若干低い声でいった。私は少しぞくっとした。すぐに「ぞくっと」するのは、宙彦さんではないが、やはり感じ易い質なのだろう。

「それこそ無数の生き物が、動物も植物も、犠牲になったわけです。この、椿宿の辺りに生息していたおびただしい数の生き物は……」

それはしかし、私のせいではない。ヤブギツネだかお稲荷だか知らないが、まるでそれが私のせいのように私を痛みで攻撃してくるのだとしたら、とんでもないお門違いだ。

「私としては、この家の傷み具合とか敷地の荒れようとか地域の有り様などを家主として確認しておく義務もあり、やってきたわけですが」

「それと、その痛みの由来も知りたくていらっしゃったわけでしょう」

竜子さんは微笑みながら付け足した。

「それはまあ、できれば、というくらいのつもりでしたが」

「おやそうだったんですかの」

亀シが聞き捨てならない、というように口を挟んだ。

「後で後悔するようなことはいわん方がええですぞ」

「なんで後悔するんですか。また痛みがぶり返すとでも。私のいったことでなんで痛みがぶり返すんですか。誰がそれを引き起こしているというんですか」

そういってしまってから、私自身非常に驚き、確かにすぐに後悔した。こんなに喧嘩腰になるなんて。私ともあろうものが、こんな物言いをするなどと。

「すみません、今の言い方は酷かったですね。ええ、私は痛みをなんとかしてもらいたくて仮縫さんのところへ行き、そして椿宿へ行かなければならないということになったのでした。仮縫さんがそれを推奨したからです。そうして、ここへ来た、そのことを、私はまったく後悔していません」

「いやいや、私も少し、言葉が過ぎましたの。神経質になってしまい。というのも、いよいよ核心に迫ってきているような気がするからです。今の山彦さんの『爆発』で、それを確信しました。ここは一旦帰ることにし、宙彦さんの手紙を待つのが良策かと存じます」

私の爆発？　なんだそれは、と納得がいかなかったが、ともかく「ここは一旦帰ろう、宙彦さんの手紙を待とう」、という亀シの言葉は説得力を持っていた。

「それはそうですね」

「そうとなったら、急がねば」

「今日のうちの飛行機は無理かもしれませんから、うちに泊まってもらって、明日の朝にでも空港に行かれたら」

皆急に浮き足立ってきた。

「そうしていただけたらありがたい。でも、最終の便になんとか間に合うかもしれない。ダイレクトに空港に行ってもらえれば」

「お祖母《ばあ》さまのこともご心配ですものね、やるだけやってみましょう」

竜子さんはさっさとキンカンをタッパーに移し始め、珠子さんは辺りの後片付けをし始めた。

私も立ち上がり、荷物を車に入れるべく、布団をたたんだ。それから、せっかく開けたのではあったが、また閉じるべく、越窓《こしまど》から垂らした紐を引っ張った。

何かに抵抗されているかのように紐は重く、私はその重みをふっきるかのような勢いで力任せに引っ張った。黒い大黒天――後ろ髪引かれるような思いは、このせいだろうか。いずれ、また来ます、近いうちに。心のなかでそういい、黙礼した。

くすぶっている大きな薪は外に出し、炭になりかけている小さなものには灰をかけた。鍋は五徳から降ろされ、残りは始末され、次から次、什器は片付けられ車の後ろに載せられた。中庭のお稲荷には、亀シが懇《ねんご》ろに挨拶をしていたようだったので、私は黙礼だけで済ませた。珠子さんともメールアドレスなど連絡先の交換をして、

「すぐにまたご連絡させて下さい」

「ええ。お待ちしています。こちらも何か進展があったらすぐにお伝えします」

竜子さんは珠子さんと手を握り合って別れを惜しんだ。

「茎路《くくじ》市にいらしたらぜひ寄って下さいね」

「ええ、あちらにはしょっちゅう行きますので。これから馴染みの喫茶店があると思えば楽しいです」

珠子さんは亀シにも深くお辞儀をして、

「仮縫さん、今後ともよろしくお願いします」

「これもご縁ですから。それも長く続くご縁のような気がしとります」

亀シは鷹揚に微笑んだ。

三人とも車に乗り、竜子さんがエンジンをかけると、珠子さんも自分の車に乗って、

出て行く私たちに運転席から手を振った。そして、最後に小さくクラクションを鳴らして、私たちの車の進行方向とは反対向きに去っていった。

その小さくなる車の後ろ姿を助手席のサイドミラーで見ながら、「後ろ髪引かれる思い」は、彼女との別れが迫っていたためだということにやっと気づいた。


「この辺りはまだ本出川が流れていました……いえ、流れています、っていうべきですね。確かに暗渠にしたことで、車は走りやすくなりましたね……」

竜子さんが独り言のように呟いた。窓の外に広がる風景には、土手だったと思しき隆起はあるが、木は一本もなかった。

「どんな感じだったんですか、昔は」

「疎開してきた藪彦兄さんに連れられて、よく川の上流まで遊びに行ったものです。思い出がいっぱいあります。藪彦兄さんは、植物の名まえをよくご存じでした。河原に生えているカワラヤナギ、ハンノキ、その根元に黄色い花を咲かせるリュウキンカやキショウブ、ピンクのカワラナデシコ。土手にはツクシが生え、フキノトウが芽を出して、いっしょに摘みに行って、お菜にしてもらったりしたものです」

窓の外の景色、暗渠の周囲には、人家の中の庭木以外、草木一本見えなかった。無機質なコンクリートが陽に反射して目を射てくる。たまたま側道だったというせいもあるだろうか。その豊かな緑の様子が目に浮かぶだけに、ぞっとするほどに殺伐として見えた。

「藪彦さんは植物の名まえをよく知っておられたのですなあ」

亀シが呟いた。竜子さんは頷いて、

「そう。あんまり詳しいので、私が、どうしてそんな、小さな雑草のことまでよく知っているのですか、とお聞きしたら、だって、僕の名まえは藪彦だからね。藪っていうのは無数の生命の宿るところなんだよ、と」

「無数の生命？　植物？」

「ええ。例えば藪の外側には陽のよく当たるところを好む植物が、内側の陽の当たらないところには、本来森の奥の林床の、陽の当たらないところにいるはずの植物まで見つかることがある、と。外側から内側まで、明るさの度合いに合わせた植物が茂り、かつ動物や鳥も、巣を作りやすい。昆虫もそっと卵を産み付ける。藪ってね、命の大カタログみたいなものなんだよって」

「よく覚えてられますね」

「とても印象的だったんです。そんな話、それまで誰からも聞いたことがありませんでしたからね」

「それ、藪彦祖父《じい》さん、自分の考えとしていったんですか。つまり、そういう由来の名まえであることに、藪彦祖父さんは自分でたどり着いたのでしょうか」

「いや、お父様の豊彦さん自身から聞かされたようですよ、お小さいとき。それで、自分は大きい豊かな藪になって、小さな兄さんの道を道として成り立たせる、というようなことを考えていらしたのだと」

「ふうん」

これで、私がいつか海子から問われ、私自身返事に窮して二人の間の謎となっていた、なぜ長男は道彦という名で、次男が藪彦と名付けられたのかという疑問が解けた。

車はやがて左に曲がり、勾配のある道を登る形になった。

「あれ、これ、来た道とは違いますね」

「ええ、せっかくなら見てもらいたいものがあって」

登り切ったところで竜子さんは車を停めた。

「あの山です。網掛山《あみかけやま》」

比較的なだらかな山脈《やまなみ》の向こうに、ひときわ高く青い山があった。山頂はうっすら雪化粧しているように見える。

「ああ、あの山……」

「活火山なんですよね」

「温泉があるくらいだから」

「網掛山は、古代、神奈備《かんなび》ともいわれていたそうです」

神奈備とは、確か神域ということだったと思う。

「ふむ」

サイドミラーに映る亀シは、食い入るような目つきで山を見つめていた。窓を開けると、大きく息を吸い込んで、まるで霊気でも読み取ろうとしているかのように見えた。何をいうかとこちらも若干緊張しながら固唾《かたず》を呑んで待っていると、

「いや、あの温泉の源であることは、よくわかりました」

と、肩透《かたす》かしとも、深読みすれば何か奥がありそうにも取れる言葉をつぶやいた。

「じゃあ、まあ、行きますね」

竜子さんは再び車を動かした。

車窓の向こうに再び町が現れ始める。そして国道に入った。ここからの風景はどこも同じだ。チェーン系列の量販店。紳士服、靴、ファミリーレストラン……。

「この先に道の駅があります。そこからしばらく、休憩所がないので、今のうち、ト

イレとか行っておいた方がいいかもしれません」

「僕は大丈夫です」

「じゃあ、ちょっと行っておきましょうかの」

竜子さんは道の駅の駐車場に入ったところで停めた。そこからトイレの入口まで、遠いというわけではないが、もっと近くまで行こうと思えば行けないわけではなかった。空車スペースはまだあったのだ。だがそんなに大した距離ではなかったので、ことさら意見することもしなかった。

「では」

と、亀シは降りて歩いて行った。すると竜子さんは、助手席の私の方に向き直るようにして、

「さっきの網掛山の話ですけど」

と、こちらをまっすぐに見、声を低めて話し始めた。

「小さな噴火はこれまでもあったんですが、昔、大爆発して酷い被害が出たらしいんです。その頃、あの山をご神体にする神社があったらしく、鳥居の先っぽの方だけ残っているんです。あとは火山灰に埋もれて、跡形もない。江戸時代のことです。今も別の神社が、あるにはありますが、それとは別に。当時、佐田の家は、そこの神主をし

ていたらしい、と、失踪前、宙彦がいい出して」

「え」

そんなことを、今急にいわれても、いや前にいわれてもしようがなかったが。

「なぜ今……」

「仮縫さんがそのことをおっしゃるかどうか、ずっと待っておりました。温泉にもお連れしたりして……。でもそこで、宙彦の情報が得られたのですから、何がどう動いているのか、私にはさっぱりわかりません」

私は初めて見るひとのように竜子さんを見つめた。すっかり亀シのことを信じきっているのだとばかり思っていた。

「まさか仮縫さんを試しておられるとは……」

「そういう言い方は人聞きが悪い。私はそういう力のある方が存在してほしい、と心から思っているのです。けれど、それには、やはり信じるに足る基盤のようなものがなければ。確かな証拠――これはこのひとにその力があるとするしか説明がつかない、と、有無をいわさぬような確かな証拠が必要です。今のところ、彼女の示した『不思議』は、本気で調べ回ればわからないことではないようなものばかりだったでしょう。私たちの店を、電話番号案内で調べた、と漏らされたように。どうやら、お兄さんという、秘書役のような方もいらっしゃるようですし」

私はここで初めて、このひとと自分の血の繋がりのようなものを感じた。

「その神社、どのくらい昔に存在してたんですか」

「延喜式《えんぎしき》には載っているのだそうです。でも……」

竜子さんの視線の先には、トイレから出てくる亀シの姿があった。

「鳥居の先っぽだけ残った神社のこととか、網掛山爆発のこととか、珠子さんならよくご存じのはず。少なくとも、それに詳しい学者の方をご存じだと思います。改めてご連絡なさってみては」

それだけ大急ぎで話しきったところで、亀シが車に帰ってきた。

宙幸彦の手紙

佐田山幸彦様

前略。本来ならお会いしてご挨拶するべきところ、斯《か》くのごとき失礼を、どうかお許し下さい。

仮縫さんからお電話をいただき、驚きました。お電話の内容そのものもですが、むしろ、仮縫さん本人の声を聞いたことに対する驚きです。このことについては後にまた触れることになると思います。

ともかくその電話で、山幸彦さんが「椋の木」にまでおいで下さったこと、それから母とともに椿宿《つばきしゆく》に来ていらっしゃることも、知りました。もう御承知のように、私は家族から行方をくらませていたわけですので、事前にご連絡のしようも、またこちらに連絡をいただく術《すべ》もなかったのですが（そういう意味では、仮縫さんは、良くも悪くも滞っていた流れを活性化させるような不思議な存在であったといわざるをえません）。

しかも山幸彦さんの方から会いたいといって下さっているのに、手紙を書くといってそれを断るなど、さぞ気分を害されたこととお察しします。けれど、山幸彦さんが来ていただいたことは、私には、深い喜びでありました。親戚の一員として、また長年お世話になった店子《たなこ》としてもそうですが、何より、この話に他人《ひと》ごとではなく興味を持たれ、聞いて下さるであろう数少ない方々のお一人に、書面でとはいえ直接お伝えできることにどれほどの安堵を感じているか、口では到底表せないほどです。あのとき電話で、直接対面してではなく書面で、ととっさにいったのは、きちんと順序立てて話せる自信が、私にはなかったからでした。もちろん書面でも話はあちらに飛び、こちらに飛びして、なかなか一筋の流れ、というわけにはいかないでしょうが、それでも記録してしまえば、繰り返し前後を確認して下さることが（その労を取っていただくことを申しわけなく思いますが）可能だと思われるので。

椿宿で過ごした日々、特に少年時代のことは、今でも鮮烈に覚えております。特に門前を流れる川の上流で、連日のように友人たちと遊んだ思い出、まだ健在だった父と二人で凧《たこ》をあげたこと、毎春、私が土手で摘んだツクシで、母が佃煮《つくだに》を作ってくれたことなど、数え上げればきりがありません。そういういわば、陽の思い出とともに、いやそれ以上に、私には、陰の思い出もあります。陰といってもいいものか。むしろこれこそが椿宿での私の存在の核心のようなものです。

小さい子が夜中に便所に行くのを怖がるのはよくあることなのでしょう。一人で留守番している真昼間に、変な声が聞こえたり、ふすまの陰に何かが潜んでいたりするような気がしてならないのも、気のせいといえば気のせいで、「ふつう」の子は、何か変なものの気配に気づいたにしても、時が経つにつれ、幽霊の正体見たり枯れ尾花、というような納得の仕方で、現実世界と折り合いをつけていくものなのでしょう。もっと楽しい、「健康的」な、野外の遊びや友人関係に夢中になって、そういうことはまったく気にならなくなっていくのでしょう。けれど、私はどうやらそういう「ふつう」の子ではなかったようなのです。

前述したように、外遊びの仲間の友人もいないわけではありませんでした。その仲間たちが、家にきたとき、たまたま屋根裏を探索して見つけたのが、「f植物園の巣穴に入りて」と題された、古い文章の束でした（仮縫さんには、私が子ども時代にすでにこの書類を読んでいた話はしていません。大人になってから、持ち出して読んだがよくわからなかった、といってあります。そう御心得おいて下さい）。全編語り手の独白で、小説のようでもあり、日録のようでもありました。それを見つけてくれた友人は、まだ中学生になったばかりでありましたがよく書を読み、そして子どもらしく推理小説めいた謎解きもまた、非常に好む質だったのです。古い家屋の屋根裏がどういう構造になっているのか、好奇心もあって登ったところ、自ら古文書――それはそう呼ぶほど古いものではなかったのですが、当時の私たちにしてみれば難解な、古文書そのものでした――を発見した、こんなに興奮する出来事は、後にも先にもなかったと、彼はいまだにそういっておりますし、事実そうだったでしょう。

私たちはこの「発見」を誰にも告げず（といっても、そのとき一緒にいた他の友人は知っていたわけですが、特に興味も持っていなかったので、すぐに忘れたことと思います）時間をかけて、あの文章への理解を深めていきました。ことさら難しい古語なども用いられず、少なくとも言文一致体（と呼ぶべきなのかよくわかりませんが）の形式で叙述してあったので、辞書さえ傍に備えていれば、それは不可能ではなかったのです。

語り手は、f植物園の園丁をしており、ある日、大木の（これもまた椋の木ではなかかったかと私は思うのですが）根元にあった「うろ」に誤って落ちてしまいます。以来どうもあたりの様子がおかしい。下宿のおかみの頭部は鶏だし、同僚の口を借りて「稲荷に頼るな」という意味の警句のようなものが、投げかけられる。それから彼はさまよううち川に出てカエルのような子どもに出会う。この子は、語り手により、便《べん》宜《ぎ》的に坊《ぼう》と呼ばれます。この子どもも、怯えているのか頼っているのかよくわかりませんが、どうやら稲荷の存在を強く意識しているらしいことはわかる。なのに最初から最後まで、当の「稲荷」はまったく姿を現さないのです。そして、稲荷の正体も明かされないまま、文書は終わります。書き手も、一般的な稲荷信仰というものへの知識だけは延々語っているものの、これがこの物語全体にどう関わっているのかまでは――口幅ったい言い方ですが――わからなかったのではないでしょうか。もちろん、子どもの頃はそこまでの考えには至りませんでしたが。

実に荒唐無稽な話なのです。

当時、f植物園とやらがどこにあるのかもわかりませんでした。けれども彼の陥った巣穴の世界はまさしく椿宿のように思われ（彼はひと言も椿宿という名は出していないのですが）、むしろ現実の椿宿よりも、私の「生きていた現実」の椿宿によく似ていました（坊の浮かんでいた川は、椿宿の家の前を流れている川の上流の方だと思われます）。「稲荷」が盛んに出てくるところも。

私の母は、何はさておいても、中庭の稲荷への「お参り」を欠かさない人でした。朝夕の食事の前はもちろん、私が修学旅行へ行くとき、帰ってきたときも、まずは「お稲荷さんに挨拶して」「お稲荷さんにご報告して」と、有無をいわさぬ口調でいっていました。けれどその「お稲荷さん」が、どういう謂《いわ》れでそこにいるのか、私は一度も知らされたことはありませんでした。母もよくは知らなかったのでしょう。ただ、先祖代々、大切に扱ってきたという思いだけで。何の見返りもなく敬い、大切にするということは、子どものことですから、まずできません。折々、叶《かな》えて欲しい願い事や、ちょっとした希望など、毎日の「お参り」には必ず念じたものでした。うまく行ったときには、やはりご利益かな、と、自分にだけ頼もしい守護神がいることを嬉しく思ったりしたものです。

「稲荷に頼るな」

書き手には不可解だっただろうこの言葉は、まるで複雑な道筋を経て、まっすぐ私の心を射抜《いぬ》いたようでした。椿宿での日々が記されたこの文書自体、まるで自分のために書かれたような気がしてきました。私こそが、この文書の正しい受け取り手のような気がしたのです。

f植物園の巣穴のあった大木の「うろ」は、まさしく椿宿の椋の木の板根の間の「うろ」と、内部で繋がっていたのだと、大人になった今、思い至ることです。

読みつないでいるうち、唐突に、語り手の「私」は、母の大伯父である豊彦さんである、とわかりました。全体が椿宿を彷彿《ほうふつ》とさせていたので、この家の関係者であろうことはすぐに察しがついたのですが、具体的な誰であるかは、子どものこととて知識が不足していて、よくわからなかったのです。けれど、文書の途中で、その名まえは出てきました。坊に、自分の名をいう場面が出てきたのです。けれど、その後、この文書に書かれていたことで、この家にかつてどういうことが起こったのか、私は知ってしまったのです。

それは凄まじい惨劇でした。そのことはもう、山幸彦さんはご存じだと思います。けれど、感じやすい子どもであった私には、耐えられないようなことでした。血の海であった場所はどの辺だったのだろうか。今の私の部屋は、どういう状況だったのだろうか。それこそ、豊彦さんが幼い頃に感じた恐怖と不安とそこから逃れられない絶望を、同じように体験したのでした。私の友人もまた、同様の恐怖を味わったようです。彼は実際にこの家と血縁関係はないにしろ、何しろ梁《はり》の横木に登ったのです。その下で、何が行われたのか、まざまざと想像してしまったのでしょう。どちらからともなく、私たちはこの文書から遠ざかりました。私は彼を誘わず、彼もまた私の家には近寄らなくなりました。それから間もなく、豪雨で川が氾濫し、治水工事のため、門前の椋の木は切り倒され、川は暗渠になりました。これが治水というものなのか。治水とは、読んで字のごとく水を治めることです。先祖の望んだ治水がこんなものであるはずがない。海と山は、滞りなく連関していくべきなのです。川は、そのためにある。私は憤懣やるかたない思いでしたが、何しろまだ中学生。何もできずに、黙っているしかありませんでした。

「治水」について、語らねばなりません。f植物園の巣穴から出る直前に、豊彦さんはご自身のドッペルゲンガーのようなものに出会い、「ナスベキハイエノチスイ――為すべきは家の治水」といわれます。豊彦さんは、冗談ではない、と「それは当面私の任ではない」と突っぱねます。

失礼ながら、豊彦さんは、ご自分の体験を正しく理解されていなかった。たぶん、理解したくなかった。それで「私の任ではない」という言葉が口から出てきたのでしょう。そして、「為すべき」つとめは、また次世代に送られた。

私は、自分に子どもができたと知ったとき、この件になんらかの決着をつけなければならないと思いました。自分の子どもにまで、累《るい》が及ぶようなことになってはならないと。しかし、こういう話を誰が信じるでしょう。

泰子は気立ての良い、優しい女性です。彼女に自分の家のことでこれ以上気苦労をさせたくない。私は黙って家を出ました。子どもが生まれるまでに、この件に解決をつけ、帰ってくるつもりで。

もう御承知と思いますが、私は友人の建設会社に就職しました。その仕事の関連で、頻繁に市役所を訪れる機会があり、そこで椿宿のあの家のことを調べている人物があることを知りました。このことはまた長くなりますので、後で述べますが、ともかくその線で、海子さんが、正体不明の難病に苦しめられていることを知りました。これもまた、次世代へと先送りされた「治水」が原因ではないかと、私は直感しました。


話を戻します。そして中学を卒業し、高校大学と地元から通い、泰子に出会い、結婚しました。

その間、決してこの文書のことを忘れたわけではありませんでした。忘れたいと思ったこともありましたが、それは到底無理な話でした。なぜそんな禍々《まがまが》しいことが起こった家を、深い付き合いがあったとはいえ、私たちの先祖は譲り受けたのか。それが一番の謎でした。その後、建て替えた可能性もある、と無理にでも思うようにしました。

そういうある日、突然教育委員会の方がやってきて、この家の歴史について説明しました。母はそういう話を聞いたことがある気がするが、遠い時代の昔話、以前にあった家の話だろうと思っていたといいました。私は、「やっぱりそうなんだよ、この家を引っ越そうよ」、と母を説得しようとしました。母は私がすでにその話を知っていたことを意外に思っていたようでした。すぐには無理、と母が二の足を踏んでいるうち、今度はまた、前代未聞の洪水が起きたのです。繰り返し、繰り返される水害。この一連のことはどういう関係があるのか。とにかくこれ以上ここにいられない。私はすぐさま、泰子の実家近くに家を見つけ、引っ越すことにしたのです。

引っ越しの挨拶に、近所を回っていたときのことです。あの、梁に登って文書を発見した友人の家を訪ねると、偶然彼も在宅していました。話し込んでいる母親たちから離れ、彼は私を自分の部屋へ誘いました。彼があの椋の木を切り倒した建設会社に就職したことは知っていました。ですが、彼がどういう思いでそこに就職したのかは聞いたことがありませんでした。就職先に限りがあるこちらの方では、かなり大手の会社でしたから、成り行きでそうなっていったのだろうと、漠然と思っていました。

彼がいうには、その建設会社には、様々面白い人物がおり、古株の社員のなかに、江戸時代中期に網掛山の爆発で埋まってしまった網掛神社に詳しい人物がいたのだそうです。そして、その神主一族のその後について。なんと、その神主一族は還俗《げんぞく》して（神道でもこういう言葉を使うのでしょうか）、椿宿に移り住み、後年佐田の姓を名乗るようになったのだと。これは、彼が昔、家屋解体部門にいた頃に、網掛神社の氏子総代だった旧家から出てきた江戸時代の古文書（よほど古文書に縁のある男です）に記載されていたことなのだそうです。今、彼自身も網掛神社に興味を持ち、調べている最中で、それがまとまったら私に伝えようと思っていたとのこと。

佐田彦大神《さたひこのおおかみ》という神を、山幸彦さんはご存じでしょうか。網掛神社に祀られていた神、三柱のうちの一柱が、佐田彦大神。たいていの稲荷社の、祭神の一柱でもあります。

噴火のあと、神社跡から、かろうじて石造りの大国主《おおくにぬし》の像が掘りあげられた、ということも書かれていたそうです。真っ黒になっていたけれども。それが黒い大黒。友人は、その大黒に梁の上で出会っているのですから、すぐにわかったのだそうです。「f植物園の巣穴に入りて」では、椿宿の家に入るとき、自分の名を告げると、黒い福助が現れた、とありました。それはあの、梁の上の大黒に違いない、と私たちは最後に語り合いましたが、語り手の豊彦さんは、少なくともこれを書いた当時、そのことを意識してはおられなかった。ご自分も子どもの頃をあの家で過ごしたのですから、何かの折に、そこにそれがある、ということを聞いていたか見ていたかしたのかもしれません。

けれども、何かのとき――それは両親の葬儀のときか疎開のときか、私は疎開のときだと思います。空襲で失いたくないものを持って帰ってきたに違いありません――あの大黒を見た。その関連について、彼は調べようともしなかったし、知りたいとも思わなかった。これから先、生きて行くことが大事で、過去のことなどにとらわれるべきではないと思ったのでしょう。けれどその彼でもさすがに、あの「巣穴に入った」体験だけは文書にしていた。そしてそれを、疎開先にまで持ってきたということは、彼にとってよほど忘れがたく、特別なものであったかと思われます。書いてはみたものの、粗末に扱うこともできず、かといって後生大事に自分の手元に置くのも忸怩《じくじ》たるものがある――彼のそういうディレンマを解決するには、あの大黒の下というのは、一番の場所だっただろうと思われます。容易に発見される心配もない。

豊彦さんは、「f植物園の巣穴に入りて」は、誰の目にも触れていないと思われたでしょうが、それを読んだ人物がいたに違いないと思うのです。それは藪彦さんです。豊彦さん千代さん夫婦と共に疎開してこられた藪彦さんは、その前か後かは知りませんが、父親の記した文書をすでにこっそり読んでおられた。物語は最後、藪彦さんの誕生を予感させて終わるのですから、それは自分がいかにして生まれてきたか、という物語でもありました。自分の先祖のことなどに皆目興味を持たなかった豊彦さんと違い、藪彦さんは、疎開中、なんらかの手段で網掛神社にまで辿り着いたと思われます。母の話ではその当時はまだ、近所に故事に詳しい古老が住んでいたといいますから。

網掛神社は別名網掛稲荷とも呼ばれていたそうです。ご祭神は、大山津見神《おおやまつみ》と宇迦之御魂神《うかのみたま》、佐田彦大神でした。宇迦之御魂神、網掛山の神社ですから、山の神である大山津見を祭神にするのはわかります。佐田彦大神は、稲荷社で祀られる神々です。佐田彦大神はまた、陸海の交通の神でもあります。この佐田彦大神については諸説あり、猿田彦《さるたひこ》の別名ともいわれていますが、よくわかりません。確かに、名まえの相似性だけでなく、神々を先導して道を教えたという猿田彦の役回りと重複するものもあります。そして山から海へと果敢に行動域を広げていった山幸彦もまた、彼らの仲間といえるのではないでしょうか。

神社消滅後、神主一家は椿宿に移った。山を治めきれなかったという、反省と屈辱で、神社再建のエネルギーは持てなかったのでしょう。だが、周囲はそう思っていなかった。氏子総代の記録にも、それまでの神事に対する誠実な姿勢を称賛し、もう一度再建すべき、という意見が多くあることが記されています。けれど、彼らの意思は変わらなかった。だが社こそ持たなかったものの、一時期、祭事に関わる仕事を任されていたのだと思われます。佐田という苗字は、藩主に近い筋から賜《たまわ》ったものでしょう。自分達が仕《つか》えていた神の名を名乗るなどと、自分からはできるものではない。そして例の事件が起こった後、国家老一家の恨みを恐れた藩主が、それを鎮める意味もあって、もう庄屋になって久しくすっかりそういう「家業」から遠のいていた佐田家に、あとを任せた。佐田家にしてみれば、とにかくこの家で稲荷を祀るしか、手立てはなかったのでしょう。

海幸山幸の物語は、一見兄弟葛藤の話のように見えますが、実は海と山とがいかに繋がっているか、そのダイナミズムを描いたという点では、他に類を見ない神話です。彼らの母、木花之《このはなの》咲《さく》耶《や》比《び》売《め》の父、つまり彼らの祖父は、網掛神社ご祭神の一柱、大山津見神です。大山津見は、別名を和《わ》多《た》志大神《しのおおかみ》、和多はワタツミ（海神）のワタ、つまり海の神の要素も併せ持っている。彼の孫である海幸山幸は、その彼のそれぞれの力の分化されたものといえます。もとは一つですが、山の要素が強くなって、つまり山幸彦が強くなって当たり前なのです。

藪彦さんが、自分の孫たちに海幸彦山幸彦を名乗らせたかったのは、生き生きとした生命力の賦活《ふかつ》を望んだからではないでしょうか。そしてそれだけでは何か偏りがある。あの神話に足りない、バランスのようなものが必要である。そのことは疎開時代もよく考えておられたのでしょう、彼は繰り返し、海幸山幸の話を創作し、私の母にも語り続けた。宙幸彦《そらさちひこ》は、そのなかから生まれてきた。母は、藪彦さんが自分の初孫に山幸彦と名付けたと聞き、では自分の子どもには宙幸彦と付けようと思った……。

そして、私は、佐田家が真の意味で、藩主一族の兄弟葛藤がそもそものきっかけであったあの「悲劇」を鎮魂できるとしたら——これもまた大切な家の治水だと思うのです——この「バランス」のようなものこそが鍵になるのではないか、と思うに至ったのです。海でもない、山でもない、第三のファンクション、自分、宙幸彦の存在が、鍵になるのではないか、だとしたら自分はどう動けばいいのか……。

直接面識があったわけでもないのですが、仮縫さんとのことをお話ししましょう。

市庁舎の新館の、建設工事起工式のときのことです。

工事の安全を祈願して、関係者が集まり、近くの神社の若い神主が祝詞《のりと》をあげていました。私はそのとき新米ではありましたが、新館建設のチームの仕事にも多少関わっていたので、他に用事のある先輩たちの代理でそこに出席していました。斎主《さいしゅ》は地元の神社から出向、地鎮祭専門のような神主で、建設会社に入ったばかりの私なども、もう既に顔だけはわかるようになっていました。父子で神職をやっていると聞きました。

最近の地鎮祭を知っていらっしゃいますか。神具のなかにステレオを潜ませ、神官の袖のなかにコントローラーを忍ばせて、それで雅楽を流すのが流行りなのです。まるでショーのようです。日本人の心と神道とはどのような関係になっているのか……。最近の地鎮祭に出席すると、人びとの心に、もはや神々の居場所はないのだろうかという思いになることもあります。

脱線しました。

直会《なおらい》になって、出席者の一人が麦茶の入ったコップを持ちながら私に近づいてきました。一見したところはそれほど人品も悪くなさそうな、若い男です。軽く会釈しながら、「庄司《しょうじ》さんから、そちらが椿宿の佐田家の関係の方だとお聞きしましたんですが」。どうなんですか、というような顔つきで、声をかけられました。庄司というのは、私を建設会社に誘った、幼なじみです。ええ、まあ、そうですけれども、と曖昧に応えました。私が家出をした、ということは、この辺りの人は皆知らないはずです。家族は妻の実家、茎路《くくじ》市にいますし、彼らが私の家出を吹聴して回るとは思えませんでした。定期的にハガキも出しておりましたから、心配してあちこちに訊いて回ることもないだろうと思い、そう応えて何の問題もないように思ったのです。が、麦茶片手のその人は、実は今、佐田家の事を調べている人物がいる。いや、胡散臭い人たちではないのです、佐田家の子孫の方が、ある非常な不幸に見舞われている、そのことに関連して……。

　佐田家の子孫、という言葉に、私は緊張しました。海幸比子さん、山幸彦さんに何かあったのだろうか。思わず身を乗り出すように真剣に聴こうとする私の様子に、彼も手応えを感じたのでしょう。よかったら場所を改めてこの話をしたい、といい出し、私もその日、起工式出席の後はそのまま帰宅の予定になっていたので、近くの喫茶店に二人で入りました。

　彼は地鎮祭専門神主の所属神社の、事務員というかマネージャーというか、秘書というか、ざっくばらんにいえば昔からの友人なのだと、名刺を渡しながら自分をそう名乗りました。名刺には、確かにその神社の名と経理担当云々の役職が書いてありました。彼の名まえは滝山伸一。

「名刺、偉そうなこと書いてますけど、でも事務職なんて、俺一人しかいないんですよ。後は奥さんたちが」

滝山氏は運ばれてきたコーヒーを一口すすって続けました。

「この依頼は、鍼灸院からのものです」

「依頼？」

なんのことやらさっぱりつかめません。滝山氏は軽く頷いて、

「仮縫鍼灸院という名です。その鍼灸院は、もともとは修験《しゅげん》系の御師《おし》の家で、今は家訓に従って治療活動を行っている。民衆の救済が目的なんだそうです。奇特な一家です」

「はあ」

仮縫さんの名まえを聞いたのは、それが初めてでした。修験系の御師の家、といわれても、そのときは、それがどういうものなのか、まったくわかりませんでした。

「佐田海幸比子さんという女性をご存じですか」

私は頷きながら、「非常な不幸に見舞われている佐田家の子孫」とは、海幸比子さんの方だったか、とこのとき思いました。自分は生まれてくる子どものために、何か「家の治水」の方法を考えようと思っていたけれども、ことはもっと切迫していて、海幸比子さんの生活が、既に脅かされているのか、と。

「海幸比子さんは、原因不明の難病に苦しめられている。八方手を尽くしたが、原因がわからない。どうにも困り果て、ダメでもともと、と仮縫鍼灸院にやってきたらしいのです」

仮縫鍼灸院では一通りの治療を試した後、アプローチを根本的に変え、手がかりの一つとして彼女の時代がかった名まえを怪しく思い、詳しく先祖のことを聞き始めた。すると、彼女は、いや、自分だけではなく、従兄《いとこ》も原因不明の痛みに苦しんでいると述べた。それではこれは彼女一人のことではなく、もっと広く一族全体にかかわることだと、仮縫さんは彼を連れてくるように勧めた。

「けれど、従兄はとても偏屈な人間で、病の原因が先祖にあるだのということは頭から受け付けないだろうし、それより前に、鍼灸という東洋医学ですら、試そうとはしないだろう、と海幸比子さんはいうのだそうです」

これは、山幸彦さんのことである、とすぐわかりました。海幸比子さんだけでなく、山幸彦さんにまで、この不条理な呪い（というべきなのかはわかりませんが）が及んでいたとは、と私は暗澹《あんたん》たる気分でした。滝山氏は続けます。

「けれど彼らはそんなことで諦めるような人種ではありません。筋金入りの修験者ですから。目の前に苦しんでいる人間があれば、反射的に救済へと突き進むのです。海幸比子さんから彼女の従兄のことを聞き出していくうち、彼の母方の実家が、自分たちの家からそう遠くないところだとわかった。そこなら自分たちの地縁も使える、と。私には詳しいことはわかりませんが、様々な手段を尽くして、彼の潜在意識に訴えかけるよう、手を伸ばしたらしいです。潜在意識なんていう言葉は、彼らは使いませんが」

それと同時に彼らは椿宿の実家のことも調べ始めた。そこまではさすがに地縁は利かないので、そういう場合、彼らがよくやるように修験仲間のネットワークを使った。

「それで、うちの神社の神主・父に連絡が来たわけです。先祖の祟《たた》り云々ということはないか、調べてくれと頼まれた、ということでした。今はこのように世俗化しているとはいえ、うちも元々はそういう神社ですから」

なるほど、と私はつぶやき、

「けれど、どうしてそこまで詳しく私に話してくれるんですか。滝……山さんがお知りになりたいのは、椿宿の佐田家のことだけでしょう」

滝山氏はこの件に関しては、既に何度も言語化してきたのでしょう。よどみなく話し始めました。

「若輩者ですが、少なからぬ経験上、いきなりご自分の家のこと、先祖のことを話してくれといって、はいそうですかと喋ってくれるような人はいない、ということはわかっています。なぜ知りたいのか、それは私利私欲ではない、人助けのためである、そういう動機がはっきりして初めてスタート地点です。それでも喋ってくれない人もいる。現に、私だって、実際仮縫さんと、電話ででしたが、言葉を交わして、彼らが本気で他人を救うために一肌脱ごうとしている、ということをひしひしと感じなかったら、いくら雇い主の命令だとはいっても、ここまで頑張りはしませんよ。適当にえば、週刊誌的な身元調査みたいなものですからね。やりたくありませんよ。適当にやって、どうしてもガードが固くてわからなかった、というでしょう。それに本物の名刺を使っている。人助けでなければ、うちの神社の名にも傷がつく」

なるほど、と私は再度つぶやきました。人助けという大義は、それほど人を動かすのか、と。それとも地鎮祭でかいま見えるような世俗化の反動で、意地になって「人助け」をやって見せているのだろうか。けれど、彼がいったように、あくまでもここがスタート地点。人助けだから何もかも話せ、というのはおかしい。話せば本当にそれで海幸比子さんの体が回復に向かうというならともかく、そんな保証はどこにもありません。そもそも、いきなり修験者だといわれても、どんなことをする人びとなのか、そのとき私には皆目見当がつきませんでした。この修験者ネットワークに金銭は介在するのか。けれど、核心の部分はともかく、実際に現場に行けばわかる程度のことは、話してもかまわないだろうと思われました。コミュニケーションをとることで、彼からも、何か有益な情報がもたらされるかもしれませんでしたし。それで、

「佐田の家にも行かれたのですか。私たちはあそこに昨年まで住んでいたのですが、今はもう引っ越してしまって。行かれても誰もいないですけど。家主の佐田さんは確かに親戚筋ですが、ほとんど交流はなかった」

「けれどあなたの」

滝山さんは、急に抜け目のなさそうな顔になり、

「下の名まえは、宙幸彦さんですよね。それって、彼らの名まえと関係ありますよね、明らかに」

この長い名まえはなかなか普段使いには不便なので、私はいつも、宙彦で通しています。山幸彦さんや海幸比子さんもきっと、山彦、海子を通称名にしていらっしゃる

のではないでしょうか。庄司もふだんは私を宙彦と呼んでいます。ですからこの情報が庄司からのものではないことは確かです。

「先方のお祖父様の代までは、比較的行き来もあったんです。けれど今はまるで」

「あなたのお名まえは、佐田家のお祖父さんがつけられたのですか」

「そういうわけではありませんが」

「……何かありそうな気がするんですよねえ。いや、もちろん椿宿は行ってみました。けれど、おっしゃる通り、誰もいらっしゃらなくて、なかにも入れないし。けれど、行ってみてますます、何かある、と感じました。これは神社勤めをしているものの勘です。何か祀ったりしていませんでしたか」

こうピンポイントで来られたら、正直にいうしかなかろうと、私は、

「……稲荷の祠《ほこら》はありましたね。小さなものでしたが」

「やはり」

滝山さんは深くうなずきましたが、そんなこと、あの家が抱えた、例えば過去の惨劇などに比べれば、どうでもいいようなことです。この情報が、仮縫さんに行ったとして、それはどういう風に使われるのだろう、と私はぼんやり考えました。話を膨らませていって、何か迷えるキツネの霊が憑《つ》いている、とか。霊を払えば治る、とか。

気は心です。それで治れば何だって構わない、そういう考え方もあるでしょう。

いや、もしもこの仮縫さんとやらに本当に力があるのなら、あの家の治水がどのように行われるべきなのか、知恵を借りることはできないものだろうか。私はそんなことまで考えました。もちろん、彼らのいるところは遠すぎるし、まだまだ私は彼らを本当に信用はしていませんでしたが。

「きちんと祀られていたのでしょうねえ。でも引越しの際は置いて行かれた」

「別に私たちが持ってきたものではありませんでしたから。そこにあるから世話をしていたようなもので。もちろん、母がやっていたわけですが」

「今は、近所の方に、お願いしているとか」

「まさか」

「ほったらかしですか」

「まあ、そういうことになりますか」

「いけませんね」

滝山さんは、眉を顰《ひそ》めました。信用していないながら、私は少し胸騒ぎがしました。

すると彼は自信たっぷりに、

「野狐《やこ》になる」

思わず、

「おお」

と、反応してしまいました。母からお聞きになったでしょうが、もともと感じやすく、怯えやすい質なのです。野狐、という言葉は、何か傍若無人な禍々しい力を思わせました。

「何なら、私が時どきお参りして差し上げましょうか」

そういった滝山さんの顔が、急にキツネのように見えてきました。私は思わず、首を横に振りました。

「いやいやいやいや。けっこうです。というより、そもそもいいとか悪いとかいう資格も私にはないのです。店子ですらないんですから」

私はわざと時計を見ました。

「ああ、もう帰らなければ。約束があるので」

「これは、お引き留めしてしまって。そうだ、庄司さんによれば……」

しまった、と私は思わず緊張しました。まるで帰りかけた刑事コロンボに致命的な証拠を出されてすくみあがるインテリの犯人のように。いや、私は何も悪いことはしていないのですが。庄司は、梁の上の、黒い大黒の下に置いてあった、佐田豊彦氏による書きつけ、「f植物園の巣穴に入りて」を共に読んだ人間です。あの惨劇のことも私に劣らず知っている。滝山氏はどこまで知っているのか。素知らぬふりをして、私からさらなる情報を引き出そうとしているのか。

「彼から聞いたんですか」

いった瞬間、滝山氏の目の奥がギラリと光ったように見え、私は再びしまった、と思いました。またもや刑事コロンボの犯人をやってしまった。

「何かあるんですね」

私は黙るほかありませんでした。滝山氏は穏やかに、

「私の会った庄司さんは、あなたの住んでおられた椿宿の庄司さんですよ」

庄司の母親でした。なんということでしょう。庄司は、私の就職の世話をしたことを、母親に漏らしていたのです。滝山氏はわざとその辺りをぼやかせて、私の友人の庄司とも取れるようにいったのでしょうか。私は今更《いまさら》ながら、若いと思って軽く見てしまった、こんな人間とは付き合うべきではない、とばかり、踵《きびす》を返してそこを去りました。一刻も早く立ち去りたかった。そして帰るとすぐに庄司に連絡しました。

庄司は自分の母親にはあの書きつけのことについては何も話していない、ただ、私を自分の会社に誘ったとだけ伝えた、といいました。別に何も悪いとは思っていない

ようでした。実際、彼は何も悪くない。私は滝山氏と仮縫鍼灸院のことを伝え、念のため、情報を漏らさないように頼みました。彼はわかったとはいいましたが、あまり関心がないようでした。そして、そんなことよりも、教育委員会の発掘調査で、面白いことがわかった、と興奮気味に次のようなことを話し始めました。

発掘場所は、本出川と椿川の合流地点より数キロ上流の、昔は椿川の河川敷で、今は新しい道路の候補地になっているところです。

露出した砂礫《されき》層には小さな軽石が多く混じり、それは一万年ほど前、網掛山から噴出した火砕流の堆積物が、ここよりももっと山の麓《ふもと》近くにあったものを、その後の洪水によって流されてここまで運ばれてきたものだろうということ。その洪水というのが面白く、上流に作られた天然ダム湖の決壊によって大量の水が流れ出し、引き起こされたものらしいというのです。その天然ダム湖とは、古代の歴史書、扶桑《ふそう》略記に記されている、仁和三年（八八七年）に起こった南海トラフ大地震によってできたものです。そのとき起きた山体崩壊で大規模な土石流れが起き、河川がせき止められたのです。このことは、土石流れ堆積物のなかにあったヒノキの年輪により、わかったことらしいです。そしてどうも天然ダム湖はこれ一個のみならず、大きさに変化はあるものの、過去に大小様々あったようです。

話を聞いているうちに、私はその天然ダム湖の決壊こそが、椿川が川筋の容易に定まらない、暴れ川として荒れ放題だった要因ではないかと思いました。庄司にそのことをいうと、それはそうだろうと思う、と賛成してくれました。それなら、と私は続けました。佐田豊彦さんに、彼のドッペルゲンガーがいった、「為すべきは家の治水」というのは、つまり家のある椿宿全体の治水に他ならないのではないか、と。

庄司はしばらく黙っていましたが、

「いや、それより前に、もっとやらなくてはならないことがある」

と低い声でいいました。

「人間の営みなんか、本当にちっぽけなものさ。滝山とか仮縫とか、悪いけど、聞いていてバカバカしくなったよ」

私はムッとして黙り込みました。それは、自然の力に比べたら、人間の浅はかな行動など取るに足りないことでしょう。けれど、本当にそうでしょうか。私は釈然としないながらもすぐには反論もできませんでした。彼は、

「仁和三年の南海トラフ大地震のとき、山体崩壊が起きたといっただろう。実はそのときの山体は、まだ移動を続けているらしいんだ」

え？　と、彼の思わぬ言葉に、私は瞬きも忘れ、聞き入りました。

「江戸時代に噴火が起こったとき、山体、つまり巨大な岩塊は、網掛山の山腹で、いってみれば、引っかかっている状態だったんだ。仁和三年の地震からずっと。噴火の衝撃で、そこから大規模な地崩れが起きた。引っかかっていた岩塊が滑り落ちたんだ。同時に土石流れが起き、神社も巻き込まれた。岩塊の移動はさらに起きる可能性がある。今回風穴が見つかった。明らかに基盤から分離している。崩落は明日かもしれないし、千年後かもしれない」

なんでそんなことが今までわからなかったんだ、と、私は驚愕して叫ぶようにいいました。

「可能性としていわれてはいたことなんだが、定説とまではならなかったんだ」

では、網掛神社は、地震で崩落、噴火の際、さらに地滑りで崩れ、その上に火砕流、火山灰が降ってきていたのか。遠い昔のこととはいえ、先祖の身の上に起きたことです。胸が痛みました。

「それは、網掛神社の奥の院だったようだ。神官一族は主には麓にいたので、亡くなったのはわずかだったらしい」

その言葉で、少しは慰められましたが、ことここに至っては、なるほど「家の治水」

には山幸、海幸の力がいるだろうと思われました。間にいる、宙幸として、私はどう動けばいいのか。この家の治水に向かうためには、どうすればいいのか、ますます途方にくれることになりました。

庄司との電話を切った後、私はしばらく、滑落していく山の一部、巨大な岩塊のことが頭を離れませんでした。そして、滑り落ちていく神社。

その光景に、なぜか、心安らぐ思いもしたのです。

それは、私の幼い頃からの不安の根源がここに、この滑り落ちていく、という感覚そのものにあったのだ、という、深い納得によるものでした。滑り落ちていく、と心のなかでつぶやくだけで、まざまざとその不安の核心に触れたような気がしたのです。不安のただなかにありながらのこの奇妙な安心感。ようやく辿り着いた故郷にいるかのような安堵感でした。肚《はら》がすわった、とでもいいましょうか。私の不安が誰にも共有されないものであったように、私のこの深い安堵も、わかって下さいというほうが無理なことは承知しております。ただ、私の人生には、記念すべきことであったのでした。

けれど、家の治水については、まだ何の方策も立てられていません。滑り落ちていく神社のイメージが繰り返し私の脳裏に去来し、そのうち、家の治水とはすなわち、神社の再生ではないか、という考えが、唐突に浮かびました。しかしこれも、どう動いていいものか、いっそのこと、滝山さんや仮縫さんのお知恵を借りるほうがいいのか――だとしても、慎重に、です――と考えていたところに、唐突に、仮縫さんからのお電話をいただいたわけです。やはり何か、特別に勘のいい方なのには違いありません。

そして、山幸彦さんが椿宿にいらしたことを知り、いよいよだ、と思いました。何が、「いよいよ」なのか。うまくいえませんが、山幸彦さんにはおわかりになるのではないでしょうか。

私を動かしたのは、生まれてくる子ども、次の世代への、義務感とも使命感とも説明しがたい、止むに止まれぬ衝動でしたが、しかしそれは結局、私自身を救うことにもなりそうです。山幸彦さんにも、同じようなことが起きることを願っています。

長々と書いてきました。お読み下さり、礼をいいます。この手紙がお役に立つことを祈っています。

鮫島宙幸彦

宙幸彦への手紙

鮫島宙幸彦様

お手紙と、曽祖父の手記「f植物園の巣穴に入りて」、お送りいただきありがとうございました。大変なものを送っていただいたのだと身の引き締まる思いがいたしました。にもかかわらず、返事が遅れてすみません。

実は、私が椿宿から帰ってくるのを待っていたかのように祖母（母方の、です）が亡くなり、私は孫ということで、その娘たちほど忙しくはなかったはずなのですが、なぜかいろいろ、走り回らなければならず、事務的なことに忙殺されていました。けれどそのせいで、祖母を亡くしたことの喪失感に、まともに向き合わずに済んでいたのでしょう。今頃になって、彼女の存在が、幼い頃から自分にとってどれほどありがたいものだったのかを、身に沁みて感じています。

実の母親から受ける、虐待というほどのものでもない、けれど理不尽としかいいようのない仕打ち。もしそれが誰の目から見てもわかるような虐待であれば、ことは、あるいは簡単だったでしょう。近所や親戚の目からは一見、何不自由なく慈《いつく》しまれ、愛されて育てられているように見え、けれど、生きるエネルギーを少しずつ削がれていくような、子どもの育て方。あれはなんだったのか。今でも理解に苦しみますが、ああいう母が、佐田の家に来て私を産んだということ。今回祖母の葬儀の、母たちの言動を見ながら、どこの家にも、他の家と比較できない、独自の「不可解」、「ミステリー」が存在するのだと、しみじみ思うことでした。が、それもひと段落し、昨日からは通常通り会社へも出勤できるようになりました。

一度も会ったことのない宙彦さんに、今まで誰にも吐露したことのないような思いを述べていることに、自分でも驚いています。それはおそらく、宙彦さんからいただいた手紙が、真率な御心情を綴られたものであったことに影響を受けているからでしょう。環境は違えど、宙彦さんの感じていた周囲からの隔絶感は、幼い頃から自分の感じていた精神的風土とでもいうべきものに、驚くほど似ていたのです。

「滑り落ちていく感覚」というものに、ご自分が昔から感じていた不安の根源のようなものを確信して、深い安堵を感じられた、という件《くだり》、宙彦さんは、誰にもわからないだろうと書かれていましたが、私にはそれが痛いほど、自分のものとして感じられました。抗《あらが》うにはあまりにも自分自身無力な、逃げようもない大きな力に流されていく。そしてそれは明らかに何か、決定的な破局のようなものに向かっているのに、何もできない。

お手紙と曽祖父の手記「f植物園の巣穴に入りて」は、海子にも読ませました。私信を御承諾もなく、申し訳ありません。ですが、あの手紙は、私へと同時に海子へも、つまり宙幸彦さんがなんども並記されたように、海幸、山幸へと向けられたものと解釈したのです。

手紙と手記が彼女の手元に渡ってから数日後、彼女から電話がありました。衝撃だった、と、彼女にしては言葉少なにまず、感想を述べました。

いろいろなことがわかり、衝撃だった、と。まずは仮縫さんたちの出自が修験系の御師の家系であったということ。だからといって、それが先にわかっていたら行きはしなかった、ということはないが、なるほどと今なら納得できることが多々ある、と。そこで私へ詫びを述べるかと思いきや（祖母のもとに来ていた訪問看護師まで、なんと仮縫家の関係だったのです。まるで手玉に取られているようで、こんな扱いに、腹を立てない人間がいるでしょうか。詫びを求めて当然、従来の私なら三年は彼女と音信を断つところです）、けれど彼女は開き直ったように、「でも結局のところ、亀シ（仮縫兄妹の妹です）がいたからこそ、こうやって宙幸彦さんからの手紙ももらえたわけであるし」、など、いかにも海子らしい理屈をつけて、あくまで自分優位を保つ姿勢でおりました。

それは私もそう思います。

それに私がすっかり自分の生活のパターン、次から次へ理由もわからず一方的に連続する攻撃――痛みに、打ちのめされては鬱になっているような状況だったときに、同じような目に遭っていた彼女は果敢に動き続けていました。痛みの原因、この自分たち一族に降りかかる理不尽な痛みの原因を突き止めようと。確かに仮縫鍼灸院の一件については行き過ぎたところがあったとはいえ、私に彼女を責める資格はない、とも思いました（こんなふうに殊勝な自省的モードに自分が入るようになったということにも、私は驚きましたが）。

「f植物園の巣穴に入りて」、まさに「滑り落ちていく」感覚の話でした。祖父・藪彦はよく、私が曽祖父・豊彦に似ているといっていましたが、私自身も、他人事のように思えず（文字どおり他人事ではないのですが）、まるで自分自身が経験したことのように、居ても立っても居られない気持ちで読みました。居ても立っても居られない、などと、おかしな表現ですが、登場人物になったようで、いたたまれず、本当に、思わず立ったり座ったりしながら読んだのです。そもそもこれも、歯痛から始まる話でした。「痛み」ということが、繰り返し一族に何かを訴えてきていたのに、私はそれにまったく気づかずにいた。曽祖父もまた、その意味するところについては歯牙にもかけずにいた。宙幸彦さん、あなたの直感した通り、これは「宙幸彦の働き」なくしては、治まりのつけようのない運命だったのです。

　曽祖父が着手していた「植物園の隠《こも》り江《え》」は、彼自身は気づいていなかったでしょうが、水と大地の問題、まさに椿宿の宿命ともいえるような課題で、自らミニチュア化したそれに取り組んでいったのでしょう。そして次の、家の治水の問題だと告げるドッペルゲンガーの言葉に、いや、それは自分の任ではない、と即座に答えた彼に、私自身の姿を見るようでした。私とて、そういい放って逃げ出したい。しかし個人の課題は血族の課題と離れがたく結びつき、逃げられない内界の務めとして、曽祖父・豊彦も、大伯父・道彦も――彼にはこの世での生はなかったとはいえ――それを果たしてきたということなのでしょう。祖父・藪彦が、会ったことのない兄・道彦にどんな思いを抱いていたのか、今は知る由もありませんが、彼がこの「f植物園の巣穴に入りて」を読んでいたのだったらいい、と痛切に思います。そうすれば、彼がいかに希望の光として、待ち望まれた子どもだったか、わかるからです。

けれど、何の確証もないながら、私もまた、宙幸彦さんと同じく、彼は読んでいたに違いないと思うのです。おそらくは、疎開の前か疎開中。彼の父、豊彦がドッペルゲンガーから投げかけられた「家の治水」という課題を、彼なりに考え続けた結果、海幸山幸の神話にたどり着いた。あの神話は、海と山とのダイナミズムで、水が動き、海神の娘、豊玉姫《とよたまひめ》と山の神の間に子どもが生まれる話です。疎開中、竜子さんに話していたというその話を、彼は孫が生まれるときになってもう一度思い出した。そして、山幸彦、海幸彦という名まえを自分の家系にある子どもにつける、というアイディアを思いついたのではないか。海幸彦と山幸彦の兄弟葛藤の力が、治水の力を呼ぶのだけれども、孫が二人以上生まれたらいいが、一人しか生まれない場合もあるだろう。そのときのために海や山を動かす力を持った、山幸彦の名を最初の子につける。これが、本来は弟の名であった山幸彦という名が、先に生まれた私についた理由だと思えるのです。そういう名まえをつけたからといって、都合よく家の治水がなされるわけではないけれど、この名付けの「謎」の力で、なんとか家の課題にたどり着いてほしい、という、いわば祖父の祈りだったのでしょう。私はずっと、気まぐれで付けた名まえだと信じ、自分自身の存在まで、知らぬ間に軽んじてしまっていたのだと、今ではわかります。

神話とはもともと象徴性にあふれるものであります。先に生まれた兄、後に生まれた弟を、一人の人間の過去と未来と考えることも可能でしょう。兄が、先を生きる自分であるとするなら、それを否定することは、決まりきった将来しかないように思われる自分の生に、新しい可能性や選択肢を見出そうとする、いわば更新を試みる行為であるといえるのかもしれません。そうであるなら、海幸も山幸も、一人の人間の未来と現在、あるいは現在と過去と見ることもできる。

藪彦祖父さんがこの神話の象徴性にこれほど(自ら創作部分を付け加えたり、孫たちにその名を付けるほど)惹きつけられたということは、すなわち、彼がこの世にいない兄を相手に、心中深く葛藤してきたということに他ならず、我が祖父ながら、どれほどの思いでそれを乗り越えてきた一生だったかと思うと、涙ぐむような、頭を垂れずにはいられないような思いになります。

ともかくも兄弟葛藤というのは、同質のものの確執、滞りであることには違いありません。私と海子がなかなか気持ちの通じあう間柄になれなかったのも、従兄妹《いとこ》でありながら、兄妹と見なされたような名付けをされたこともあったのでしょう。だが神話の海幸彦・山幸彦と違い、私たちは「痛み」という共通の苦悩から逃げるために協力し、そして今も協力しつつあります。それは一度も会ったことのない、しかし今では魂の兄弟といえる、宙幸彦さん、あなたの存在のおかげです。

海子は最近、アメリカの研究所から一時帰国している医師の元へ（臨時の医師として、紹介のあった患者に限り、近隣の病院で診ているらしいのです）通っています。彼は幼い頃、仮縫鍼灸院の世話になったとかで、そういう素地があるのか、海子の荒唐無稽な話も頭から否定することなく聞いてくれているようです。さすがに海子も、全てをこと細かく話しているわけではないでしょうが、たまたま次の患者がないときに、医師の方も興味を持って聞いてくれたのでしょう（それとも、こういうこと全てを、彼女の精神含む、健康状態の情報の一つとして捉えてくれていたのかもしれません）。彼女は、自分の先祖の土地は、山崩れ地崩れ大水が出て大変なところなのだと話し（まさかそれが自分の不調の原因なのではないかとはいわなかったと思いますが）、それを聞いた彼は、ドイツのバイエルンから来ていた同僚の研究員の実家の近くも、そういうふうであったらしい、と、よもやま話でもするように、気さくに応じてくれたそうです。彼の話によると、バイエルン州政府は、その同僚が幼い頃から釣りに行っていた、川の周囲一帯を買い取って、治水事業を行ったのだというのです。その治水事業というのは、どうするのかというと、これが、結局何もしないのだと。まさか全ての事例にそういう対処をするとも思えませんが、地勢の条件から、結局その土地はそうするのがいいだろうということになったのでしょう。洪水と旱魃《かんばつ》を繰り返し、地勢が治まり、植生が永続的なものになっていくのをただ、待つ。自然の回復力を信じて、人間は何も手を加えないのが一番いいのだと。

海子はその話に、とても感銘を受けたようでした。確かにそれは、問題があれば全てに手を打とうとしてきた、今までの海子の生き方とは違います。私も、そういう積極的に「ただ待つ」姿勢に、何か、これからの私どもの在り方への示唆があるような気がしています。

とはいえ、今にも巨大な地崩れが起きるかもしれない、そのことをどうやって「待つ」のか。

あの家の敷地を公園にして、一般公開してはどうかと熱心に語っていた、教育委員会の緒方珠子さんに、「そのことがわかっていたのですか。岩塊移動でまた地崩れが起きる可能性があるということが」と、問いますと——いくぶん非難めいた口調ではありました。彼女まで仮縫兄妹のように、故意に「私にいわないでいたこと」があった、と思うのが辛かったのです――「最近の調査のことは、知っていましたが、まったく頭になかったというか、わざわざ取り上げるようなことには思いませんでした」と、なんでもないことのようにいうので、私はすっかり呆れ果て、「もしも地崩れが起きたら、大惨事になるんですよ」といい募れば、「例えば、富士山ですが、いつ大噴火を起こしてもおかしくないといわれているでしょう。それでもたいていの住民はそのまま住み続けているし、交通規制があるわけではありませんよね。そういうものです。誰にも予測できないことは、いうなれば、ケセラセラ、なるようになれ、ですよ。たとえ噴火が起きても、自分はうまく逃げおおせるのではないかと思っている。そしてその可能性も確かにある。地崩れだってそうです」。

いかにも珠子さんらしい返事で、私はさらに呆れると同時に、なぜかほっとしました。何かが自分に降りかかると、憑き物がついたように、それこそ穴の中に入り込むように身動きが取れなくなる私が、彼女と話していると、明るく陽の当たる場所に引き上げられる気がします。今日にでも、彼女へ電話するつもりでいます。彼女が話していた、ダム建設への対抗案として私の家のあたりを公園にしてしまう、というプランについて、その方向でお願いしますと話してみようと思っています。そして、家の中庭の稲荷を、もっと大きく遇することとも。

網掛神社は古来、稲荷信仰の神社でもあったわけで、私たちの先祖が神社の神官を辞したあと、神社は自然消滅したような格好になっていたのですね。宙彦さんは、網掛神社の復活の可能性について書いておられましたが、そのときふと、我々の祖先は、網掛神社を本当に消滅させたのではなく、実は細々と続けていたのではないかと思いつきました。そう考えれば、「f植物園の巣穴に入りて」のなかで、豊彦の父親が毎日、庭の稲荷の祠に手を合わせていたという記述も頷けます。つまり、網掛神社は今、椿宿の家の庭の、あの小さな祠を「御旅所」（神社の御神霊が神社を出るときに、途中、お休みになる場所をそういうのだと聞いたことがあります。仮の神社ですね）として、存在するのではないかと。そうすると、御神体は、あの「黒い福助」つまり、大黒様、大国主命あたりでしょう。直接の祭神ではないにもかかわらず、御神体が、あの兄弟に残酷に扱われる大国主だということもまた、今では深く納得できることです。これもまた、神話の宙幸彦をも彷彿とする、「隠された」、御神体であったのですね。

宙彦さんが直感した、「家の治水」とは神社の復活、という言葉にも、頷いております。

　さて、ご心配いただいていた私と海子の体のことですが、海子もその医師との関係がとても良好だということで、痛みについてはまるで訴えなくなりました。訴えないだけで、本当はあるのかもしれませんが、もしあったら、それをいわないでおける人間ではありませんので、快方へ向かっていることは確かだと思います。私のほうも、馴染みの痛みの本体は、今のところ、不思議なほど鳴りを潜めています。もう去った、といってもいいかもしれません。

　実は、宙幸彦さんからお手紙をいただく数日前、祖母の四十九日（もちろん、最近のこととて、厳密に四十九日だったわけではありません。叔父叔母の都合でその日になったのです）の法要のため、向こうへ行った帰り、仮縫鍼灸院に行ってまいりました。痛みはだいぶ楽になりましたが、曲がりなりにも仮縫兄妹の治療を受けた身としては、よくなったのは、彼らのおかげということになるのか、わけがわからないながら、治療終結ともいわれていないので、やはり行っておいた方がいい気がしたのでした。もし、忙しくしておられたら挨拶だけして帰ろうと、予約も取らずに行きました。

　亀子さんはたまたま留守にしておられ、会えませんでしたが、仮縫氏は在宅、折良く患者もいなかったようで、治療室に通してくれました。まずは挨拶代わりに、亀子さんからお聞き及びであろうかと思いますが、と、椿宿までの道のり、そこで囲炉裏を再現した話、宙彦さんからの手紙を待つことになった話などをしていると、「おさめるところをおさめさえしたら、あとは安静にしておれば、身体は自然と回復していくもの」と、満足そうに私を見ておられました。それから、「では、ちょっと診ましょうかの」、という言葉で、自然に服を脱ぐ流れになりました。

治療台に横たわると、「うつ伏せになって下さい」。いわれたようにすると、仮縫氏は私の肩甲骨の端のあたりを触り、「この間はここに灸をおろした。すると、ぐさりと肩が弛んで、あっという間に経穴が大幅に移動した。消えてしまったかのようで、実に驚きました。これはこの下に全体に通じる大きな線《すじ》があって、それがゆえに響いているのだと思いました。それをなんとかしたのちに、もう一度穴を改めなければならぬと思った次第です」。はあ、と私は頷きました。「ツボが移動するということですかね。それを椿宿と呼ばれたわけですね。まさしく椿宿の核心は移動していました」。

私はこのときはまだ、宙幸彦さんの手紙を読む前ですから、彼が初めて私に会ったときにはすでに、その地名を知っていたとは知らなかったのです。ですから、まだ半信半疑で、本当に不思議な能力があるのか、そうでないならその辺のからくりも、聞けるものなら聞いておきたい気持ちがあり、「椿宿」という言葉に水を向けたつもりでした。さすがにそのあたりを得々と話すほどには、厚かましくはなかったのでしょう、仮縫氏は、「経絡というものはですな、人によってその大きさが違うのです。健康な人間のそれが、米粒くらいのものだとすれば、悪いところのある人間のそれは、十円玉、五百円玉、ことによると、盆くらいの大きさのもあります。その辺全体、冷えており、滞っており、どんどんそれが勢力を増すのですな」。「低気圧のようですね」。「そんなものです。触ればひんやりとして湿気を帯びている」。「私のはどうでしたか」。「うつ伏せになったまま、少し不安になって訊きました。「想像がつくでしょう。鍼は無理だと思いました」。しかし、と続け、「今はもう、鍼でも大丈夫です。が、前回のこともあるし、灸をおろしておきましょうかの」。そういって、何箇所かにもぐさをしつらえ、やがてそれはじりじりと熱いながらに互いに響き合って、まるで私の体のなかで、えもいわれぬ音楽を奏でているような具合でした。「以前とまったく違います」私が思わず感想をいうと、「それはそうでしょう。体も、以前とまったく違う。穴が、はっきりと浮かび上がってきました。ひとつひとつ、すべてないがしろにできない穴です」。

やはり、ここは感謝の一つも述べるべき、と私は思いました。「あんなに痛かった

のが、今では夢のようです」。仮縫氏は、本来の彼の性質と思えるおおらかな口調と声で、

「痛みは単に、その箇所だけの痛みにあらず。全体と切り離しては個は存在しえないのです。いやまったく、人間の体というものは、自ら、治ろう治ろうと進んでいくものですな、見ていますとな。私はそれの後押しをするだけで」。私はそろそろ切り出しどきだと思い、「もう、仮縫さんのお世話にならなくても大丈夫でしょうか」「あとは、五臓六腑の中枢を整えなければならない。しかしそれは、自ずとなされていくことでしょう。来たくなったときにくればよろしい」。

正直にいうと、私は感服し、それから辞するときには丁寧に礼をいって、仮縫鍼灸院をあとにしました。

実際、腕も上がるようになりましたし、寝込むほどの腰痛もありません。この奇想天外な成り行きで、鬱もいつの間にか姿を消しました。ただ、快方への兆《きざ》しの揺り戻しなのか、鈍い痛みが続いております。痛みといっても、大きな隕石《いんせき》がなくなった跡の、巨大な穴のようなもの、何か非常な体積のものが去った、そのことの痛みが、地面に記憶されるように残っています。この痛みには不思議な愛着を感じ、手放したくないような気がしています。過去の痛みの記憶による痛み——何とも個人的な、誰に

もわかり得ない類の、だからこそこれだけは自分のものであるという、不思議な根っこのようなものを持った気分でいます。

私は長い間、この痛みに苦しめられている間は、自分は何もできない、この痛みが終わった時点で、自分の本当の人生が始まり、有意義なことができるのだと思っていましたが、実は痛みに耐えている、そのときこそが、人生そのものだったのだと、思うようになりました。痛みとは生きる手ごたえそのもの、人生そのものに、向かい合っていたのだと。考えてみれば、これ以上に有意義な「仕事」があるでしょうか。

それが結局は先祖からもたらされたものであるとすればこれもまた、今までの自分には持ち得なかった、敬虔《けいけん》な心情を引き起こすものであります。負の遺産として引き継がれたものだとしても、それはミッションで、引き受けるよりほか、道はない。

そういえば、宙彦さんも「誰にも共有されない」という言い方を手紙のなかでなさっていましたね。誰にもわからないだろうと思われるような、個人の深いところで、私たちはつながっているのかもしれないと、今、ふと思ったところです。全体とつながっている、といった仮縫氏の言葉が、思い出されます。つながっている——死者も生者も、過去も未来も。もしかしたら。

最後になりましたが、竜子さんや泰子さんにも、よろしくお伝え下さい。宙彦さんもご自愛下さいますよう。皆様のお幸せを遠くから祈っております。

佐田山幸彦

この手紙と前後して、宙彦さんは、家に帰ったのだそうである。海子は医師とともにアメリカに渡った。彼女からはっきり聞かされたわけではないが、個人的にも良好な関係が築かれつつある、ということなのらしい。これは母が彼女の母親から得てきた情報である。海子の父、入院していた小次郎叔父はその後持ち直し、先日目出たく退院した。

珠子さんの奮闘で、椿宿の実家の公園化の企画もなんとか通り、その際、「稲荷社を前庭に置き、網掛神社縁起の立て札を立てる」という条件も了承された。宮が建ったら、その前で珠子さんと再会するつもりでいる。

ダム建設推進派は、まだ諦めたわけではなさそうだが、それとは別に、土木課と大学の研究室が共同で椿川上流の地盤変動の観測を続け、地崩れの予測を立てているそうだ。地元の広報誌にも随時、その測定値が報告されることとなった。珠子さんは、椿宿でキノコを売っていた、「山を歩く人びと」にも声をかけ、何か変化があったら、どんな小さいことでもすぐに知らせてくれるように、正式に頼んだのだそうである。正式に、とは、何らかの職名がつくのだろうか、と首をひねった。しかし山のことは、山に親しい人間に訊くのが一番であろうことは私にもわかる。

仮縫鍼灸院にはそれ以来行っていない。彼らに対しては感謝もしている、が、率直なところ、複雑な思いである。世の中には非常時のためにいる、という役どころの人間がいるのだろう。今後はなるべく彼らの世話にならないように生きていきたい。

それからしばらくして、鮫島家から、赤ん坊も無事生まれたと、連名のハガキをもらった。なんと名付けたかは聞いていない。

巻末エッセイ

痛みから始まる「物語」の発見

傳田光洋

痛みは孤独だ。

あるいは、痛みは自分が孤独であることに気づくきっかけになる。そして、それは自分だけの物語を見つける道を示す。

現代社会では会社員、公務員はもちろん、フリーランスの人でも、何かの組織に属したり関わったりしている場合が多い。そんなぼくたちの日常生活は、組織やマスメディア、インターネットなどが提供する「常識」に支えられている。その「常識」に逆らってばかりでは生活に不便が生じるし、むしろその「常識」に全てを委ねていた方が、大抵、楽である。楽なような気がする。

そんなある日、突然痛みが起きる。運がよければ家族や同僚が同情してくれるかもしれない。しかし自分の痛みは自分にしか感じられない。心優しい隣人が「あなたの痛みはわかる」と言ってくれるのは、正確にいえば「あなたの痛みは想像できる」ということに過ぎない。そして痛みが長く続けば親切な隣人もつきあってくれなくなる。もとより組織やマスメディアやインターネットは個人の痛みに冷淡だ。それまで身を委ねてきた「常識」が、自分の痛みに無関心であることを思い知り、やがては一人で痛みに向き合わなければならなくなる。

本書の主人公の佐田山幸彦（山彦）も右肩から腕への痛みに襲われる。そこに頸椎《けいつい》ヘルニアの痛みまで加わる。鬱病でもある。そして「存在の基盤が崩れ落ちそうな不安」を覚える。

現代医学でも、痛みのメカニズムがすべて解明されているわけではない。前世紀末、痛みの受容体が発見され、二〇二一年のノーベル医学・生理学賞を受賞したが、一方で、脳科学の分野で古くから知られている幻肢痛《げんしつう》という症状がある。事故などで手や足を失った人が、無いはずの手足に痛みを覚える。これは多分、脳が、失われた手足があると誤解した結果だろうが、そうなると、痛みは、それを感じる部位にあるのか脳にあるのかわからなくなる。

山幸彦は大学で遺伝子工学を学ぶが、なしくずし的に化粧品メーカーに勤め、ファンデーションの開発をやらされている。まあ理系、科学技術系の人の特徴だろうが、なにかと論理的に考えようと自分に言い聞かせるタイプである。彼は従妹や実の母親にまで敬語を使う。「人間関係に適切な距離を保つために敬語を使うようになった」という自覚もあるらしい。あるいは、初対面の人にやたら「すみません」と頭を下げ、「どうしてそうすぐ謝るのかね」と言われる。

彼は孤独に陥りやすい現代人の典型のようだ。

かくいうぼくも「理系、科学技術系」のハシクレであり、それに関わる場所では「論理的であろう」と考えている。しかし「論理」では、ぼくや世界のほんの一部、うわべだけしか語れない。それにもかかわらず、なぜそんな「論理」が重宝されるかというと、言葉で語られる「論理」は他人との共有が容易だからだ。あるいは民族や国を越えて考えを共有しうる道具として、人間は「論理」を発明したのだと思う。

現代の社会の常識も言語で表現される「論理」が主体になっている。論理を使えば、より多くの人たちの間で「常識」を共有できるからだ。その「常識」に沿って生き続けていると、だんだん「常識外れ」になることが怖くなる。そして言葉にしにくい自分の気分を主張すると、非難されるのではないかという懸念が生まれる。山幸彦も、だから次第に他人と距離をおくようになる。

人間の歴史を振り返っても、様々な悲劇は異なる「常識」がぶつかりあって起きた出来事のように感じる。「誰にとっても正しい常識」というものは実は存在しない。それをあるように考えることが、苦悩や争いを引き起こす。

痛みは山幸彦を「常識」から引き離し、不安と孤独に追いやる。彼は考える。「不安を耐え忍ぶ方法として痛みが生まれてくるのか――痛みと不安の関係は、もしかするともっと複雑なものなのかもしれない」。山幸彦は、ここで「常識」から離れて、本当の痛みの原因、自分の存在の根源を探し始める。

途方に暮れる山幸彦は従妹の海幸比子（海子）の勧めで、風変わりな鍼灸師（「仮縫」という象徴的な苗字）に出会う。仮縫鍼灸師が山幸彦の痛みの原因を「世代を重ねて深まってきたややこしさ」だと示唆すると、山幸彦は、先祖とは切り離して、痛みだけなんとかしてほしい、と頼む。しかし仮縫鍼灸師は「複数の意識されない痛みが絡み合い、どうにも無視のできぬ規模になり、仕方なく『そこ』に、本人にも自覚できる痛みとして顕われるものです」と諭す。

科学的論理で考えても、一人の人間は、あるいは、その痛みは、その人個人だけが責任を負わねばならないものではない。受精卵の遺伝子は過去四十億年ほどの天変地異の歴史を負っている。受精卵が新生児になる過程では母体を通して世界の影響を受ける。誕生してからの成長では言うまでもない。長い歴史を経て築き上げられた多様な風土や社会のありようが個人のなりたちに関わっている。近年の脳科学、認知科学もそれを肯定している。個人とその命は、時空を超えた無数の出来事からなる現象だ。その痛みや苦しみは個人だけで担えるものではないだろう。

山幸彦は仮縫鍼灸師の妹、どうやら〝時空を超えた〟世界を感じ取れるらしい亀シ（亀子）に出会う。海幸比子によれば「どういう『物語』がそのひとに一番『効く』か」わかる能力があるという。その亀シに導かれ、山幸彦は先祖が住んでいた椿宿を訪ねる。そこには、江戸時代に御家騒動が起き、古代から山や川が移動し、キツネ使いの伝説や日本神話につながる物語が幾重にも重なる世界があった。その中で山幸彦は自らの痛みの原因を見つけ出してゆく。

どんな人間も、自分を支える物語が必要だ。「常識」は手軽な物語を提供してくれる。しかし、そこでは誰も主役にはなれない。人間にとって本当に必要な物語は、自分が主人公である物語でなければならない。

山幸彦は椿宿で先祖が住んでいた旧家で過ごしながら、初めて自らの意志で、長年淀んでいた家の空気が流れるように工夫する。すると「重く滞留していた何か」が外へ流れ出した。そして「未だかつて味わったことのない達成感、というのは、すなわち、『主人公』感覚、といってもいいもの」を感じる。自らの「痛み」をきっかけに、山幸彦は自分の物語への入り口を見つけたのだ。

人間個人の物語は、創造の基点でもある。科学的な発見、芸術的な表現、ビジネスモデルの提案、それらの中で本当に新しいものは、「常識」を超えたものである。誰も知らなかった、考えもしなかったことを創造する人は、「常識」の外にいなければならない。その視点を可能にする足場になるのが、その人、個人の物語なのだ。

時代を超えて生き続けてきた創造には、いつでも際立った個人がいた。その個人は、同時代同地域の最大公約数的な「常識」にはとらわれず、生命の起源や人間の歴史と深い場所でつながる物語を持っているのだ。そんな個人の物語だけが未来を拓く力を持っている。

先年、パリとニューヨークの脳の研究者たちが興味深い報告をしている。異なる場所にいる人でも同じ小説を読んでいると、心拍数が同期するというのだ。この結果から想像できることは、例えば『源氏物語』を読むことで、千年前の紫式部個人の物語を今のぼくたちが文字通り身体で感じることができるということだ。小説という表現方法が長く広く世界で親しまれてきたのは、それが一時代の「常識」のしがらみから個人を解放し、自身の物語を見出すきっかけを提供するからではないだろうか。

梨木香歩さんの小説の魅力の一つは、本書がそうであるように、時間や空間を超えた世界と現実世界とがなめらかにつながっていることを体験できることだ。その体験を通じて、読者は「常識」を超えた大きな世界があることを実感できる。また、本書の最後の方で発見された古い文章の束「f植物園の巣穴に入りて」は『f植物園の巣穴』(朝日文庫)として刊行されている。そこでは現実が、異なる時間と重なりながら、より豊かで優しい異界へと溶けてゆく。未読の方はそちらもぜひ体験してほしい。

(でんだ　みつひろ／皮膚科学研究者)

椿宿《つばきしゅく》の辺《あた》りに
朝日文庫
2022年7月30日　第1刷発行

著　者　梨《なし》木《き》香《か》歩《ほ》

発行者　三宮博信
発行所　朝日新聞出版
〒104-8011　東京都中央区築地5-3-2
電話　03-5541-8832(編集)
03-5540-7793(販売)
印刷製本　大日本印刷株式会社

Published in Japan by Asahi Shimbun Publications Inc.
定価はカバーに表示してあります

ISBN978-4-02-265041-2
落丁・乱丁の場合は弊社業務部(電話 03-5540-7800)へご連絡ください。
送料弊社負担にてお取り替えいたします。

梨木　香歩
f植物園の巣穴

歯痛に悩む植物園の園丁は、ある日巣穴に落ちて……。動植物や地理を豊かに描き、埋もれた記憶を掘り起こす著者会心の異界譚。《解説・松永美穂》

中島　京子
ゴースト

洋館に出没する少女、二〇世紀を生き抜いたミシン、廃墟化した台湾人留学生寮……。ユーモラスで温かく切ない七つの幽霊連作集。《解説・東　直子》

高橋　源一郎
ゆっくりおやすみ、樹の下で

小学五年のミレイちゃんが鎌倉の「さるすべりの館」で過ごすひと夏の物語。子供から大人まで楽しめる長篇小説。《解説・穂村　弘》

井上　荒野
あちらにいる鬼

小説家の父、美しい母、そして瀬戸内寂聴をモデルに、逃れようもなく交じりあう三人の〈特別な関係〉を描き切った問題作。《解説・川上弘美》

湊　かなえ
物語のおわり

悩みを抱えた者たちが北海道へひとり旅をする。道中に手渡されたのは結末の書かれていない小説だった。本当の結末とは——。《解説・藤村忠寿》

桐野　夏生
路上のX

ネグレクト、DV、レイプ、JKリフレ。大人からの搾取と最悪の暴力に抗う少女たち。その肉声と連帯を物語に結実させた傑作。《解説・仁藤夢乃》

堂場　瞬一
ピーク

一七年前、新米記者の永尾は野球賭博のスクープ記事を書くが、その後はパッとしない日々を送る。そんな時、永久追放された選手と再会し……。

貫井　徳郎
乱反射
《日本推理作家協会賞受賞作》

幼い命の死。報われぬ悲しみ。決して法では裁けない「殺人」に、残された家族は沈黙するしかないのか？　社会派エンターテインメントの傑作。

中山　七里
闘う君の唄を

新任幼稚園教諭の喜多嶋凜は自らの理想を貫き、周囲から認められていくのだが……。どんでん返しの帝王が贈る驚愕のミステリ。《解説・大矢博子》

森見　登美彦
聖なる怠け者の冒険
《京都本大賞受賞作》

宵山で賑やかな京都を舞台に、全く動かない主人公・小和田君の果てしなく長い冒険が始まる。著者による文庫版あとがき付き。

横山　秀夫
震度0《ゼロ》

阪神大震災の朝、県警幹部の一人が姿を消した。失踪を巡り人々の思惑が複雑に交錯する。組織の本質を鋭くえぐる長編警察小説。

宇佐美　まこと
夜の声を聴く

引きこもりの隆太が誘われたのは、一一年前の一家殺人事件に端を発する悲哀渦巻く世界だった！　平穏な日常が揺らぐ衝撃の書き下ろしミステリー。

浅田　次郎
椿山課長の七日間
突然死した椿山和昭は家族に別れを告げるため、美女の肉体を借りて七日間だけ〝現世〟に舞い戻った！　涙と笑いの感動巨編。《解説・北上次郎》

伊坂　幸太郎
ガソリン生活
望月兄弟の前に現れた女優と強面の芸能記者!?　次々に謎が降りかかる、仲良し一家の冒険譚！　愛すべき長編ミステリー。《解説・津村記久子》

恩田　陸
錆びた太陽
立入制限区域を巡回する人型ロボットたちの前に国税庁から派遣されたという謎の女が現れた！　その目的とは？《解説・宮内悠介》

角田　光代
坂の途中の家
娘を殺した母親は、私かもしれない。社会を震撼させた乳幼児の虐待死事件と〈家族〉であることの光と闇に迫る心理サスペンス。《解説・河合香織》

久坂部　羊
老乱
老い衰える不安を抱える老人と、介護の負担に悩む家族。在宅医療を知る医師がリアルに描いた新たな認知症小説。《解説・最相葉月》

重松　清
ニワトリは一度だけ飛べる
左遷部署に異動となった酒井のもとに「ニワトリは一度だけ飛べる」という題名の謎のメールが届くようになり……。名手が贈る珠玉の長編小説。

情に泣く

細谷正充・編／宇江佐真理／北原亞以子／杉本苑子／半村良／平岩弓枝／山本一力／山本周五郎・著

朝日文庫時代小説アンソロジー　人情・市井編

失踪した若君を探すため物乞いに堕ちた老藩士、家族に虐げられ娼家で金を毟られる旗本の四男坊など、名手による珠玉の物語。《解説・細谷正充》

柚子《ゆず》の花咲く

葉室　麟

少年時代の恩師が殺された事実を知った筒井恭平は、真相を突き止めるため命懸けで敵藩に潜入する——。感動の長編時代小説。《解説・江上　剛》

たすけ鍼《ばり》

山本　一力

深川に住む染谷《せんこく》は〝ツボ師〟の異名をとる名鍼灸師。病を癒やし、心を救い、人助けや世直しに奔走する日々を描く長編時代小説。《解説・重金敦之》

立夏の水菓子

たすけ鍼《ばり》

山本　一力

人を助けて世を直す——深川の鍼灸師・染谷の奔走を人情味あふれる筆致で綴る。疲れた心にもじんわり効く名作時代小説『たすけ鍼』待望の続編。

江戸を造った男

伊東　潤

海運航路整備、治水、灌漑、鉱山採掘……江戸の都市計画・日本大改造の総指揮者、河村瑞賢の波瀾万丈の生涯を描く長編時代小説。《解説・飯田泰之》

うめ婆《ばあ》行状記

宇江佐　真理

北町奉行同心の夫を亡くしたうめ。念願の独り暮らしを始めるが、隠し子騒動に巻き込まれてひと肌脱ぐことにするが。《解説・諸田玲子、末國善己》

朝日文庫

ドナルド・キーン著／金関 寿夫訳

このひとすじにつながりて

私の日本研究の道

京での生活に雅を感じ、三島由紀夫ら文豪と交流した若き日の記憶。米軍通訳士官から日本研究者に至るまでの自叙伝決定版。《解説・キーン誠己》

小池 光

うたの動物記

詩歌に詠まれた動物を生態、文化史とともに現代の代表的歌人がユーモラスに語る。日本エッセイスト・クラブ賞受賞のコラム。《解説・俵 万智》

群 ようこ

ゆるい生活

ある日突然めまいに襲われ、訪れた漢方薬局。お菓子禁止、体を冷やさない、趣味は一日ひとつなど、約六年にわたる漢方生活を綴った実録エッセイ。

群 ようこ

ぬるい生活

年齢を重ねるにつれ出てくる心や体の不調。それを無理せず我慢せず受け止めて、ぬるーく過ごす。とかく無理しがちな現代人必読の二五編。

群 ようこ

かるい生活

漢方やリンパマッサージで体調管理。着物や本、服などありあまる物、余計な人間関係・しがらみも捨てる。心身共にかるくなっていく爽快エッセイ！

中村 祥二

調香師の手帖《ノオト》

香りの世界をさぐる

資生堂の調香師が、香水、スパイス、アロマテラピーなどの、香りが体と心に与える不思議な働きを語る。香りのことはこれですべてわかる一冊。